그치지 않는 비는 없다.

그치지 않는 비는 없다

초판 1쇄 발행 2018년 12월 25일

지 은 이 오성삼
발 행 인 권선복
편   집 오동희
디 자 인 서보미
전 자 책 서보미
발 행 처 도서출판 행복에너지
출판등록 제315-2011-000035호
주   소 (07679) 서울특별시 강서구 화곡로 232
전   화 0505-613-6133
팩   스 0303-0799-1560
홈페이지 www.happybook.or.kr
이 메 일 ksbdata@daum.net

값 15,000원
ISBN 979-11-5602-680-8 (03810)

그치지 않는 비는 없다

오성삼 지음

CBS 방송 '새롭게 하소서'와 국민일보 '역경의 열매' 연재를 통해
감동과 도전의 용기를 전해 준 오성삼 교수 이야기

저자가 청소년·학부모들에게 들려주는 한국판 「갈매기의 꿈」

도서
출판 행복에너지

그치지 않는 비는 없다.

신영복 성공회대학교 석좌교수님께서 생전에 써 주신 책 제호題號입니다. 삼가 고인의 명복冥福을 빕니다.

驟雨不終日

소나기는 하루 종일 내리지 아니한다는 뜻의
'취우부종일(驟雨不終日)'은 老子의 道德經 23장에
나오는 내용으로, 서예가 송정희 선생님께서 본 책자
발간을 위해 보내 주신 글입니다.

오성삼 교수의 자서전
『그치지 않는 비는 없다』에 부친다

윤형섭

| 전 교육부장관, 건국대학교 총장

이 책의 저자 오성삼, 내가 그 이름을 알게 된 지 어언 20여 년의 세월이 흘렀다. 그를 만나 일도 같이 해 보았고 여가 시간을 함께 즐기기도 해 보았다. 그러나 단 한 번도 그의 이름(성삼)에 담긴 뜻을 생각해 본 일이 없었다. 왜 하필이면 거룩할 성, 석 삼자일까? 바로 그것을 이 책을 읽으면서 비로소 생각하게 되었고 그 해답을 얻게 되었다. "성부와 성자와 성령, 성삼위일체의 하나님"을 줄이면 "성삼"이 되지 않겠는가. 오죽 그의 부모님의 믿음이 깊었으면 자식의 이름에 그런 엄청난 염원을 담았겠는가. 이 책을 읽어보면 곳곳에서 그의 부모님의 뜨거운 신앙과 헌신적인 사랑의 실천을 발견하게 되고 감동을 받게 된다. 뿐

만 아니라 저자 오성삼 교수 자신의 삶을 들여다보면 볼수록 내 판단
이 옳았음을 확신하게 된다.

그러나 이 책의 어느 구석에서도 그는 자기 이름에 대한 부모님의
작명해설을 소개해 주지 않고 있으니 나로서는 이 문제에 관한 한 여
백을 남겨둘 수밖에 없으나 분명한 것은 그의 부모님의 기독교적 삶의
궤적을 살펴보건대 "사랑하는 나의 아들아, 너는 반드시 평생토록 성
삼위일체 하나님을 마음에 품고 살 것이며, 또한 그를 닮아가야 할 것
이니라." 하는 기독교적 염원을 품고 지어준 이름으로 생각할 수밖에
없다. 실제로 경기도 동두천시 안흥리 38번지의 어느 보육원에서부터
시작하여 오늘날 한국의 교육학계 거목으로서 대학교수직에서 명예롭
게 은퇴하고 이어서 명문고교의 교장으로서 기독교적 삶과 철학을 심
어 놓고 떠나온 그의 전 생애를 돌아보았을 때 나는 그가 진실로 "성삼
답게" 살아왔다고 믿어진다. 그것이 이 책을 읽고 나서야 비로소 내 눈
에 띄었고 내 뇌리에 박혀 들어왔다. "아하, 그래서 그의 이름이 성삼
이었구나. 그리고 그래서 그렇게 살아왔구나." 하고.

이 책의 저자 오성삼 교수는 완전 자유인이다. 거침이 없다. 그는 워
낙 안흥리의 들과 산에서 또는 그곳의 고아원에서 그야말로 '자유와 자
율을 공기처럼 흡입하고 물처럼 마시면서 자란 사람'이기 때문에 어느
무엇에도, 어느 누구에도 얽매일 수 없다. 이 책에서 그는 마음 놓고 자
기의 단점과 실패담을 쏟아놓고 있다. 심지어 자신에 대한 험담도 마
다하지 않는다. 그런데 자신에 대한 이 모든 부정적 평가와 회고담이
도리어 아름다운 바이올린 협주곡으로 들리는 것은 무슨 까닭일까?

하기야, 안토니오 비발디의 포시즌스에도 여름철 천둥번개 치는 소리, 폭우 쏟아지는 소리, 그래서 목동이 우는 소리가 있고, 겨울철 폭설이 쏟아져 사냥꾼이 뒤로 자빠져 사냥감을 놓치고 낭패 보는 장면이 있음에도 비발디의 사계를 사람들이 사랑하는 것은 꽃이 피고 새가 노래하는 봄과 달빛 아래에서 가든파티를 즐기는 가을이 있어서이리라. 그러나 그것만이 아니리라. 아마도 그 사계 속에 담긴 지상 최고의 청순함과 아름다움이 있기 때문일 것이다. 마찬가지로 나는 오 교수의 생애를 볼 때에 아무리 그가 자신의 부정적인 과거를 부끄럼 없이 담대하게 털어놓더라도, 도리어 그 모든 단점과 허물의 자백, 실패담과 불행했던 삶이 그만의 장점과 겸손 그리고, 성공담과 행운이 함께 어우러진 깨끗하고 아름다운 협주곡으로 들릴 뿐이다. 그렇기 때문에 이 책을 읽어 내려갈 때 독자들은 어쩌면 오 교수 및 그의 가족들과 함께 소리 없이 울기도 하고 소리 내어 웃기도 할 것이다. 그렇게 눈물과 웃음의 교차에서 우러나오는 아름다운 인생 심포니가 이 책 안에서 울려 퍼지고 있는 것이다.

또한 더 깊이 알고 보면 이 책 안에는 오성삼 교수가 자신의 그러한 생애를 부끄럼을 무릅쓰고 백일하에 드러내면서 독자들에게 넣어주고자 하는 그만의 교육학적 메시지가 있다. 즉, 고난을 극복하는 불굴의 정신, 하나님의 구원의 손길이 언제나 나와 함께하고 있다는 기독교적 믿음, 사람은 완제품으로 존재하는 것이 아니라 차츰 만들어져 가는 영원한 미완성품이라는 겸허한 철학적 정신, 그 밖에도 그의 생애는 우리에게 너무나 많은 교육학적 가르침을 남기고 있다.

교육학자이며 교육행정가인 오성삼 박사, 그는 건국대와 서울대에서 학부와 대학원, 그리고 시카고와 플로리다(주립대)에서 교육학을 전공하고 박사학위를 취득하였다. 그 후 귀국하여 모교에서 평생토록 헌신한 학자이며 교육자이다. 그런가 하면 건국대에서는 평생교육원장, 교육대학원장, 사범대부속고등학교장, 정부에서는 교육부 국제교육진흥원장, 그리고 건대 정년퇴임 후에는 송도고 교장을 비롯해서 수많은 사회적 직책을 맡아 봉사하였다. 실로 교육학자로서 이론과 실천을 겸한 보기 드문 성공사례라 하겠다. 이러한 교육학적 이론과 실천이 그만의 특유한 혁신적·창의적 사고와 접목되어 그는 가는 곳마다 역사적 기록과 혁명적 발자취를 남겼다.

내가 관찰한 바로는 그는 누구의 참모가 되기보다는 독립적인 지휘자가 되어야 할 특유한 리더십의 소유자였다. 독자들은 이 책을 통해서 앞에서 말한 나의 주장에 대한 구체적 사례를 만나게 될 것이며 그때마다 나처럼 심한 감동과 충격을 받게 될 것이다. 어쩌면 그러한 체험이 독자들에게 용기와 도전정신 그리고 혁신적인 모범답안을 제공하게 될 것이다. 이것이 내가 전국의 모든 교육학자들과 교육현장 종사자들에게 이 책의 일독을 권하는 이유이기도 하다.

이 책의 저자, 인간 오성삼의 몸에는 고아원생을 구하려다가 함께 목숨을 잃은 젊은 아버지의 피가 흐르고 있다. 학도병출신 보병장교였던 그의 아버지는 동두천감리교회 최초의 설립자였으나 결국 33세의 나이에 그렇게 세상을 떠났다. 생각건대 동갑내기 예수님을 만나러 간 것이리라. 그와 함께 새벽기도로 하루를 시작하면서 재봉질로 홀로 세

자식을 키운 홀어머니의 믿음과 열성이 오늘의 오성삼 교수를 만들어
냈다. 그 시절 천지 분간 못 하고 동서남북으로 뛰어다니던 어린 시절
을 돌이켜보면서 그는 그 시절이 도리어 생산적이며 긍정적인 인생을
만들어낸 자기 주도적 학습기간이며 체험학습 기간이었다고 회고하
고 있다. 이 점은 모든 학부모들이 유념해서 지켜봐야 할 대목이다. 이
것이 내가 교육학자와 교사들뿐만 아니라 십대 전후의 청소년을 키우고
있는 모든 학부모님들께도 일독을 권하는 이유이기도 하다. 부디 많은 감
명과 감동을 받고 이를 자녀교육에 생산적으로 활용해주기 바라는 마
음 간절하다.

　　나 자신이 이 책을 읽으면서 오 교수로부터 실로 많은 것을 배웠다.
지나온 내 생애뿐만 아니라 나 역시 삼 남매를 키운 애비로서 뒤늦게
공감하고 반성하는 바도 많았다. 눈물도 여러 차례 흘렸다. 그때마다
오 교수의 수준 높은 개그가 나를 위로해 주었다. 그의 개그는 눈물 없
이 읽을 수 없는 가슴 아픈 이야기를 웃지 않고는 읽을 수 없는 수준으
로 승화시키고 있다. 독자 모두에게도 같은 경험이 있기 바란다. 그리
하여 모든 독자가 내가 그를 우리 시대 최고로 성서적이며 교육적이
고, 철학적이며 실천적인 진정한 "성삼"으로 일컫는 이유에 공감하기
바란다.

고난의 시대,
교육적 감동을 그려낸 책

김 진 홍
| 목사/두레공동체 운동본부 대표

  모처럼 좋은 책을 추천할 수 있게 되어 기쁩니다. 책이 나오기 전에 원고를 받고 읽기 시작하다가 단숨에 끝까지 읽게 되었습니다. 책의 내용이 그만큼 흥미롭고 내용의 깊이가 있었기 때문입니다. 『그치지 않는 비는 없다』는 책 제목 자체가 이 책의 감동적인 내용을 잘 전해 줍니다. 저자는 책의 서두에서 다음의 글을 인용하고 있습니다.

> "인생을 살다보면 어려운 일이 많습니다.
> 영원히 끝나지 않을 것 같은 시련도 있습니다.
> 그러나 미국의 작가 마크 트웨인이 '그치지 않는 비는 없다'고 말했듯이
> 인생에서 끝나지 않는 시련은 없습니다."

  우리 모두에게 공감을 불러일으켜 주는 글입니다.
  저자 오성삼 박사가 어려서부터 걸어온 길은 자신만의 이야기가 아닙니다. 6.25 전란, 보릿고개 등으로 대표되는 고난의 시대를 헤쳐 나온 우리세대 전체의 이야기이기도 합니다. 나는 오 박사의 글을 읽으며 많은 부분에서 나 자신의 이야기를 읽는 것처럼 느꼈습니다.

바라건대 이 책을 젊은 세대들이 많이 읽고, 선배들이 오늘의 이 나라를 건설하기 위해 얼마나 힘든 날들을 살아왔는지를 이해할 수 있었으면 하는 마음 간절합니다.

역사학에서는 다음의 격언이 있습니다. '선조들이 겪은 고난의 역사를 체득體得하지 못한 백성들은 다시 그 고난의 역사를 겪게 된다.'는 격언입니다. 오성삼 박사를 포함한 우리 세대가 겪었던 고난과 시련의 역사를 다음 세대들이 온몸으로 배울 수 있기를 바랍니다. 그런 점에서 이 책은 한 권의 교과서가 될 수 있는 책입니다. 이 책을 보다 많은 분들이 읽을 수 있게 하는 일에 사명감을 느낍니다.

그치지 않는 비는 없다

자신의 취약함을
성공에너지로 승화시킨 이야기

이윤재

| 전 월드비전 한국회장

우리가 존경하는 사람들의 이야기는 오래전부터 역사서를 통해, 그리고 여러 경로의 매체들을 통해 읽을 수 있지만 우리 주변에서 감동적인 인물의 이야기를 읽는다는 것은 그리 쉬운 일이 아닐 것입니다. 그만큼 요즘 세상이 각박해진 때문이기도 할 것입니다. 그러나 나에겐 아주 다행스럽게도 평소 자랑스럽게 생각하고 많은 분들께 소개하고 싶었던 인물이 있었습니다. 바로 이 책의 저자인 오성삼 교수입니다.

내가 그를 알고 지낸 세월은 참으로 오래되었습니다. 1966년 그가 대학 신입생 시절이었을 때 월드비전의 후원을 받고 있는 동두천 안흥보육원 출신으로 월드비전 장학금을 받게 되면서 나와의 인연이 시작되었습니다.

그는 대학생활 4년간 남달리 삶에 대한 열정이 넘쳤고 도전의식이 강한 학생이었지만 형편은 매우 열악한 상황이었습니다. 그 시절 해마다 여름방학이면 4박 5일에 걸친 월드비전 장학생들의 수련회가 개최되곤 했습니다. 그때 내가 전해들은 이야기가 아직도 기억에 남아있습니다. 잘 곳이 없어 대학 옥상과 건물에서 생활하던 그는 "월드비전의 수련회 4박 5일의 기간이 하루 세 끼니를 걱정 안 하고 지낼 수 있는 행복하고 편안한 기간"이라 했습니다.

그의 삶을 회상해 보건대 그는 자신의 취약함을 오히려 성공의 에너지로 승화시킨 인물입니다. 이 책은 그가 걸어 온 힘겨웠던 날들에 대한 승전가를 이야기하고 있습니다. 가난과 질병과 좌절의 순간들을 극복하고 우리나라 교육계에 학자로, 교육부의 기관장으로 그리고 학교 현장 전문가로 활동해 온 그의 발자취를 감동으로 그려낸 책이기도 합니다. 그와 동시대를 살아 온 세대들에겐 고개가 절로 끄덕여지는 공감의 내용을, 오늘의 후학 세대들에게는 도전의 용기와 희망을 전해줄 것이라 믿어 독자들에게 이 책을 추천합니다. 무엇보다 이 책을 읽는 모든 분들이 기독교적 가치관과 신앙이 우리들 삶에 어떻게 작용하고 있는가를 생각할 수 있는 계기가 되었으면 합니다.

그치지 않는 비는 없다

목차

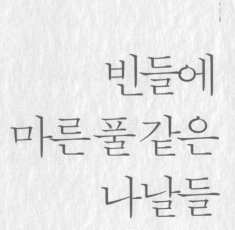

빈들에
마른 풀 같은
나날들

내가 중학생 시절이었던 1960년. 우리나라의 1인당 국민소득GNP
은 85달러에 불과했다. 당시 세계 평균 GNP가 338달러였으니 우리나
라의 상대적 빈곤이 어떠했는지를 상상할 수 있을 것이다. 인터넷에
올라온 어느 할머니의 가계부 기록에 의하면, 나의 고등학교 시절인
64년에 쌀 1말이 300원, 연탄 한 장 7원, 두부 1모 20원, 소고기 반 근
40원, 돼지고기 반 근 30원, 빨래비누 3장에 60원이었다. 하지만 이 금
액으로도 서민들이 3일 동안 품을 팔아야 쌀 한 말을 살 수 있던 시절
이었다.

60년대 초반에는 트위스트twist 춤이 유행했고, 중반에 이르러 청바
지와 통기타 그리고 생맥주로 표현되는 청년문화가 우리사회에 등장했
다. 비키니수영복과 미니스커트, 장발이 유행하면서 경찰이 행인들 무릎
위의 치마 길이를 재는 한편 가위를 들고 장발 단속을 하던 시절이었다.
그런가 하면 지하도로 내려가는 입구마다 경찰이 대학생들의 가방을
검색하기도 했다. 어느 가수는 콧수염을 길렀다는 이유로 방송출연 금
지를 당하자 미국으로 이민을 떠났고, 자정 12시가 되면 통행금지 사
이렌과 더불어 통금을 위반하는 사람들을 단속하던 시절이었다. 어쩌

다 크리스마스와 연말연시가 되면 한시적으로 통행금지가 해제되기도 했는데, 사람들은 통금의 해방감을 맛보려 명동으로 몰려들곤 했다. 밤 문화가 없던 시절 이웃들이 모여 즐기는 화투 놀이가 대중화되었고 한밤에 찹쌀떡과 메밀묵 장사들이 동네를 돌곤 했다. 당시 인기가 있던 만화는 『쌍무지개 뜨는 언덕』이었다.

63년 9월 드디어 삼양라면이 출시되었던데 100g이었던 라면 최초의 값은 10원이었고 70년에 이르러 라면 한 봉지 20원, 자장면 100원, 소주 한 병 65원으로 인상되었다. 1969년 제3한강교가 개통되고 이듬해 경부고속도로가 개통되면서 60년대 초반 평당 300만 원 정도하던 말죽거리(양재역 사거리)의 땅값이 5,000~6,000만 원으로 폭등했다.

우리나라에 최초의 흑백 TV가 등장한 것은 66년 8월로 가격은 쌀 27가마에 해당하는 6만 8천 원, 회사 직원의 1년분 연봉과 맞먹는 수준이었다. 같은 해 출시된 최초의 국산 냉장고(눈표냉장고) 가격 또한 8만 6백 원으로 엄청난 고가품이었다. 국가기록원 자료에 따르면, 당시 냉장고 보유자는 6백 가구당 1대꼴이었다. 나의 대학시절, 학생들의 버스표는 2원 50전이었고, 내가 군 생활을 하던 70년대 병사월급은 병장 900원, 상병 800원, 일병 700원, 이병 600원이었다. 오늘날(2018) 병장월급 40만 5700원, 상병 19만 5000원, 일병 17만 6400원과 비교하면 당시 병사들의 처우가 빈약하기 그지없었다. 75년 월남전이 종전되었고, 가수 김추자의 노래 '월남에서 돌아온 김 상사'가 유행하던 그 시절 내 인생 초년기의 이야기를 떠올려본다.

안흥리 38번지

안흥리 38번지. 지금은 '동안동'으로 명칭이 바뀐 곳.

경원선 열차를 타고 가다 동두천역에 내리면 서쪽 방향 그리 멀지 않은 곳에 보육원이 하나 있었다. 그 시절 사람들이 38선 이북에서 온 피난민들'이라는 의미로 '38 따라지'라 부르던 곳이었다. 세월의 흐름 속에 보육원은 오래전 문을 닫았지만 그곳에서 보낸 소년기의 흔적들은 아직도 쓰디쓴 커피 찌꺼기처럼 아픈 기억으로 남아 있다.

내가 초등학교 3학년이던 5월 어느 날, 우리 가족은 그곳의 보육원에서 일하게 된 아버지를 따라 이사했다. 이삿짐을 실은 트럭이 커다란 미루나무 아래 정차했을 때, 교회 옆으로 흘러내리는 냇가에서는 동네 아이들이 이상한 방법으로 물고기를 잡고 있었다. 무거운 해머를 들어 올려 냇가의 큰 돌을 내리쳐 그 밑에 있던 물고기들이 기절해 떠

그치지 않는 비는 없다

오르면 뜰채로 그 물고기들을 건져내곤 했다. 처음 보는 신기한 장면이었다. 냇가 둑 언저리에는 뽕나무와 밤나무가 즐비했고, 동네 아이들이 제철을 만난 뽕나무에서 오디를 따 모으며 즐거워했다.

　신앙심이 돈독한 아버지는 보육원에서 일하시며 조그마한 시골 교회를 증축하는 일을 시작하셨고, 나와 내 동생은 보육원에 있는 원생들과 똑같은 생활을 시작했다. 그때 내가 다니던 학교는 운동장에 천막을 설치해 운영하는 5년제 고등공민학교였다. 학생들의 절반가량은 보육원 아동들이었고, 나머지 절반은 동네 아이들이었다. 학년에 따라 천막 속에서 이뤄지던 수업은 주로 동네 학생들을 대상으로 했다. 보육원에서 생활하게 된 나는 그곳 아이들과 어울려 학교 공부와는 별도의 놀이에 빠져들고 있었다. 학교는 다녔지만 공부보다는 학적을 유지하는 상태였고, 교실 수업을 통해 지식을 얻기보다는 산과 들을 헤매며 놀이를 통해 즐거움을 추구하는 것이 하루의 주된 일과였던 것이다. 세월이 흐른 지금, 대한민국의 교육정책이 제시하고 있는 자기 주도적 학습과 체험학습을 우리는 이미 1960년대에 실현하고 있었던 셈이다. 경제적으로 어려운 시절이었으니 교과서를 살 수도 없었지만, 학교 공부 대신 진행되었던 우리들끼리의 체험 학습(?)은 교과서가 필요치도 않았다.

　학교 수업 중에도 전투 훈련을 하는 미군 병사들의 사격소리가 이산 저 산에서 들려오면 보육원에서 생활하는 애들은 누가 먼저랄 것도 없이 저마다 교실을 뛰쳐나와 소리 나는 곳으로 달려가곤 했다. 미군들이 사격 훈련을 할 때 총에서 튕겨 나오는 탄피는 놋쇠로 만들어져 값이 제법 나갔기 때문이다. 우리는 탄피를 주워 엿으로 바꿔 먹거나 그것들을 팔아 건빵이나 마른 오징어를 사 먹기도 했다.

여름철이면 어른들이 보육원 앞을 흐르는 큰 냇가에서 폭약을 터뜨려 물고기를 잡곤 했다. 물고기들이 기절해서 물 위로 하얗게 배를 드러내고 떠오르면 이를 건져내는 것이었다. 그런 날이면 우리도 어른들 틈에 끼어 기절한 물고기들을 건진 후 남의 밭에서 호박이며 풋고추 등을 따서 깡통에 넣어 함께 끓여 먹곤 했다. 그런 음식으로도 우린 무척 행복했다. 깡통에 끓인 민물고기 매운탕 한 숟가락을 떠먹거나 건빵 한 봉지를 거머쥘 때면 온 세상을 자신의 손아귀에 넣은 것처럼 충만한 느낌이 들었다. 우리는 닥치는 대로 주워 먹으며 건강하게 자랐다. 학교 입장에서 보면 이런 보육원 아이들은 참으로 귀찮은 존재들이었을 것이다. 동네 학생들의 도시락을 훔쳐 먹는 것은 흔한 일이고 학생들 중 누군가 새 신발을 신고 오는 날이면 교실 뒤쪽 신발장에 놓인 그 신발을 훔쳐 신고 달아나는 일들이 빈번했다. 보육원 애들은 결석하는 날도 너무 많아 오죽하면 선생님들은 이름이 출석부에 올려져 있어도 아예 부르지 않았다. 출석부 정리가 어렵기 때문이었다. 차라리 학교에 나타나지 않는 게 선생님과 학급의 다른 애들을 도와주는 것이었다. 내가 유달리 싫어하는 수업은 역사 시간이었다. 꼬장꼬장한 역사 선생님은 출석을 부르고 나면 언제나 교과서 검사를 했다. 교과서를 가져오지 않은 학생들은 한 시간 내내 복도에 나가 손을 들고 벌을 서야 했다. 학교에 책을 가져오지 않는 것은 군인이 전쟁에 총을 들고 가지 않는 것과 마찬가지란 이야기를 늘 되풀이했다. 하지만 어쩔 수 없었다. 보육원 아이들은 책을 살 돈이 없었으며, 설령 돈이 생긴다 해도 책보다 먹는 게 우선인 상황이었기 때문이다.

돌이켜보면 모두 가난한 시절이었기에 극한의 가난 속에서도 우리는 동질감을 바탕으로 좌절하거나 자격지심은커녕 경쟁의 필요성도 느끼지 않고 성장해 갔다. 우리는 세상 모든 아이들이 우리들처럼 살아가고 있을 것이라 믿었다. 어린 시절 안흥리 38번지에서의 생활이 비극적일 만큼 가난했었다는 사실을 알기 시작한 것은 다행히도 그로부터 한참 뒤였다.

그 보육원 이야기

내가 종소리에 대한 낭만을 잃어버린 이유는 아마도 어린 시절 보육원의 종소리 때문이란 생각이 든다. 그 시절 보육원의 사무실 출입구 왼쪽에는 톱니바퀴 모양의 미군 탱크바퀴 하나가 매달려 있었다. 붉은색 페인트칠을 해서 쇠사슬로 매달아 놓은 육중한 쇠붙이는 100여 명이 넘는 아이들을 통솔하는 수단이었다. 탱크 바퀴로 된 종소리가 '땡땡 땡땡' 두 번씩 울리면 '식사, 식사'를 알리는 신호요, '땡땡땡 땡땡땡' 세 번씩 울리면 '모여라 모여라'를 알리는 신호였다. 그리고 '땡땡땡땡…' 연속적으로 울리면 무언가 심상치 않은 일이 벌어졌음을 알리는 비상 신호였다.

종소리의 위력은 대단했다. 매일 아침 곤한 잠을 자고 있는 아이들을 깨웠고, 1백여 명이나 되는 애들을 목장의 소떼들처럼 식당으로 모

그치지 않는 비는 없다

여들게 했으며, 사방팔방 흩어져 놀던 아이들을 보육원 앞마당에 줄 세웠다. 보육원 애들이 끔찍이 싫어하던 종소리는 '땡땡땡땡땡땡' 울려 대던 비상 신호였다. 날이면 날마다 자유분방하게 살아가던 우리에겐 정말 짜증스럽고 지겨운 소리가 아닐 수 없었다. 보육원은 예외가 좀처럼 인정되지 않는 곳이었다. 모이면 언제나 인원 점검을 했으며, 인원 점검에서 빠진 아이들은 저녁 점호시간에 호된 벌을 받곤 했다.

한여름 냇가에서 즐겁게 물놀이를 할 때 들려오는 종소리, 한겨울 남의 집 토종닭을 잡아다 신나게 구워 먹고 있을 때 들려오는 종소리는 마치 악마가 으르렁거리는 소리처럼 느껴졌다. 아이들의 공통된 바람 하나는 누군가 한밤중에 그 종을 훔쳐 달아나 버렸으면 하는 것이었다. 소수이긴 했지만 종종 원생들이 보육원을 탈출하는 사건이 발생하곤 했기 때문이다.

종소리에 대한 증오감이 크긴 했지만 식사를 알리는 종소리는 기다려지는 소리였다. 비록 추석날과 크리스마스, 그리고 설날을 제외하고는 예외 없이 똑같은 식사였지만 말이다. 아침과 저녁은 보리쌀과 옥수수 가루가 반반씩 섞인 밥과 시래깃국에 김치와 새우젓이 반찬이었다. 점심엔 짙은 황토색에 가까운 밀기울 수제비가 나오거나 옥수수 가루를 풀어 만든 죽이 배급되었다.

이 같은 생활 속에서도 생일을 맞이하는 아이들에게는 그날 하루만큼은 보리보다는 쌀이 많이 섞인 밥을 주곤 했다. 그러다 보니 100여 명이 넘는 아이들 중 1년에 두서너 번 생일을 보내는 비양심적인 녀석들이 늘어나가 시작했다. 요즘 학교들처럼 컴퓨터 프로그램을 통해 관리할 수가 없었던 시절이었다. 결국 모든 원생들의 생일을 크리스마스 즉, 12월 25일로 정해버리는 것으로 문제를 해결했다. 어차피 그날은 생일이 아니어도 쌀밥이 나오는 날이었다.

100명이 넘는 아이들이 식사시간에 받게 되는 급식의 양은 3단계로 분류되었다. 생선가게에서 생선을 분류하거나 과일가게에서 과일을 분류하듯 나이와 덩치에 따라 대치, 중치, 소치로 구분해 양을 결정했다. 아무리 먹어도 늘 허기를 느끼는 아이들은 소치에서 중치로 편입되거나 중치에서 대치로 편입되는 날이면 군대에서 진급하는 것 이상으로 좋아했다. 상위 집단으로 편입되는 그날부터 급식의 양이 늘어났기 때문이다.

한편 모든 아동들이 기다리는 식사 시간이 내겐 참으로 곤혹스런 시간이었다. 지금도 그렇지만 그 시절 나는 유난히 보리밥을 싫어했다. 어머니는 나를 임신했을 때 시골집 가마솥에서 나는 보리밥 냄새로 입덧을 심하게 하셨단다. 그래서인지 보릿고개로 대표되는 4월생인 나는 보리밥을 떠올리기만 해도 아직도 속이 울렁거리는 것만 같다. 보리밥을 입 속에 넣는 순간, 보리알이 입에서 거북하게 맴돌며 목구멍으로 넘길 수가 없다. 그 당시 나는 보리밥과 새우젓과 탱크 바퀴의 종소리만 없으면 세상이 금방이라도 천국으로 변할 것만 같았다. 안흥리 38번지의 단골 메뉴였던 보리밥과 새우젓을 매 끼니 먹어야 했던 그 시절을 보낸 나는 아직도 보리밥 짓는 냄새만 맡아도 토할 것 같고, 돼

그치지 않는 비는 없다

지고기를 새우젓에 찍어 맛깔스럽게 먹는 친구들을 보면 내 자신이 이 방인이 된 것 같은 기분이 든다. 이상하게도 변하지 않는 편식 식성, 그 것이 내겐 보리밥과 새우젓이 돼버린 것이다.

그 시절 우리는 지겹게도 노래를 불러대곤 했다. 식사 시간 배식을 받으면 밥그릇을 앞에 놓고 언제나 노래를 불렀다.

"날마다 우리에게 양식을 주시는
은혜로우신 하나님 늘 감사합니다. 아멘."

일종의 식사 기도인 셈이다. 보육원의 선생님들은 기도하는 자세로 두 손을 모으고 고개를 숙인 채 눈을 감고 노래를 불러야 한다고 주의 를 주곤 했다. 하지만 그 같은 자세로 노래 부르는 또래 애들은 찾아볼 수가 없었다. 이유는 간단했다. 야외용 바비큐 식탁 양쪽에 네 명씩 앉 아 한 테이블에 여덟 명이 식사를 했는데, 식사 기도를 하는 동안 자신 의 밥이나 반찬을 옆의 친구가 훔쳐가지 못하도록 두 손으로 밥그릇을 덮고 노래를 불러야 했기 때문이다. 그마저 마음이 놓이질 않아 실눈 을 뜨고 주변 경계를 하면서 목청만 높여 노래를 부르던 것이 그곳 풍 경이었다. 식사기도의 노랫소리가 작아지는 날엔 몇 번이고 다시 노래 를 불러야 했다. 그런 날이면 감사의 기도는 어느새 악을 쓰는 반항에 가까운 노랫소리로 돌변하곤 했다.
"날마다 우리에게 양식을 주시는
은혜로우신 하나님 늘 감사합니당. 아아아아멘."

노래를 부르는 것은 식사 시간뿐만이 아니었다. 외부에서 손님이 방문할 때면 '땡땡땡 땡땡땡' 집합을 알리는 종소리에 마당으로 몰려들어 환영의 노래를 불러야 했다. 손님들은 대부분 미군 병사들이었다. 종종 우리 민요도 불렀지만 대부분 영어 가사로 된 노래를 불렀다. 영어 발음을 한글로 옮겨 적어 외워서 부른 것이다. 그와 같이 매주 일요일이면 미군 병사들의 교회에 가서 성가를 불러주곤 했다. 예배가 끝나면 한 주간 기다리던 점심시간이 우리를 황홀하게 했다. 보리밥과 새우젓을 싫어하던 내게는 미군 병사들과 함께하는 그 식사야말로 지난 한 주간의 허기진 배를 채우고 겨울잠에 들어가는 북극곰처럼 다음 주까지의 영양을 비축할 수 있는 시간이었다. 그건 나뿐만이 아니었다. 미군들과 함께하는 일요일 점심시간에 음식을 너무 많이 먹어서 식탁 의자에서 일어나다 졸도하는 아이들마저 생겨나곤 했다. 미군 부대 구급차가 달려오기도 했고, 이 같은 이야기가 미군 병사들의 영자신문 'Stars & Stripes'에 기사로 실리기도 했다. 음식을 너무 많이 먹어 배가 복어처럼 부풀어 오른 녀석의 기이한 사진과 함께.

나의 어린 시절, 일요일 점심시간이면 간절한 소망 하나가 늘 생각나곤 했다. 고아원 아이들만이라도 되새김질할 수 있는 위를 가졌으면 얼마나 좋을까 하는 아쉬움이었다.

그즈음 우리 또래의 아이들 가운데 남문이란 녀석이 있었다. 병원에서 보육원으로 들어왔다고 '병래'라는 이름이 붙여지듯, 일설에 의하면 '남문'이란 이름은 그가 어린 시절 보육원 남쪽 문에서 발견되었기 때문이라 했다. '문직'이로 불리는 아이도 있었다. 보육원에 들어온 이후

그치지 않는 비는 없다

로 엄마가 자신을 데리러 올 것이란 기대를 갖고 보육원 현관문에 자주 앉아 있어 붙여진 이름이었다. 후일 주민등록증에 그의 이름이 어떻게 기록되었는지는 알 길이 없지만 아마도 강씨 성의 문직이란 이름을 사용했을 가능성이 커 보인다. 그곳에서는 성이 정확치 않은 애들이 보육원 원장 목사님의 성을 따라 강씨가 되기도 했고, 자신의 출생 연월일이 정확하지 않았을 땐 모두 12월 25일생이 되기도 했다. 요즘처럼 주민등록증이 있던 시절이 아니었기 때문에 가능한 일이었다.

남문이는 내가 소치에서 중치로 영전(?)을 할 때 같은 대열에 끼었던 친구 가운데 한 녀석이었다. 말하자면 진급 동기인 셈이다. 그러나 그는 실상 오랫동안 그곳 안흥리 38번지에 남아 있지는 않았다. 우리가 중학교에 진학하기 이전에도 몇 차례인가 그곳을 탈출했었고, 얼마 못 가서 잡혀 들어오곤 하던 친구였다. 식성이 별로 좋지 못하던 나에 비하면 그는 제법 살집이 좋았던 녀석이다. 나의 어린 시절은 살찐 사람들이 부러움의 대상이 되던 때였다. 조금 둔한 느낌을 주긴 했지만 그의 허여멀건 살집은 우리 또래 깡마른 아이들에겐 부러움의 대상이었다.

한낮의 해가 기나긴 여름날 저녁이면 식사를 마친 원생들이 탱크바퀴 종이 매달린 마당에 나와 권투시합을 하곤 했다. 놀 거리와 볼거리가 흔치 않던 그 시절엔 미군부대를 통해 굴러 들어온 권투 글로브를 끼고 강아지들처럼 서열다툼을 하는 것이 낙이었다. 그가 두 번째 탈출 이후 잡혀 돌아왔을 때 어디서인가 권투글로브를 가져와 끼고 상대방 공격을 X자 형태로 방어하는 멋진 폼을 익혀 우쭐대었다. 그를 마지막으로 본 날은 초등학교 졸업을 얼마 앞두고 있던 때로 기억한다. 그는 그날 밤 또다시 탈출을 시도했고 다시 잡혀 올 줄 알았지만 끝내 돌아오지 않았다. 그가 떠난 후 한동안 우리 또래의 애들은 그에 대한 이야기를 하곤 했지만 시간이 지남에 따라 점차 잊힌 존재가 되었다.

그런 남문이의 이야기를 다시 전해 듣게 된 것은 상당한 세월이 지난 후였다. 전해 들은 바에 따르면, 그가 안홍리 38번지를 마지막으로 떠난 후 첫발을 들여놓은 곳이 청계천 지역이었다고 한다. 그는 그곳에서 넝마를 주워다 팔았는데, 트럼펫 나팔 하나를 장만해서 멋진 연주자의 삶을 살아가고 싶었던 것이다. 그가 고된 삶 속에서 그나마 위안을 얻을 수 있었던 것은 머지않아 악기를 장만할 수 있다는 희망 때문이었다. 그러던 그가 어느 날 넝마를 주우러 나섰다가 경찰의 불심 검문에 걸려들었다. 당시 거주지가 일정치 않았기에 결국 부랑자로 몰려 불광동 쪽에 있는 소년원에 수용되고 말았다. 그런데 전화위복이랄까, 그가 희망하던 악기를 배울 수 있는 기회가 생겼다. 소년원에 그가 꿈꾸던 밴드부가 있었던 것이다. 규율에 매인 단체 생활이 싫어 안홍리 38번지를 탈출했던 그가 또다시 소년원 울타리 속에 갇힌 건 아이러니한 일이지만, 소년원생들로 구성된 브라스 밴드부에 들어가 나팔을 접할 수 있게 된 것은 그의 인생행로를 바꾸는 계기가 되었다. 그는 열심히 연습을 하였고 그의 열성을 눈여겨보던 그곳 음악선생이 그에게 좋은 스승이 돼주었다. 소년원에서 열심히 노력한 덕분에 그는 훗날 '리버사이드 호텔' 나이트클럽의 악단장으로 자리를 잡게 됐다. 그 후 작곡, 편곡 공부를 시작해서 나중엔 많은 가요들을 편곡해 국내 영화음악 편곡자로 왕성한 활동을 하게 되었다. 그의 실력이 점차 인정받기 시작했을 즈음엔 서울시내 S 여자대학 체육과인가 무용과를 졸업하고 가요계에 등장한 여인을 만나 결혼도 했다. 그들 부부는 종종 방송을 타기도 했고 한동안 밤무대에서도 활동했다. 어느 날 이들 부부가 1983년 제1회 MBC 국제가요제에 한국 대표팀으로 출전해 노래를 부른다는 소식이 전해졌다. 자신이 작곡한 노래를 부부가 출연해 노래하는 기회를 얻은 것이다. 안흥리 38번지를 떠난 지 20여 년이 지난 후, 현란한 조명과 함께 TV 스크린에서 만난 그는 어린 시절 권투 장갑을 끼고 폼을 잡던 넓적한 얼굴 모습과 살찐 체구를 그대로 지니고 있었다.

그 시절 안흥리 38번지에서 성장한 원생들 대다수는 군에 입대해 베트남전에 지원했었다. 이들 가운데 내가 친하게 지내던 상준이는 세월이 지난 지금도 삶의 여운이 남는 유별난 친구다. 그는 100여 명이 넘는 그 보육원 원생들 가운데 '깡다구'로 불리던 정의감이 강한 친구였다. 그가 해병대로 베트남전에 참전한 후 사회 첫발을 내딛은 곳이 서울 시내 한 유명 호텔이었다고 한다. 그곳 호텔에서 손님들의 짐을 방까지 운반해주는 포터porter 생활을 하고 있을 때였다. 중동지역의 어느 왕족이 호텔에 도착했는데 우연히 그가 짐을 운반하게 되었다. 그는 짐을 옮긴 후 왕족이 건네주는 두둑한 팁을 정중히 사양하며 이렇게 이야기했다. "오늘 제가 귀하의 짐을 운반하게 된 것은 제 일생에 큰 행운이었습니다." 이후로도 그 왕족이 호텔에 머무는 며칠간 현관문을 드나들 때면 그는 그에게 극진한 예우를 갖추었다. 친구를 눈여겨본 왕족은 호텔을 떠나며 그에게 다가와 연락처를 남겨주었다. 자신의 도움이 필요하면 연락하라면서. 그 일로 인해 그는 얼마 뒤 그 왕족의 초대를 받았고, 중동지역을 경유하는 여객기의 식품 납품권을 얻게 되었다고 한다. 사람의 운명이란….

세월이 흐른 지금 돌이켜보니, 이전의 그곳 안흥리 38번지에서 생활하던 100여 명의 원생들 이야기는 저마다 한 편의 파란만장한 드라마와 같다는 생각이 든다.

내가 중학교 2학년이 되었을 무렵의 기억이다. 그때 보육원에 새로 들어온 양준이란 친구가 있었다. 그가 학교에 온 지 얼마 안 되어 중간고사가 치러졌는데, 그는 보육원에 들어오기 전 성경을 접해 본 적이 없었기에 예수의 열두 제자 이름을 묻는 시험 답안지를 쓸 수가 없었다. 그래서 나의 옆구리를 꾹꾹 찔러 커닝을 하다 걸렸다. 그런데 선생님은 답안지를 보여 준 나를 칠판 앞으로 불러내 호되게 종아리를 때렸다. 그 미안함이 컸던 때문인지 체격이 좋았던 그는 내게 잘 대해 주었다. 그는 훗날 고등학교에 진학하면서 경찰공무원이 되겠다는 꿈을 갖게 되어 보육원에서 직선거리로 약 500m 떨어진 야산 기슭에 토굴을 파 자신만의 공부방을 만들었다. 한동안 그곳에서 호롱불을 켜 놓고 공부를 했는데, 어느 날 고기가 너무 먹고 싶어졌단다. 책을 펴면 보이는 것은 온통 소고기, 돼지고기, 닭고기…. 불고기, 갈비 바비큐, 돼지고기 두루치기, 고깃국…. 온통 고기 생각뿐이었다. 결국 고기를 먹기 위한 계획을 세웠다. 읍내 정육점에 가서 고기를 훔쳐 달아나기로 한 것이다. 그런데 걱정거리 하나가 떠올랐다. '고기를 가지고 도망칠 때 정육점

주인이 고기 썰던 칼을 등 뒤로 던지면 어쩌지?' 그래서 그는 미군부대에서 나온 양철 쪼가리를 오려 방탄복처럼 만들고 그 위에 옷을 걸쳐서 원정(?)을 떠났다. 그때 그가 훔쳐 달아난 고기가 쇠고기였는지 돼지고기였는지, 한 근이었는지 두 근 또는 그 이상이었는지는 듣지 못했지만, 그날의 사건은 영화 '람보'의 무용담처럼 그곳 보육원 아이들의 오랜 영웅 전설로 남았다.

같은 학년 순목이는 보육원 생활을 마치고 성년이 되어 미군부대에 취직을 했다. 그리고 미용실을 운영하는 여성과 결혼을 했다. 그들은 수십 년을 그 지역에 남아 생활하며 아들을 공부시켜 지역 국회의원에 당선시켰다. 장한 아버지요 어머니가 된 것이다. 말썽꾸러기 100여 명 속에서 소치, 중치, 대치 밥그릇 다툼을 하던 그들이 훗날 목사가 되고 장로가 되고 선교사가 되어 활동하는 소식을 접하며 나는 만감이 교차하곤 한다. 그 시절 나보다 무려 5살 정도가 많았던 보육원의 남상철 선배. 훗날 그와의 우연한 재회에서 그가 내게 하던 말이 지워지질 않는다. "나는 예수님을 믿고 따르다 그를 위해 순교할 수 있다면 원이 없겠다." 그는 정월 대보름이면 논바닥에서 보육원생들을 대표해서 동네 주먹들과 맞장을 뜨곤 하던 주먹 왕이었다.

아버지의 죽음, 두 개의 무덤

초등학교 4학년 봄에 돌아가신 아버지에 대한 기억이 많지는 않다. 그나마 기억나는 것은 가난한 사람들을 돕고 신앙생활에 열중하시던 모습뿐이다.

우리 가족이 동두천에 있는 보육원으로 이사한 연유는 아버지의 소속 부대가 동두천에 주둔했기 때문이었다.

초등학교 1, 2학년 시절. 토요일이면 학교에서 돌아와 아버지가 근무하던 부대에 놀러 가곤 했다. 병사들은 어린 나를 무척 귀여워해 주었고, 간혹 생나무를 깎아 만든 팽이나 모형 자동차 같은 조그만 선물을 건네주기도 했다. 병사들의 나에 대한 사랑은 전적으로 아버지의 선행 덕분이었다. 한국전쟁 때 학도병으로 입대해 보병 장교가 되신 아버지는 당시 군부대에 식당이 따로 없어 식사 시간마다 병사들이 기거하는 막사를 돌며 기도를 했다. 식사 기도는 식사에 대한 감사 기도의 성격을 넘어 고향에 계신 병사들의 부모님과 가족의 안녕을 위한 성격이었던 것으로 기억한다. 식사가 끝날 즈음엔 커다란 주전자를 들어 병사들의 밥그릇에 일일이 물을 따라주곤 하셨다.

아버지에 대해 정말 못마땅했던 기억 중 하나는 별도로 마련된 아버지와 내 몫의 식사를 옆자리 병사들의 식사와 함께 섞어 다시 나누곤 하는 일이었다. 나의 쌀밥이 병사의 밥과 섞여 보리밥으로 변하고, 생선 통조림(당시 고등어나 오징어를 통째로 넣어 만든 통조림이 많이 나왔던 것으로 기억한다) 요리가 병사들의 시래깃국에 섞여 나누어지곤 했다. 보리밥을 끔찍이 싫어하던 나는 아버지의 그런 행동을 이해하기에는 너무 어렸다.

아버지는 군에서 자재를 공급받고 병사들을 동원해 동두천에 처음으로 교회를 세운 분이다. 목조건물이던 '동두천감리교회'가 아버지께서 지으신 교회였다. 이제는 화재로 흔적조차 없이 사라졌지만, 이른 봄, 교회 신축 공사장에서 소매를 걷어붙이고 병사들과 함께 삽질을 하던 아버지의 모습은 아직도 기억 속에 선명하다.

아버지는 본래 감리교인은 아니었다. 이북에서 피란 온 대다수 개신교 신자들처럼 아버지 역시 장로교 신자였다. 하지만 아버지가 전근을 오기 전부터 그곳의 가정집에서 시작한 교회가 감리교회였기에 전통을 존중해 감리교회를 신축하기로 한 것으로 짐작된다.

그래서인지 군에서 전역한 뒤 동두천 최초의 장로교회인 '동성교회'

를 건축하는 일에 남다른 열정을 보이셨다. 교회가 완성된 후에는 가족이 안홍리로 이사를 했다. 그곳엔 군부대가 이전하고 난 병영지에 식당을 개조해서 교회로 사용하던 건물이 있었다. 우리가 이사한 지 며칠이 지나지 않아 아버지는 교회 건물 앞에 종탑을 만들기 위해 그곳 사람들과 어울려 초여름 구슬땀을 흘리고 계셨다.

군에서 예편한 직후에 아버지는 잠시 양계장을 운영했다. 아버지의 하루 일과는 집에서 30여 분 떨어진 교회에 새벽 기도를 다녀오는 것으로 시작됐다. 어느 추운 겨울날의 일이었다. 새벽 기도회를 마치고 집으로 돌아오는 길, 아버지는 나이가 많아 쇠잔해진 걸인 한 사람과 마주쳤다. 아버지는 입고 있던 코트를 벗어 그에게 입혀주었다. 그러고도 마음이 놓이지 않았는지 그를 집으로 모셔와 아침식사를 대접해 보내드렸다. 그 할아버지가 눈물을 흘리며 우리 집 마당을 걸어 나가던 모습이 지금도 희미하게 내 기억 속에 남아 있다. 언제든 도움이 필요하면 다시 오시라던 아버지의 당부에도 할아버지는 끝내 다시 오지 않았다.

그 일이 있은 지 얼마 후, 새벽 기도를 갔던 아버지는 뜻밖의 손님을 모시고 왔다. 잔뜩 겁에 질린 그 손님은 양손에 닭 두 마리를 거머쥐고 있었다. 집에 들어서는 아버지는 손님과는 대조적으로 상기된 표정이었다. "여보, 하나님께서 오늘 아침 우리에게 좋은 식사를 할 수 있도록 닭 두 마리를 주셨어요. 어서 아침 준비를 하구려."

어머니는 직감적으로 무슨 일이 벌어졌는지 아셨다. 그즈음 우리 집

양계장에는 종종 밤손님이 찾아와 닭을 훔쳐가는 일이 벌어지곤 했다. 그날 밤손님은 운이 나쁘게 새벽 기도를 다녀오시던 아버지에게 덜미가 잡힌 것이다. 아버지는 그날 아침 닭 도둑에게 식사를 대접해 보냈다. 그 시절 어린 나는 그것이 아버지의 말대로 하나님의 선물이든, 재수 없는 닭 도둑의 선물이든 상관없었다. 그저 그런 일이 종종 일어나서 닭고기를 자주 먹을 수만 있다면 행복할 것 같았다.

속이 터지는 사람은 어머니였다. 아버지가 군에 복무하실 때도 집안 살림은 어머니의 몫이었다. 아버지의 급여는 병사들이 휴가를 떠날 때 부모님 선물이나 교통비에 쓰라고 나눠졌고, 길거리 불우한 사람들의 식사비가 되고, 교회에 헌금하느라 바닥났기 때문에 어머니가 장사를 해서 집안 살림을 꾸려야 했다

아버지는 가끔 나를 동네 뒷산에 데려가시곤 했다. 그리 높지 않은 동산에 올라 둘이 앉아 있을 때면 아버지는 똑같은 질문을 반복하셨다. "넌 이담에 커서 어떤 사람이 되고 싶으냐?" 사실 아버지는 장래에 내가 무엇이 되고 싶은지 궁금하신 것이 아니었다. 나의 바람이 아버지와 같은지를 확인하기 위한 것이었다. 정답은 "의사가 되겠습니다." 였다. 아버지는 가난한 사람들을 치료해주는 슈바이처와 같은 아들의 모습을 기대하셨던 것 같았지만, 내가 의사가 되겠노라고 대답한 기억은 없다.

당시 동두천(지금의 신시가지 시장으로 추정됨)엔 한국전에 참전했던 영국군들이 주둔해 있었고, 야전병원에서는 외국 군의관들이 지역 주민

들을 대상으로 진료 활동을 하고 있었다. 미국 인기 장수 TV 프로그램이었던 'MASH(육군 이동 외과 병원)'를 연상케 하는 곳이었다. 아버지는 산에서 내려오면 나를 데리고 그곳 병원에 들러 외국인 의사들이 봉사하는 모습을 보여주시곤 했다. 이를테면 장래 직업관을 어려서부터 확실하게 각인시켜 두려는 의도가 있었던 것 같다. 그런 기대 때문이었는지 아버지는 공부에 관한 한 내게 몹시 엄격한 분이었다. 저녁이 되면 아이들은 논두렁 볏단 속에 둥지를 만들어 재미있게 놀곤 했지만, 나는 책을 펴놓고 공부해야 했다. 가끔은 공부를 게을리한다고 회초리를 맞기도 했다. 덕분에 학교 성적은 언제나 좋았지만, 아버지에 대한 두려움은 점점 커져만 갔다. 어린 시절 나는 공부 때문에 잔소리를 듣거나 간섭을 받지 않고 마음대로 생활하던 보육원 친구들이 정말 부러웠다. 나도 무서운 아버지가 안 계시면 또래 애들처럼 지겨운 공부 대신에 신나는 놀이로 재미있게 생활할 수가 있을 텐데. 그런 나의 마음을 하나님이 알게 된 때문일까. 나의 터무니없는 생각이 실제 상황으로 다가오기까지 그리 오랜 시간이 걸리지 않았다.

초등학교 4학년이던 그해 5월, 어느 일요일 아침의 일이었다. 교회에 가시던 아버지는 100여 명이 넘는 고아들 가운데 가장 나이가 많았던 성학이란 원생이 물에 빠진 걸 보고 그를 구하려다 함께 하늘나라로 떠나셨다. 너무나 순식간에 일어난 일이었다. 그날 아버지가 다른 세상으로 떠나며 가족에게 남겨준 것은 교회에 들고 가시던 성경책과 찬송가뿐이었다. 어머니와 장남인 나, 어린 남동생 둘이 앞으로 살아가야 할 수많은 날들을 생각하면 뜯어 먹고 살 수도 없는 너무나 초라

한 유산이었다. 적어도 그때는 그랬다. 아버지의 나이 서른세 살. 아직도 기억에 남는 추도사의 한 구절이 있다. "오종섭 집사님은 서른세 살의 나이, 꼭 예수님만큼만 세상을 살다 가신 분입니다. 예수님께서 우리 온 인류의 죄를 위해 돌아가신 것처럼 그는 고아를 위해 목숨을 바치신 분입니다. 그는 짧은 인생을 살다 가셨지만 그가 남긴 많은 일들과 거룩한 주검은 우리의 가슴속에 언제까지나 남아 있을 것입니다." 아버지의 장례식장에선 많은 사람들이 흐느끼고 있었다. 오열하는 사람들 속에서 유가족석에 자리한 나만이 눈물이 나오지 않았다. 앞으로는 언제나 내가 놀고 싶을 때 놀 수 있다는 생각에 슬픔보다는 놀이에 기대감이 훨씬 컸다. 유가족석에 앉은 상주로서 눈물을 짜내려 애를 써보았지만 허사였다. 주변의 모든 사람들이 아버지가 돌아가셨는데 울지도 않는 녀석이라고 흉을 보는 것만 같았다. 그럼에도 나는 고개를 숙인 채 그 지루한 장례식이 빨리 끝나기만을 기다리고 있었다. 슬퍼해야 할 그 순간, 내 머릿속은 온통 공부의 억압을 벗어나 아이들과 마음껏 놀 수 있다는 해방감과 장례가 치러지는 며칠만이라도 쌀밥을 먹을 수 있다는 안도감으로 가득 차 있었다.

교회에서 거리가 제법 떨어진 동산에 무덤 두 기가 나란히 생겨났다. 하나는 아버지의 무덤, 다른 하나는 그 고아의 무덤. 그 후 오랫동안 내가 가장 싫어하던 일 가운데 하나가 어머니를 따라 아버지 산소엘 다녀오는 일이었다. 산소에 가면 아버지가 당장이라도 무덤 속에서 뛰쳐나와 "왜 하라는 공부는 안 하고 여기서 어슬렁거리느냐!"며 회초리를 들 것만 같았기 때문이다. 나의 유년시절은 그렇게 오래도록 지속되고 있었다.

학교교육의 틀을 벗어나다

　내가 영국의 '서머힐 스쿨'을 처음 접한 것은 서울대학교에서 석사 과정을 공부할 때였다. 김종서 교수의 '잠재적 교육 과정'을 수강하면서 교과목 관련 참고 문헌들을 읽기 시작했는데, 에버레트 라이머Everett Reimer의 『학교는 죽었다School Is Dead』, 이반 일리히Ivan Illich의 『학교 없는 사회Deschooling Society』, 알렉산더 서더랜드 닐Alexander Sutherland Neill의 『서머힐 스쿨Summerhill School』 등이 아직도 기억에 남는다. 라이머와 일리히는 푸에르토리코 인력자원위원회에서 함께 일하며 15년이라는 긴 세월 동안 토론과 대화를 거듭한 끝에 각자 『학교는 죽었다』와 『학교 없는 사회』를 썼다고 한다. 학교의 역할과 기능에 대한 종전의 개념과 다른 시각에서 학교를 조명하고 평가한 이 책들은 내게 무척 신선하게 다가왔다. 특히 20세기 대표적 교육개혁자로 불리는 닐Neill의 서머힐 사상과 그가 설립 운영한 서머힐 학교에 관한 내용은 안흥리 38번지에서 보낸 나의 초·중·고등학교 학창 시절이 전혀 쓸모없는 기간은 아니었음을 깨닫게 해주는 계기가 됐다.

　학창시절의 나는 우리네 학교사회가 전통적으로 지녀 온 모범학생 즉 '학업 성적이 우수하고 행실이 바른' 개념의 아이와는 너무나 거리가 멀었다. 지극히 저조한 학업 성적과 품행 또한 방정치 못한 학생이었다. 서머힐 학교는 나와 같은 학생들의 천국이었다. 학교가 짜놓은 교육 과정에 따르지 않고도 학생 신분을 유지할 수 있는 곳이었다. 시험은 물론 숙제나 체벌이 없고, 공동체의 질서를 해치지 않는 한 학생 개인의 자유분방한 생활이 용인되었다. 학생이 스스로 공부하고 싶은 동기가 발동할 때까지 인내를 갖고 기다려주는 교육철학과 방침을 지닌 학교였다. 그 내용을 읽으며 나는 흥분을 감출 수 없었다. 세상 어딘가에 나의 초·중·고등학교 생활이 교육적으로 의미 있게 받아들여지는 학교가 존재한다는 사실 때문이었다. 애니메이션 영화 'An American Tail'의 주제곡처럼 'Somewhere Out There'를 발견한 것이다. 대한민국의 수도 서울로부터 50km밖에 떨어지지 않은 안흥리 38번지에서 내가 보낸 학교생활이 영국의 수도 런던에서 약 150km 떨어진 레이스턴 마을에 자리한 서머힐스쿨 학생들과 별반 다를 것이 없다는 생각이 들자, 그때까지 초라하게만 느껴지던 나의 학창 시절에 대한 열등감이 자긍심으로 변해가기 시작했다. 말하자면 '학교생활의 재발견'이었다. 내가 성장해온 안흥리 38번지에서 원생들을 소치·중치·대치로 구분한 것처럼, 서머힐스쿨의 학생들 역시 5~7세, 8~10세, 11~15세 등 나이에 따라 세 그룹으로 구분한다는 점도 유사했다. 많은 사람들이 서머힐스쿨을 '제멋대로 학교'라고 혹평하기도 한다지만, 그곳은 최소한 자유롭게 놀고 싶어 하는 학생들을 교실에 가두고 별 쓸모없는 지식들을 가르치는 학교와는 분명 다른 학교였다.

유소년 시절 '자유'를 공기처럼 호흡하고, 물처럼 마시며 자라난 나는 지금도 틀에 박힌 규율이나 제도, 전통 같은 것들에 대한 거부반응이 심하다. 18세기 진보적 사상가들이 표방하던 가치는 스스로 결정한다는 의미의 '자기 결정의 원리'였다. 이와 같은 사상은 1900년대에 이르러 교육 분야에서 열매를 맺었다.

강요나 엄한 가르침 대신 어린이가 자기를 둘러싸고 있는 주변 환경에 흥미를 느끼도록 가르쳐야 한다는 교육 원리는 내게 매우 매혹적이었다. 갈수록 고민스러워지는 학교교육의 문제, 특히 사교육 문제를 해결하기 위해서는 요즘 우리 사회에 출현하고 있는 '대안학교'에 대한 관심이 물꼬를 틀 수 있지 않을까 생각한다. 월등한 성적과 명문대 졸업생이라는 타이틀을 얻기 위한 교육보다는, 다양성이 존재하고 인정받는 '다품종 소량 생산'식의 교육 시스템이 정착돼야 행복한 교육이 확립되고, 이것이 국가경쟁력의 원동력이 되리라 믿는다.

『학교는 죽었다』를 번역한 김석원 선생이 서문에 쓴 글귀는 대학에서 교육학을 강의하던 나에게 지금까지 큰 울림으로 자리하고 있다.

"오늘날 한국 사회에서는 출세하고 돈 벌고 존경받는 높은 사람(?)이 될 수 있는 유일한 사다리를 학교에서 만들어 팔고 있다. 그러니 이를 사려고 꼭두새벽부터 밤중까지 이리 뛰고 저리 뛰면서 과외를 받으며 가짜라도 좋으니 졸업장 한 장 얻으려는 노력은 지극히 당연한 것인지도 모른다. 빈자리가 한정되어 있으므로 옆의 친구를 쓰러뜨려야만 하는 비정한 전쟁을 치르는 자신의 모습을 비춰볼 겨를도 없는 것이다."

사실 나는 전형적인 대안학교가 필요한 학생이었다. 당시엔 그런 학교는 없었지만 낙오자 같은 학생들에 대한 관심조차 가질 여유가 없던 시절이었기에 운좋게 고정된 학교의 틀을 벗어날 수 있었는지도 모른다. 학원이 존재하지 않았던 그 시절 대도시의 웬만한 가정의 아이들은 학교가 끝나면 입주가정교사를 두어 방과 후 학습(과외공부)을 받고 있었다. 일간신문의 광고란에는 가정교사자리를 구하기 위한 서너 줄짜리 광고내용들이 쪽방 촌의 자물쇠 잠긴 화장실 대열을 연상케 하듯 실려 있었다. 소위 과외공부가 성행하던 시절 내 또래의 도시 학생들이 학교성적을 끌어올리기 위한 공부에 열중하는 동안 우리 동네의 나와 내 또래 아이들은 열악한 생활 속에서도 열린 세상을 살아가고 있었다.

먹고 살기에 바빴던 부모님들은 자식의 학교생활을 거둘 겨를이 없었고, 학교의 숙제는 다음 날 퇴비 몇 kg을 만들어 가는 것뿐이었다. 봄이 되면 아침조회를 마친 모든 학생들이 동원되어 책가방 대신 물동이를 들고 가뭄극복에 나섰다. 동네논과 밭에 물 퍼주기와 이 집 저 집 모심기에 나선 것이다. 가을철엔 벼 베기를 비롯한 농작물 수확에 동원되었고 겨울엔 교실 난로에 땔감을 구하기 위해 산이나 들로 내몰리곤 하던 나의 학창시절은 돌이켜보면 그리 나쁘지만은 않았다. 다른 지역 학생들처럼 교과서 주요내용을 밑줄 그어가며 통째로 외우거나 상급학교 진학을 위해 문제집을 풀며 학창시절을 보낸 그네들을 부러워할 것도 없다. 아직도 우리사회는 어떤 인물을 이야기할 때면 그가 어느 대학 출신이고 초·중·고등학교는 어느 학교를 졸업했다는 이야기들을 구구단을 외듯 장황하게 읊어 대곤 하지만, 이제 내 나이 70을 넘어서고 보니 학력도 학벌도 그리 대단한 것이 아니란 생각을 하게 된다.

당시 내가 다니던 초등학교는 보육원에서 운영하는 5년제 '고등공민학교'였다. 이런 저런 사정으로 학령기를 놓친 학생들이나 정상적으로 학교를 다니기 어려운 학생들이 다니는 학교라, 나의 동급생들 가운데는 많게는 다섯 살까지 차이가 나는 학생들도 있었다. 고등공민학교 5학년을 마친 학생들은 6학년 과정을 배우지 못한 채 초등과정을 마치게 되고, 중학교 진학 시험을 치러야 했다. 나는 아버지가 돌아가신 후 그 5년 과정조차 엉망으로 보낸 채 졸업을 하고 중학교 진학 시험을 치르게 되었다.

중학교 입학시험은 내 평생 처음 치르는 공개경쟁 시험이었다. 그곳 시골 중학교의 모집 정원은 2개 학급에 120명이었다. 당시 한 학급의 정원이 60명이었는데, 입학원서 마감 결과 122명이 지원했다.

결국 두 명만 떨어지는 입학시험이었지만 122명의 학생들이 아침부터 저녁까지 시험을 치러야 했다. 조금 웃기는 상황이긴 했지만, 그래도 명색이 중학교 입학시험이어서인지 국어, 산수, 사회, 자연, 예능 등

과목별 필기시험을 치러야 했다. 달리기, 멀리뛰기, 턱걸이, 팔굽혀펴기와 같은 체력검사도 했다. 지금 생각해보면 어처구니없는 입학시험이었다. 고지식한 교장 선생님은 지원자들 가운데 두 명을 탈락시키기 위해 상당히 비효율적인 입학시험을 진행한 것이다.

더욱 흥미로운 일은 합격자 발표였다. 불합격자 두 명만 개별적으로 통보해주면 될 일이었건만, 시험을 마친 수험생들에게 다음 주 월요일 오전 9시에 합격자 발표를 한다고 전해주며 부모님을 모시고 오라 했다. 합격자 발표 때문에 불안한 주말을 보낸 수험생이나 학부모는 아무도 없었다. 애초부터 합격과 불합격에 대한 긴장이 풀러버린 중학교 입학시험이었고, 누가 합격할 것인가에 대한 관심보다는 시험에서 떨어질 학생이 누구네 집 자식인지에 보다 관심이 쏠린 상황이었다.

드디어 합격자 발표가 있는 월요일 오전 9시. 수험생들과 일부 학부모들이 합격자 발표를 보기 위해 건물 앞으로 모였다. 학교 선생님 한 분이 한지韓紙 두루마리에 붓글씨로 정성스럽게 쓴 120명의 합격자 명단을 학교 건물 시멘트벽에 밀가루 풀칠을 하며 붙여 나가기 시작했다. 입시가 치열한 요즈음 같았으면 자신의 이름을 확인하는 순간 기쁨의 함성이라도 질렀으련만, 그날 합격자 발표장에서는 어느 누구도 자신의 이름이 나왔다고 기뻐하는 모습을 찾아볼 수가 없었다. 당연히 나와야 할 이름이었기에 모든 이들의 관심사는 합격자가 아니라 불합격자 두 명이었다. 그런데 이게 웬일인가! 웅성거리는 사람들 틈에서 무심히 합격자 명단을 훑어보던 나는 갑자기 눈앞이 캄캄해졌다. 120

명 합격자 명단이 적힌 한지 두루마리가 다 펼쳐졌건만 내 이름을 찾을 수 없었던 것이다. '내가 낙방하는 두 명 가운데 한 명이 되었단 말인가?' '중학교 진학도 못 하고 여기서 내 인생 종치는 것인가?' 별별 생각이 다 들던 그 순간 합격자 명단 끝에 자투리 종이가 나붙었다.

보결생 명단이었다. 두 학생의 이름이 붙었는데 두 명 가운데 첫 번째 이름이 내 이름이었다. 꼴찌는 면한 셈이었다. 아니 보결생 가운데 수석(?)을 한 셈이다. 그날 생전 처음 들어보는 '보결생'이란 용어는 내겐 매우 생소했다. 나는 그것을 '장학생'으로 착각한 나머지 아는 사람들을 만날 때마다 보결로 합격했다고 동네방네 자랑을 하고 다녔다. 속이 타들어가는 사람은 어머니였다. 보결생을 장학생으로 착각하고 떠들며 돌아다니는 아들 녀석에게 과연 어떤 장래를 기대할 수 있단 말인가. 아버지가 돌아가신 직후부터 내가 공부를 안 한다는 사실을 알고는 있었지만, 나의 실력이 그 정도일 줄은 미처 상상도 하질 못했기에 어머니는 깊은 한숨만을 내쉬며 한동안 실망감을 감추지 못했다.

수석 보결생의 타이틀을 얻어 입학한 시골 중학교에서도 나는 점점 궤도를 이탈하고 있었다. 아침에 학교에 가서 조회 시간에만 선생님 얼굴을 보고 곧바로 체험 학습(?)에 들어가곤 했다. 요즘 교육정책으로 권장하고 있는 체험 학습을 그 시절 마음껏 누렸으니 나를 비롯한 보육원 아이들이야말로 21세기 대한민국 교육부가 권장하고 있는 자기 주도적 학습의 선구자였던 셈이다. 우리는 학교 운동장에서 조회가 끝나는 어수선한 틈을 노려 선생님을 따돌리고 산이나 들로 나가 하루

그치지 않는 비는 없다

종일 누구의 통제도 받지 않고 상상력과 창의력을 키워나가는 나날들을 보냈다. 봄철엔 칡뿌리를 캐 먹고, 한여름엔 물고기나 가재를 잡아 구워 먹곤 했다. 논바닥 벼에 붙어 있는 메뚜기와 늪지의 개구리 다리를 구워 단백질을 보충할 수 있었던 가을철은 흡사 사육제(카니발)와 같은 축제의 계절이었다. 산을 오르내리며 나무 열매를 따 먹고, 운이 좋은 날에는 뱀을 잡아 영양 보충도 하며 육체적으로도 정신적으로도 병약하지 않고 튼튼하게 자라나가던 우리들을 지켜보며 걱정을 하던 사람들은 학교선생님들뿐이었다.

사실 학교에서 공부하는 학생들 역시 별다른 내용을 배우지는 않았다. 아침 조회가 끝나면 운동장 주변의 잡초를 뽑거나, 겨울이면 눈을 치우는 일로 학교생활을 시작했다. 가뭄이 유난히 심했던 그 시절 늦은 봄까지 동네 사람들의 모내기를 돕고, 논에 물대기에 동원되고, 여름 방학이 끝나면 퇴비를 만들었으며, 가을이 되면 싸리나무를 베러 산을 오르내렸고 겨울에 쓸 빗자루를 만들었다. 시골 학교의 교육 과정에는 공부 시간보다 소위 '근로' 시간이 많았다. 그러니 무슨 공부를 제대로 했겠는가. 서울의 학생들과는 달리 여름 방학 숙제는 으레 퇴비를 만들어 가는 것이었다.

그렇게 나의 학창 시절이 지나갔다. 학년이 바뀌는 것도 별로 의미가 없었다. 그곳 보육원의 학생들은 교과서를 제대로 구입할 수 없었을 뿐더러, 교과서에 대한 관심도 거의 없었다. 어차피 공부를 할 것도 아니었기 때문이다. 나 역시 초등학교 시절 아버지가 돌아가신 뒤로 공부에서 벗어나 자유를 만끽하는 시간을 보냈을 뿐이었다.

그런 내 모습에 속이 타는 건 어머니였다. 내가 고등학교에 진학할 무렵 어머니는 용단을 내리셨다. 나의 교육을 위해 '안흥보육원'을 떠나기로 한 것이다. 5년여 보육원에서의 생활을 끝내고 그곳을 떠나던 날 짐도 없었으니 이사랄 것도 없었다. 어머니는 남편을 잃고 아들 셋만 데리고 모자母子가정을 위한 시설에 방을 얻었고, 그곳에서 미국인 선교사들이 보내준 재봉틀을 얻어 의류 수선을 시작하셨다.

그치지 않는 비는 없다

어머니의 재봉틀, 배고픈 설날의 기억

　어머니는 재봉틀로 옷 수선을 해서 버는 몇 푼 안 되는 돈으로 쌀을 한 됫박씩 사서 양은 냄비에 밥을 지으셨다. 보리밥 먹는 게 고역이었던 나는 쌀밥을 먹는다는 것만으로도 행복했다. 그냥 행복하단 표현으론 부족했다. 넉넉하지는 않았지만 양은 냄비에서 퍼주던 쌀밥 한 그릇에 온 세상을 다 얻은 듯했고 더 이상의 물질적 욕심은 떠오르지 않았다. 수년 동안을 공부보다는 노는 것에 치중해 온 나의 학교생활이 방향을 선회해 점차 정상 궤도로 올라가는 계기가 된 것도 알고 보면 그때의 쌀밥 한 그릇 덕택이었다. 어머니가 바느질을 통해 벌은 돈으로 교과서도 살 수 있게 되었다. 학교에 가면 교과서 안 가져온 학생으로 찍혀 복도에 나가 두 손을 들고 서 있어야 하는 상황도 종지부를 찍었다.

어느 날 학교에서 돌아와 보니 재봉틀 앞에 앉은 어머니가 친구 분과 함께 난감한 문제에 부딪쳐 이러지도 저러지도 못하고 계셨다. 미군 병사가 군복에 명찰을 달아달라는 부탁을 하고 갔는데, 영어를 읽을 줄 모르는 어머니와 그 아주머니가 명찰을 어떻게 달아야 할지 몰라 고민 중이었던 것이다. 아주머니는 영어 명찰이 제대로 놓인 것 같다 하고, 어머니는 제대로 놓인 영어 명찰을 거꾸로 달아야 맞을 것 같다고 이야기하고 있었다. 어디서 들으셨는지 영어와 한국어의 어순이 반대라는 이야기에 기초한 어머니의 논리는 상당히 설득력이 있었다.

그 어려운(?) 문제의 해결사 역할을 해낸 사람은 학교에서 막 돌아온 나였다.

"아주머니가 제대로 명찰 방향을 잡았네요."

그때의 어머니 표정을 난 지금도 기억할 수 있다. 어려운 형편에서도 아들내미를 공부시킨 보람을 느낀 당당한 표정. 요즘엔 유치원생들도 아는 영어 명찰의 알파벳 글자를 고등학생인 아들이 알고 있다는 사실이 뭐 그리 대단한 일이었겠는가. 하지만 어머니는 친구 분과 지식 경쟁(?)에서 진 것이 부끄럽기보다 자식이 정답을 알려주었다는 사실에 내심 자랑스러워하신 것이리라. 수십 년이 지난 지금도 나는 어머니의 그 기발한 정답 찾기 추론, '영어는 한국어와 어순이 반대라는데 명찰도 반대로 달아야 하는 것 아니겠느냐'는 발상에 비범함을 느끼곤 한다.

어머니가 그 시절 영원히 끝나지 않을 것만 같던 가난과 고통의 빗줄기를 견디낼 수 있었던 힘은 기도였다. 자정이 지나서야 비로소 바느질을 끝내고 잠자리에 누우시던 어머니는 새벽이면 어김없이 일어나 기도를 하셨다. 그 시절 어머니의 처절한 기도는 하나님께 대한 기도라기보다 좌절하지 않도록 자신을 격려하는 기도였을지 모른다는 생각이 든다.

아들 3형제를 키우는 어머니의 하루 평균 수입은 쌀 한 됫박과 연탄 2장. 말 그대로 일용할 양식뿐이었다. 어머니의 바느질 방과 마주한 길 건너엔 쌀과 연탄을 함께 팔고 있는 단골 가게가 있었다. 교회 장로님이었던 그 가게 주인은 매일같이 쌀 한 됫박과 연탄 2장을 사 가는 우리 집 때문에 명절에도 가게 문을 닫을 수가 없었다고 훗날 이야길 전해주었다.

어느 해인가 설을 며칠 앞둔 겨울밤이었다. 동생들과 함께 잠자리에 들 무렵, 군용 지프가 우리 방 안으로 돌진해 들어왔다. 철도 건널목을 넘어 내려오던 군용차가 운전 미숙으로 기찻길 옆 모퉁이에 있는 우리 방을 들이받아 앞바퀴가 방 안까지 들어온 것이다. 방 한 칸에 두 동생을 포함해 네 식구가 살던 우리 가족이 무사했음은 거의 기적에 가까운 일이었다. 사고를 낸 사람은 운전병이 아니라 소령 계급장을 단 장교였다. 초보 운전자였던 그가 운전병을 옆 좌석에 앉히고 자동차를 몰다 일어난 사고였다. 사고를 낸 군인은 어머니께 용서를 빌었다. 아니 용서를 빌기보다는 그 사실이 알려지는 날에는 군복을 벗어야 한다며 아무에게도 말하지 말 것을 애원했다.

"염려 마세요. 내 남편도 군인 장교였습니다. 편히 돌아가시고 내일 아침 일찍 수리를 해주세요."

지금도 그렇지만 어머니는 참으로 대담하고 매사 긍정적인 분이다. 지프가 후진으로 우리 방을 벗어났을 때, 커다랗게 생겨난 구멍으로 찬바람이 매섭게 들어왔다. 추위로 온 가족이 밤을 지새운 다음날 아침, 장교는 집을 수리할 병사 세 명을 데리고 왔다. 그는 청주 한 병과 쇠고기 한 근을 사서 건네주며 사고를 아무에게도 말하지 말 것을 몇 번이고 당부하며 돌아갔다. 집수리라야 별일도 아니었다. 단지 시멘트 블록을 가지고 와서 허물어진 벽을 쌓으면 되는 일이었다.

그 일로 인해 정말 고통스러웠던 것은 매서운 바람을 참아내야 했던 하룻밤이 아니었다. 일감이 없는 설 연휴 기간을 대비해서 마련해놓았던 식량이 크게 줄어든 것이었다. 어머니가 일을 마친 병사들을 위해 장교가 놓고 간 쇠고기를 사용해 밥과 떡국을 끓여 식사를 제공한 것이다. 우리 생활 형편을 알 수 없었던 병사들은 일을 마치고 오랜만에 맛보는 가정집 식사를 포만감을 느낄 만큼 맛있게 먹고 돌아갔다. 그해 설은 우리 가족에겐 참으로 배고프고 침울한 명절이었다.

그러던 어느 날, 쌀과 연탄을 파는 앞집 가게 주인아저씨가 이른 새벽 신문을 손에 들고 문밖에서 큰 소리로 동생 이름을 부르며 달려왔다. 아저씨는 방문을 열자마자 신문을 펼쳐 보이며 동생의 이름을 가리켰다. "네가 육군사관학교 학과시험에 합격했구나. 참 장하다. 이 얼마나 기쁜 일인가!" 그는 마치 자기 아들이 합격한 것처럼 감격해했다. 동생은 물리와 수학과목에 상당한 실력을 보였는데 특히 사관학교 입학시험에 치른 물리 과목은 만점에 가까웠다. 그로부터 며칠 뒤, 동생이 체력 검사와 면접시험을 치르고 돌아왔다. "그래 오늘 어땠니?" 걱정스런 어머니의 물음에 동생은 거의 체념에 가까운 대답을 들려주었다.

"아 글쎄 면접시험을 보는데 면접관이 부모님의 직업을 묻는 거예요. 그래서 얼떨결에 군수 업에 종사하신다고 대답했죠."

뜻밖의 동생 대답에 어머니와 나는 어리둥절했다.

"그랬더니 면접관이 정색을 하며 묻더라고요.'군수 업이라면 어떤 분야를 말하는 것인가?'"

"그래서 무어라고 대답했는데?" 이번에는 내가 동생에게 물었다.

"형, 어머니가 예비군복 수선을 하잖아~ 그게 군수사업 아니고 뭐겠어."

나와 어머니는 그 순간 면접관이 어떤 반응을 보였는지 궁금했다. "그런데 호기심과 기대에 찼던 면접관의 표정이 일그러지는 거야. 불길한 징조 아니겠어?"

"설마 그것 때문에 불합격 사유가 되지는 않을 거야."

나는 가급적 동생을 안심시키고 위로해 주고 싶었다. 하지만 동생은 이미 포기하고 있었다.

"달리기를 하는데 어지럽고 대낮에 하늘에서 별들이 날아다녔어. 숨은 헐떡거리고…. 달리기를 끝냈는데 체력장 담당 병사가 내 등을 치며 체력장 불합격! 을 외쳤어."

덤덤한 그의 표정에서 희망이 멀어져 감을 읽을 수 있었다. 그날 동생의 좌절감보다는 가난 때문에 자식들을 잘 먹이지 못함을 슬퍼하던 어머니의 탄식이 훨씬 더 무겁게 다가왔다.

망설임 끝에 선택한 대학진학

고등학교 졸업을 앞둔 시점, 졸업 후 진로를 선택해야 하는 시기가 다가왔다. 대학에 진학하거나 취업을 해야 하는 생애 최초의 기로에 선 것이다. 나는 대학에 진학할 실력도, 취업을 할 수 있는 능력도 없었다. 나의 능력과 의지와는 관계없이 선택을 해야만 하는 운명의 시간이었다.

대학 진학을 생각했다. 취업을 한다 해서 돈을 얼마나 벌 수 있을지도 의문이었고, 어차피 머지않아 군대에 가야 했기에 취업보다는 대학진학이 장기적 관점에서 옳은 선택이란 생각이 들었다. 그러나 등록금마련은 둘째 치고 대학입시에 합격할 실력이 있느냐가 더 큰 문제였다. 새벽마다 잠자리에서 일어나 기도하는 어머니의 기도 소리 때문에 고등학생이 되면서 차츰 철도 들었고, 공부도 해서 졸업식 때 우등상까지 받았지만 대학진학에는 턱없이 부족한 실력이었다. 왜 진작 공부를 열심히 하지 않았던가. 부질없는 후회였다. 그때 내 머릿속은 어느 대학이든 받아만 준다면 정말 열심히 공부하리란 생각뿐이었다. 순간 해결방안이 떠올랐다. 만약 어느 대학이건 미달학과를 찾아낼 수만 있다면, 그 대학을 갈 수 있는 것 아니겠는가. 나를 칭찬해 주고 싶었다. 어찌 그런 생각을 해낼 수 있었을까! 참으로 위대한(?) 생각을 해낸 거야. 하늘을 둥둥 날 것만 같았다. 열심히 두드려라, 열릴 때까지…. 어딘가 분명 나를 받아 줄 대학과 전공학과가 예비 돼 있을 것이란 생각이 들기 시작했다.

그렇게 해서 내가 찾아낸 곳이 건국대학교 농업교육과였다. 농업고등학교 교사를 양성하기 위해 설립된 학과가 청운의 꿈을 꾸고 있는 수험생들에게 무슨 인기가 있겠는가. 더구나 최초로 신입생을 모집하는 학과이고 보면 미달 가능성의 필요충분조건을 두루 갖춘 곳이 아니겠는가. 농고를 다닌 내가 지원할 수 있는 최상의 선택이란 생각이 들었다. 그리고 이 학과를 졸업해 농업교사가 되면 최소한 내가 그토록 싫어하는 보리밥은 안 먹고 살아갈 수 있을 것이란 희망도 들었다. 드디어 딱 맞는 곳을 찾아냈다는 들뜬 기분으로 입학원서를 제출했다.

그런데 이게 웬일인가. 원서 접수 마감 결과 1.3대 1의 경쟁률이었다. 매우 낮은 경쟁률이긴 하지만, 누군가는 떨어질 것이었다. 오래 전 120명 정원에 두 명을 떨어트리던 중학교 입학시험의 악몽이 되살아났다. 갑자기 희망이 사그라들기 시작했다.

대학 입학시험 당일, 떨어질 시험을 치르기 위해 서울까지 다녀온다는 것이 참으로 무모한 도전처럼 느껴졌다. 시험을 포기할까 생각도 했다. 그러나 시험장에 가지 않는다 해도 딱히 그날 하루를 보낼 만한 일이 없었다. 결국 새벽 6시 30분, 서울 가는 기차에 올랐다.

그날 새벽 떨어질(?) 대학입시에 도전하기 위해 기차를 탄 것은 내 일생에서 가장 탁월한 선택이 되었다. 시험장에 도착해 1교시 시험이 시작되자 나는 합격을 확신할 수 있었다. 별로 인기가 없던 학과에 결시생들이 발생해 경쟁률이 0.8대 1, 미달인 것이다. 합격이 보장된 행복한 시험이었다. 살아가면서 간혹 이런 상상도 해본다. '내가 만약 떨어질 것이 두려워 그날 새벽녘 서울행 기차를 타지 않았다면, 지금 내 삶은 어떻게 변했을까?' 그 새벽, 망설임 끝에 선택한 그 결정이 내 인생 행로를 극적으로 바꿔 줄 것이란 생각은 그때는 상상도 할 수 없었다.

그렇게 시작된 나의 대학 생활은 봄철 꽃봉오리처럼 피어나기 시작했다. 사랑의 빵 모금으로 잘 알려진 한국월드비전World Vision Korea이 대학을 진학한 보육원 출신 학생들에게 등록금 전액을 장학금으로 주기 시작했기에 등록금 걱정은 하지 않아도 되었다. 뜻밖의 행운이 찾아든 것이다. 매일 새벽 6시 30분, 한 번뿐인 서울행 통학열차를 타고 왕십리역에서 내린 후 버스비를 아끼기 위해 건국대학교까지 걸어 다녔다.

새벽 열차를 타고 통학하던 때의 추억 하나가 떠오른다. 아직도 기

그치지 않는 비는 없다

온이 쌀쌀했던 4월 초순, 왕십리역에서 내려 둑길을 따라 건국대까지 걸어가는데 둑 밑 움막에서 생활하던 청계천 철거민 가족이 아침을 짓기 위해 나뭇가지를 주워 불을 지피고 있었다. 불을 지피는 엄마 곁에 어린애들이 애처롭게 앉아 있는 모습이 눈에 들어왔다. 근심에 찬 엄마와 밥을 기다리는 애들을 무심코 지나쳤지만, 몇 걸음 지나지 않아 발길을 돌렸다.

"아주머니, 이거 제 도시락인데 애들에게 줘도 될까요?"
그 아주머니와 애들의 눈동자가 대답을 대신했다.

새벽 열차를 타느라 아침 식사도 거르고, 버스표를 아끼기 위해 이른 아침 차가운 바람을 맞으며 대학교까지 거의 한 시간을 걸어야 하는 나로서는 쉽지 않은 결정이었다. 도시락 대신 빵을 사 먹을 형편도 아니어서 밤늦게 집에 들어가야 저녁밥을 먹을 수 있었지만, '이럴 때 아버지라면 어떻게 했을까?'라는 생각이 들자 주저 없이 발길을 돌렸다. 그 아주머니는 내가 건네준 보잘것없는 도시락을 받아들고 내게 큰 복을 빌어주었다.

"학생, 이담에 복 받을 거야." 그날 아침부터 수십 년이 지난 오늘까지도 행여 내게 좋은 일이 생기면 나는 습관처럼 그 아주머니가 빌어준 복을 떠올리곤 한다. 그때 나의 등 뒤로 복을 빌어주던 그 아주머니의 축복이 교회 목사님들의 축복 기도보다 훨씬 고맙게 들려왔다.

같은 과 친구들은 매일 아침 일찍 등교하는 나를 매우 부지런한 모범생으로 생각한 모양이다. 그래서 나를 우리학과 대표로 뽑아주었다. 시골 학교에서 반장 한 번 해보지 못한 내가 대학에 와서 과대표를 맡다니…. 신설 학과여서 상급생조차 없다 보니 학생 대표 자격으로 학과장 교수님과 만남이 잦게 된 것도 내게는 많은 도움이 되었다.

아침 일찍 등교하는 사연을 학과장 교수가 알아차리기까지는 그리 긴 시간이 걸리지 않았다. "이봐, 오군! 고생스럽게 통학하지 말고 내 연구실에서 지내면 어떻겠는가? 어차피 내가 퇴근하고 나면 이 연구실 공간은 비어 있을 텐데 여기서 지내도록 하게나." 그가 대학설립자의 큰 사위였다는 사실은 나중에 알게 되었다.

그렇게 대학 건물에서 학창 생활을 시작했다. 고생은 되었지만 열차 통학하는 시간을 공부하는 데 투자할 수 있었다. 낮에는 강의를 듣고, 저녁에 교수님이 퇴근하시면 전열기(흔히 일본어인 '곤로'로 불렸음)로 밥을 해 먹었다. 간혹 같은 과 학생들이 집에서 밑반찬을 가져다주기도 했고, 학교 주변에서 하숙이나 자취하는 친구들의 도움을 받기도 했다.

그치지 않는 비는 없다

교문 앞 잡상인 대학생

어느덧 대학 1학년 과정이 끝나고 겨울방학이 시작됐다. 학교 주변의 하숙생들이 모두 고향으로 내려가고, 같은 과 학생들도 학교에 나오지 않게 되자 생활이 점점 어려워졌다. 크리스마스가 가까워져 서울 시내 고등학교 교문 앞에서 크리스마스카드 장사도 해봤지만 신통치 않았다.

그러던 어느 날 내 짐 꾸러미에서 지난해 치른 입학시험 문제지를 발견했다. 시험장에서 답안지만 내고 가지고 나온 문제지다. 1년이 지난 시험 문제지로 돈을 벌 수 있을지 모른다는 생각이 퍼뜩 들었다. 그날 저녁 동두천 교회로 내려갔다. 문제지를 복사할 수 있는 등사기가 교회에 있었기 때문이다. 전년도에 출제된 문제를 과목별로 다시 적어 등사기로 밀었다.

입학시험을 앞두고 원서를 접수하러 오는 수험생들을 대상으로 대학 교문 앞에 좌판을 벌였다. 예상은 적중했다. 당시 아스팔트라곤 찾아볼 수 없었던 건국대학교 교문 앞에서 하루 종일 흙먼지를 뒤집어쓰며 시험지를 팔았지만, 저녁이면 양쪽 바지 주머니 속에 가득 잡히던 지폐는 하루의 고생을 보상하기에 충분했다. 시험지를 파는 기간은 수험생들이 원서를 사고 접수하기 위해 교문 앞을 오가는 일주일 정도가 고작이었지만 독과점 품목(?)이기에 벌이는 제법 쏠쏠했다.

교문 앞 시험 문제지 장사는 그다음 겨울방학에도 계속됐지만 1학년 겨울방학 때만큼 돈벌이가 되지는 않았다. 어느새 경쟁자가 생겨났기 때문이다. 교문 앞에 나보다 싼값으로 시험 문제지를 파는 아주머니들이 나타났다.

오랜 세월이 흐른 뒤, 교문 앞에서 시험 문제지 장사를 할 때 있었던 이야기를 월간『샘터』에 기고했다. 지금도 내겐 가슴 찡한 이야기다.

≪소녀와 벙어리장갑 ≫

해마다 겨울철이 되어 장갑을 끼는 때가 되면 나는 지워버릴 수 없는 어느 소녀에 대한 생각에 젖어들곤 한다. 20여 년 전, 그러니까 내가 대학교 3학년으로 올라가던 해 겨울이었다. 대학 입학시험을 앞두고 많은 수험생들이 입학원서를 사기 위해 분주히 교문을 드나들고 있었고, 내겐 그즈음이 교문 앞 길모퉁이에 서서 전년도에 출제되었던 입학시험 문제지를 팔고 있었던 고학苦學의 시절이었다.

날씨가 몹시도 차갑기만 한 날이었다고 기억된다. 그날따라 모진 추위 때문이었는지 대부분의 수험생들은 내가 팔고 있던 시험지엔 눈길조차 돌리지 아니하고 입학원서만 사 가지고 바람에 밀려가듯 온 길을 되돌아가고 있었다. 추위에 떨고 섰으면서도 몇 과목 시험지밖에 팔지 못했던 그날 느지막한 무렵이었다.

진종일 바람만 날리고 뉘엿뉘엿 저물어 가는 겨울의 저녁 해를 바라보며 먼지로 뒤덮인 시험지 꾸러미를 과목별로 챙기고 있을 때 어느 여학생이 내게 다가왔다. 그리고는 일언반구도 없이 영어와 국어, 수학, 가정 등 모두 네 과목의 시험지를 집어 들더니 500원짜리 지폐 한 장을 내놓는 것이 아닌가? 서울 시내 버스표 한 장 값이 2원 50전 하던 때다. 나는 전년도 입시 문제지를 한 과목당 20원에 팔고 있었는데, 네 과목 모두 합해봐야 80원에 불과한 금액이어서 내겐 거스름돈이 없었다. 하여 500원짜리를 바꾸기 위해 길 건너편 구멍가게로 뛰어가 주인아주머니에게 사정을 하다시피 잔돈을 바꾸어 가지고 왔다. 그런데, 조금 전 그 여학생은 어디로인가 사라져버렸고, 먼지로 뒤덮인 시험지 더미 위엔 초록색 벙어리장갑 한 켤레가 얌전하게 놓여 있는 것이 아닌가?

분명 조금 전 500원짜리를 내놓던 그 여학생의 것임에 틀림이 없었다. 행여나 하는 마음으로 짐을 꾸려놓고는 얼마 동안인가 추위를 참아가며 기다려보았으나 끝내 그의 모습은 나타나지 않았다. 아마도 돈을 받아 쥐던 나의 시퍼렇게 언 손이 그녀의 눈에 몹시도 애처로워 보였던 모양이다. 그래서 자기가 끼고 다니던 초록색 벙어리장갑을 내가 팔고 있는 시험지 더

미 위에 살짝 놓아두고는 거스름돈을 받는 것도 포기한 채 총총 땅거미가 깔리던 겨울 길 위를 걸어간 거라고 생각된다. 순간, 마음 깊숙한 곳에서 울컥 뜨거운 눈물이 샘솟는 것을 의식할 수 있었다. 어쩌다… 어쩌다 내가 타인의 눈에 그리도 궁색한 존재로 보인 것일까?

그날 밤, 난 자취방으로 돌아와서 몇 번이고 곰곰이 생각해보았다. 비록 내 삶이 다소 구차하고 살얼음을 밟듯 생활해가고는 있지만 마음만큼은, 속사람만큼은 좀 더 풍요롭고 자신 있게 살고 싶었는데….

그 후 나는 행여나 싶은 마음에 신입생들의 합격자 발표가 있던 날도, 입학식장에서도, 심지어는 도서관이나 학생식당에서도 캠퍼스를 오가며 어렴풋이 남아 있는 기억을 떠올리며 그 여학생을 찾아보았지만 그런 나의 바람은 끝내 허사로 돌아가고 말았다. 그도 그럴 수밖에 없는 것이 그와 나는 오직 짧은 순간의 대면 속에서 장사치와 손님으로서 공식적인 만남과 헤어짐을 가졌을 뿐 이름조차 교환하지 않았었다. 그를 수많은 학생들 틈에서 찾아내려던 나의 노력은 우스꽝스러운 시도였을 것이다.

세월의 흐름은 나에게 많은 변화를 가져다주었다. 까마득하게만 느껴지던 4년이란 세월의 강을 힘겹게 건너 대학을 졸업했고, 미국 유학에서 박사 학위도 취득했다. 그리고 지금은 내가 다니던 대학, 전공학과의 학과장이 되었다. 아침이면 그 시절 교문 앞에서 장사하는 나를 쫓아내곤 하던 정문 수위 아저씨들의 인사를 받으며 가슴 벅찬 출근을 한다.

힘겨운 생활의 연속이었지만 어려운 일이 닥칠 때마다 그 여학생이 두

그치지 않는 비는 없다

고 간 따뜻한 마음씨와 벙어리장갑 한 켤레는 유학 시절 시카고의 모진 바람과 싸워 이길 수 있는 힘이 되었고, 오늘의 내가 되게 하는 데 크나큰 기여를 했다는 생각도 든다.

대학을 졸업하고 벌써 20년째 맞이하는 겨울이지만, 나는 지금도 그해 겨울날 이름 모를 소녀가 놓고 간 초록색 벙어리장갑을 간직하고 있다. 비록 이제는 해가 바뀌고 세월이 흘러 그 포근하던 장갑의 털은 빠지고 그와 함께 그녀에 대한 기억도 많이 희미해졌지만 나는 금년 겨울을 그리고 내년 겨울도, 가능하다면 그 다음다음 겨울까지도 그녀의 기억과 함께 이 초록색 벙어리장갑을 간직하리라 마음먹는다.

만일 내게 언제 어느 곳에서건 그 여학생, 아니 이제는 소녀가 아닌 중년 부인의 모습을 하고 있을 그 여인을 다시 만날 기회가 주어진다면 기필코 이야기하리라!

"당신의 따뜻한 마음씨와 함께 거스름돈도 늘 간직하고 다녔답니다."

잠자리가 되어 준 대학건물

1학년 때 나를 배려해주시던 학과장님은 채 1년이 되지 않아 학교의 주요직책을 맡아 본관 건물로 옮겨가게 되었고, 나는 얼마 동안 광나루에 자취방을 얻어 초등학생 그룹 과외를 시작했다. 광장동에서 건국대학교까지는 걸어 다니고 학교 수업이 끝나면 자취방에 돌아가 과외지도를 한 후 연탄불에 밥을 해 먹곤 했다. 그때 한 가지 위안이 있었다. 그것은 자취방에서 누룽지를 끓여 먹고도 화장실만큼은 워커힐호텔을 사용하곤 했다는 점이다. 자취하는 집 뒷마당에 화장실이 있었지만 나는 워커힐호텔 화장실을 사용하기 위해 무더운 여름날 10분 이상 걸리는 가파른 언덕을 오르내렸다. 화장실에 다녀오고 나면 속옷이 땀에 흠뻑 젖는 경우도 있었다. 1960년대에는 대학 총장님 댁에도 수세식 변기가 없던 시절이었다. 그때 내가 고생스럽게 워커힐호텔까지 간 이유는 화장실 시설 때문이 아니라 응어리지고 힘겨운 내 삶에 무언가 위안이 필요했기 때문이란 생각이 든다.

2학년이던 1967년 7월. 대부분의 학생들이 무더위를 피해 시골이나 바닷가에서 여름휴가를 즐기던 그 여름, 나는 다시 대학 건물로 돌아왔다. 대학 신문사의 편집장 일을 맡아보던 농화학과의 황형, 대학 방송국장 일을 맡아보던 축산대학의 윤군과 함께 당시 공과대학 건물에 있던 학원 방송실에서 생활하게 된 것이다.

우리는 방송실에 부엌을 겸한 식당을 설치하고 전열기를 사용할 수 있도록 꾸며놓았다. 밥그릇 몇 개와 냄비, 수저, 칼, 조미료, 찬거리 등은 방송실 캐비닛에 넣고 사용했다. 푹신한 소파와 전화기, 선풍기도 있었다. 전화기나 선풍기는 중산층 가정이라야 사용할 수 있었던 매우 귀한 물건이라 나름 문화생활을 하는 셈이었다. 식사는 학교 실습 농장에 가서 오이며 호박, 가지, 감자, 파 등을 얻어 와 해결하기도 했고, 참외나 토마토, 수박 등을 디저트로 따오곤 했다. 언젠가 방송실 윤군이 말했다. 만약 우리 같은 놈들만 이 학교에 다닌다면 대학이 금방 파산할 것이라고. 학교 옥상에서 잠을 자는 것은 별일 아니라 해도 매끼 식사 때마다 사용하는 전열기와 세탁 후 쓰는 다리미의 전기세, 그 외 전화 통화료, 수돗물, 실습 농장의 채소 등등을 생각해 보면⋯. 그런데도 우리 중 등록금을 내는 학생은 없었다. 나는 장학금을 받았고, 신문사 편집장이나 대학 방송국장도 등록금 면제에 얼마간의 돈까지 받아가며 공부를 하고 있었다. 하루해가 저물고 캠퍼스에 어둠이 스며들기 시작하면 우린 침낭과 통기타를 들고 건물 옥상으로 올라가 노래를 불렀다. "서산 넘어 해도 지고 달도 뜨건만 사랑하는 라이자는 언제 돌아오나…." 당시 유행하던 노래다. 때론 '오빠 생각'도 불렀고, '홍도야 울지 마라'도 흥얼거렸다.

더위를 식히기 위해 건물 뒤편 수돗가에 나가 시원스레 등목을 하고 올라와 누운 6층 건물 옥상은 안식과 낭만을 제공해주는 장소로는 안성맞춤이었다. 낮 동안 햇볕에 달궈진 옥상 시멘트 바닥은 시원한 밤바람과 어울려 쾌적했으며, 모기조차 얼씬거리지 않았다. 하늘엔 금방이라도 쏟아져 내릴 것 같은 무수한 별들이 반짝였다. 우리 세 청춘은 날마다 나란히 누워 잠이 들기까지 어린 시절 자라던 고향 이야기와 자신에게 펼쳐질 미래의 꿈을 나누며 아름다운 밤 별바다를 항해하곤 했다.

새벽마다 옥상에서 눈을 뜰 때면 밤새 이불 위로 이슬이 촉촉이 내린 것을 느낄 수 있었다. 간간이 새벽에 신문사 황형과 학교 뒷산 언덕배기에 자리한 나무로 지은 조그만 교회엘 가곤 했다. 새벽녘, 마룻바닥에 무릎을 꿇고 드린 기도는 거의가 일용할 양식에 대한 것이었다. 아무리 찬송을 불러도 허전한 마음이 채워지지 않던 새벽 기도였다. 아직도 내 기억에 남아 있는 약속은 나보다 2년이나 상급생이던 신문사 황형의 약속이다. 그가 대학을 졸업하고 취직하면 월급에서 얼마씩 쌀값을 보조해주겠다는 것이다. 지켜지지 않을 약속을 하고 또 믿으며 힘겨운 대학 생활이 계속됐다. 식량이 떨어져 갈 즈음이면 주머니를 털어댔고, 그래도 여의치 않을 때면 닥치는 대로 일해 끼니를 장만했다. 그 무렵에 학교에서 멀지 않은 곳에 모토로라가 공장을 짓고 있었

그치지 않는 비는 없다

는데, 우리는 쌀 주머니를 채우기 위해 종종 그곳에 가서 일했다. 공사 판에 다녀온 날 밤이면 한 여름 햇볕에 그을린 등이 따갑고 쓰라려 잠을 이루기 어려웠다.

쌀 한 줌의 아픈 기억

며칠째 비가 내려 공사판 일은 중단되고, 어디서 식량을 구해야 할지 막막하던 어느 날이었다. 아침에 학교 방송실에서 눈을 떠 보니 언제 일어났는지 윤군이 전축 위에 음반을 올려놓고 침통한 표정으로 팔짱을 낀 채 창밖의 빗줄기를 바라보고 있었다. 마리오 란자Mario Lanza의 '무정한 마음core'ngrato'이 애절하게 들려왔다.

그날 윤군은 고향인 청주로 떠난다고 했다. 가장 늦게 잠자리에서 일어난 신문사 황형도 수유리에 있는 아카데미하우스의 대학신문 편집장 회의에 참가했다가 회의가 끝나면 고향인 부여로 내려간다고 했다. 결국 대학 건물엔 나 혼자만 남게 되었다. 함께 생활해오던 세 사람 가운데 둘은 떠나고 한 명은 남아야 하던 그때, 난 처음으로 헤어진다는 일에 두려움 같은 걸 느꼈다.

그치지 않는 비는 없다

우리는 아침 겸 점심을 먹고 저녁은 굶은 채 일찍 잠자리에 들었다. 쌀이 완전히 떨어진 터였다. 다음 날, 서로 아무런 이야기도 없이 무거운 침묵 속에 둘은 떠나고 나는 남았다. 그렇게 윤군과 황형이 떠나고 난 후, 나는 얼마 동안인가 더 누워 잠을 청했다. 그 큰 건물에서 나 혼자 자야 한다는 생각에 허기와 외로움이 한층 깊어갔다. 허기를 잊기 위해서라도 더욱 잠을 청했지만 허사였다. 정오가 가까워 올 무렵 일어나 방송실 음반들 가운데 테너 가수 티토 스키파Tito Schipa의 음반을 전축 위에 올려놓았다. '남몰래 흐르는 눈물Una Furtiva Lagrima'이 허전한 공간에 내려앉고 있었다.

끼니를 굶어본 적은 여러 번 있었지만, 그때처럼 몸을 추스르기조차 힘겨워 본 적은 없다. 한여름, 그것도 장마철에 꼬박 세 끼를 굶자 현기증이 일었다. 건물이 흔들리고 투명하던 유리창이 회충약을 먹고 난 아침처럼 노랬다. 몸을 일으켜 방송실 구석에 놓인 캐비닛을 열고 쌀자루를 꺼내 거꾸로 들었다. 탈탈 털어보니 쌀알이 겨우 한 줌 정도 모아졌다. 허기를 채우기엔 너무 적은 양이라 그냥 집어치우고 잠이나 더 잘까 하는 생각이 들었지만, 그거라도 밥을 해서 먹으면 조금은 나을 것 같았다. 쌀 한 줌을 찌개를 끓여 먹던 조그만 냄비에 담아 벌겋게 달아오른 전열기에 올려놓았다. 그 순간 요란한 소리와 함께 냄비가 나뒹굴고 쌀은 시멘트 바닥에 쏟아졌다. 물에 젖은 손으로 전열기에 냄비를 올려놓다가 감전이 되는 바람에 냄비를 엎은 것이다. 그 순간의 감정과 감전될 때 찌릿하던 느낌을 나는 평생 잊을 수 없다. 한동안 시멘트 바닥에 흩어진 쌀알들을 망연자실 내려다보고만 있었다.

그러다 문득 정신을 차려보니 내가 무의식적으로 흩어진 쌀알들을 한 알, 한 알 세고 있는 것이 아닌가! 벗어나야 한다. 어쨌든 지금의 이 감정, 이 상태에서 벗어나야 한다. 이런 생각을 되뇌며 열심히 쌀알들을 세었다. 마치 어린 시절 고향 하늘의 별을 세듯 …쌀 열둘, 쌀 열셋, 쌀 열넷….

전축에 올려놓았던 음반은 어느덧 다 돌아가 찌익 찌이익 기다란 잡음을 내고 있었다. 아무리 세월이 흘러도 낡거나 흐려지지 않는 그때의 그 기억. 가난은 참 슬픈 것이다.

그치지 않는 비는 없다

까칠한 수위, 내게 교수의 꿈을 심어 주다

　　2학년 겨울방학, 지난해와는 달리 교문 앞에서 시험지 장사하는 아주머니들이 늘어나자 대학정문의 수위들이 교문 앞 잡상인들을 단속하기 시작했다. 교문 앞에 좌판을 벌이려면 호루라기를 불어대는 수위들의 비위를 맞춰야 했다. 너그러운 수위 아저씨들은 내가 학생임을 알고 가급적 눈감아 주려 했지만, 불공평하다는 아주머니들의 거센 항의에 밀려 며칠인가 숨죽이며 장사를 해야 했다. 돈벌이도 시원치 않았지만 정문 수위들의 단속 또한 심해졌다.

　　그러던 어느 날 드디어 일이 터지고 말았다. 평소 까칠하게 굴던 수위가 그날따라 언짢은 일이 있었는지 단속과정에서 나의 자존심을 건드린 것이다. 주먹질까지 하진 않았지만 심한 다툼이 있었고, 그것으로 교문 앞 돈벌이는 접어야 했다. 그날 밤, 아니 새벽녘까지 분을 삭이지 못하고 끙끙거렸다. 억울해서 잠이 오지 않았다. 어떻게 하면 교문을 지나칠 때마다 그 수위에게 복수를 할 수 있을까? 잠을 뒤척이며 생각해낸 것이 대학 교수가 되는 일이었다. 교수님들이 교문을 지나칠 때마다 수위들이 거수경례하는 장면을 자주 보았기 때문이다. '만약 내가 이 대학의 교수가 된다면, 오늘 나를 조롱하던 그 수위는 내가 교문을 지나칠 때마다 거수경례를 하겠지. 그렇게만 된다면 그의 거수경례를 받으며 교문을 지나는 나는 얼마나 쾌감을 느낄까. 그 까칠한 수위가 근무하는 날엔 점심식사도 구내식당에서 하지 않으리라. 그래야 한 번이라도 더 교문을 통과할 것이고, 그에게 보다 많은 경례를 하도록 만들 테니까.' 이런 생각이 유치하게 느껴지겠지만 약자가 돼보면 유치하리만큼 사소한 것들에 인생을 걸기도 한다는 사실을 알게 될 것이다.

그래 교수가 되자. 그것도 건국대학교의 교수가 되어 교문 앞에서 장사하는 나에게 까칠하게 굴던 저 수위의 거수경례를 받는 존재가 되자. 고등학교 시절 미달학과를 찾아내어 대학지원을 하겠다던 결심에 이어 내 생애 두 번째의 단순하고 유치한 동기가 활화산처럼 부풀어 올랐다. 이 결심은 대학생활 내내 끊임없는 용암으로 흘러내려 인생 목표로 굳어져 갔다. 아~ 단순하고도 유치한 동기. 돈도 실력도 없었음에도 결단해버린 이 같은 동기가 훗날 내 인생을 바꿔놓으리라고는 그때 나 자신조차 상상하지 못했다. '단순하고 유치한~', 이는 어느새 내 인생사를 바꿔놓은 신조信條가 되었다.

그치지 않는 비는 없다

겨울방학이 지나고 3학년이 되면서 큰 변화가 생겼다. 우선은 ROTC 후보생(8기)이 되었다. 대학 생활과 군사훈련을 병행해야 했기 때문에 1, 2학년 때처럼 아르바이트를 하는 일은 어려워졌다. 하지만 500명당 한 명꼴로 대학에 배정되었던 5·16장학금(현재의 정수장학금)을 받게 되었다. 종전에 받던 월드비전 장학금 역시 등록금 전액을 지급해주었으므로 장학금 하나는 등록금으로 사용하고, 나머지 하나는 생활비로 보탤 수 있는 여건이 마련된 것이다. 그 시절 국내 대학가에 지급되던 장학금 중 금액이 가장 많은 것이 5·16장학금과 삼성장학금(몇 년 뒤 중단됨)이었다. 한 번 받기 시작하면 성적이 떨어지지 않는 한 졸업할 때까지 등록금 전액을 지급해주었다.

　　더 이상 대학 건물에 머물지 않고 학교 주변에 월세로 방을 얻어 자취를 시작할 수 있었다. 한 학기 장학금만으로는 홀로 자취방 월세를 지불하고 식생활을 해결하기엔 많이 부족한 액수였기에 인근 한양대학에 다니던 친구와 함께 자취를 했다. 내게는 참으로 놀라운 변화였다. 까칠한 수위에 대한 복수의 길이 점차 넓어지는 것 같았다.
　　'꼼짝 말고 그 자리에 있어라. 지금 이대로라면 내가 교수가 될 날도 머지않았다.' 젊은이의 패기와 오기가 하늘을 찌를 듯했다.

ROTC 체육대회, 골칫덩이 육상선수

비좁은 자취방이지만 아늑한 보금자리를 마련해 어느 정도 안정된 대학 생활을 할 즈음, 3학년 가을이 찾아왔다. 그 망신스런 가을이….

해마다 가을이 되면 경인지역과 강원지역을 포함한 수도권지역의 각 대학 ROTC 후보생들의 체육대회가 열리곤 했다. 대학의 명예가 달려 있던 체육대회였다. 그렇게 중요한 체육대회에 내가 우리대학 100m 달리기 대표선수가 되었다. 문제는 내가 달리기와 거리가 먼 사람이라는 점이다. 초등학교 운동회 때도 몽당연필 한 자루 받아보지 못한 나였다. 달리기를 하면 언제나 4등이었다. 3등도 5등도 아닌, 입상권에 들지 못하는 4등. 그런 내가 1백30명이나 되는 건국대학교 ROTC 후보생들을 제치고 100m 달리기 대표 선수가 된 데에는 사연이 있었다.

그치지 않는 비는 없다

그 전년도까지만 해도 각 대학들이 종목별로 가장 우수한 선수들을 선발해 학교의 명예를 걸고 출전시켰는데, 그러다 보니 항상 체육대학이 설치된 대학들만 우승을 차지했다. 학교에서 체육대학생들만 뽑아서 보낸 탓이다. 그러자 체육대학이 없는 대학의 ROTC 단장들이 형평성에 문제가 있다며 불평을 했다. 결국 각 대학 학군단장들이 모여 상대방 학교 후보생들의 번호를 임의로 지명해 출전선수를 선발하게 되었는데, 공교롭게도 건국대학교에서는 내가 선수로 지명된 것이다. 나의 100m 달리기 출전은 우리대학 학군단장이나 교관들에게는 큰 걱정거리였고 동료 후보생들에게는 쇼킹한(?) 사건이었다. 나 또한 100m 달리기 대표선수에 지명되었다는 발표를 듣는 순간, 다리가 저려오고 뼈마디가 그대로 굳어지는 것만 같았다. 그러나 어찌하랴. 주어진 운명인 것을….

체육대회를 준비하는 한 달 동안 육체적인 피로감보다 정신적인 고통이 더 컸다. 현역 대령인 학군단장은 연습 도중 선수들을 격려한답시고 종종 운동장을 들르곤 했다.

"귀관들, 열심히 연습해서 반드시 대학의 명예를 빛내야 한다. 알겠는가?"

단장이 다녀간 뒤에는 호랑이 같은 교관들이 으름장을 놓곤 했다.

"등수 안에 못 들면 훈련시간에 각오해라. 알았나?"

그러나 내가 정작 미안함을 느껴야 했던 대상은 나를 대표 선수랍시고 응원연습을 해야 했던 동료들이었다. 그들은 학교수업이 끝나면 군사훈련을 받곤 했는데, 고된 훈련 뒤에 또 남아서 어둠이 짙어질 때까지 응원연습을 하곤 했다. 나 같은 선수를 내보내기 위해 몸도 지치고 배도 고플 시간에 어둡도록 남아서 응원연습을 한다는 것은 정말 '황당 시추에이션' 그 자체였다. 동료들이 군사훈련과 응원연습을 하는 동안 선수로 선발된 후보생들에게는 군사훈련 열외의 행운은 물론, 대학 측에서 제공하는 우유와 삶은 달걀, 과일 등 간식거리가 제공됐다. 동네 목욕탕까지도 한 달간 무료로 이용할 수 있는 혜택이 주어졌다. 그러나 다른 종목 선수들과 어울려 우유를 마시거나 과일을 먹다가도 문득 경기장에서 환호성을 지르며 응원할 동료 후보생들의 모습과 뒤처져 골인지점에 들어오는 나를 보며 화가 머리끝까지 치밀어 오르게 될 교관들의 모습을 떠올리면 입맛이 싹 사라지곤 했다.

그해(1968년) ROTC 후보생 체육대회는 경희대학교 운동장에서 열렸다. 이른 아침부터 경기장 스탠드에는 각 대학 ROTC 후보생들이 빼곡히 앉아 각 대학 특유의 응원을 시작했고, 얼마 후 육군 군악대의 웅장한 팡파르와 더불어 시합에 들어갔다. 100m 달리기 종목은 세 번째였다. 출전을 준비하기 위해 유니폼을 갈아입고, 스파이크 슈즈의 끈을 매는데 쾌활한 여자 목소리가 들렸다.

"어머, 안녕하세요?"

누군가 싶어 고개를 돌려 보니 낯익은 얼굴이다. 지난 여름방학에 37사단 병영 훈련을 갔을 때 면회 왔던 여학생이었다. 물론 나에게 면회 온 것은 아니었고, 우리와 함께 병영훈련에 참가했던 경희대학교 유네스코 회원들을 위문하기 위해 왔던 학생이었다. 그 여학생 일행이 위문 왔던 일요일, 나는 지난 주간 관물정돈 불량으로 벌점을 받아 남들이 면회와 휴식을 취하고 있을 때 아침부터 완전무장으로 비지땀을 흘리며 연병장 구보를 하고 있었다. 지쳐 쓰러지기 직전까지 계속됐던 기합이 끝나고, 나무그늘 아래 배낭과 철모를 벗어 던진 채 땀을 식히고 있을 즈음 이 여학생이 콜라 한 잔을 건네주었다. 그것이 전부다. 그래서 이름도 모르고 있었는데 뜻밖의 재회가 이루어진 것이다.

"기합만 잘 받는 줄 알았더니 운동도 퍽 잘하나 보죠?"
뭐라 대답해야 할지 몰라 망설일 즈음 안내방송 소리가 들려왔다. 100m 선수 출전! 구원의 안내 방송을 듣고 운동장으로 내려갔다.
"제가 지켜볼 테니 잘 뛰세요."
내게는 듣고 싶지 않은 격려였다.

출발을 알리는 총성이 나면 내 뒤에서 수류탄이 터진 것이라 생각하고 죽을힘을 다해 뛰어가리라 다짐하며 출발선에 섰다. 끈질기게 따라다니는 4등의 기록을 깨뜨리고 싶었다. 총성이 울렸다. 죽을힘을 다해 달리고 또 달렸다. 옆에 나란히 섰던 타 대학 선수들이 어느새 나를 앞질러 나가고 있었다. 우리대학 동료 후보생들은 스탠드에서 일제히 일어나 함성을 지르고 난리였다.
"야 임마, 빨리 뛰라고 좀 더 빨리!" (자식들, 누가 빨리 뛰고 싶지 않아서 이러는 줄 아나?)
골인지점을 통과할 때, 내 등 뒤에 한 발 정도의 격차를 두고 다음 선수가 들어왔고 얼마 후 마지막 선수가 들어왔다. 모두 6명의 선수가 뛰었는데 4,5등이 거의 동시에 들어오긴 했지만 내가 좀 더 빠른 4등이었다. 역시 초등학교 때부터 지녀온 경력 갱신은 무산되었다. 예선에서 탈락은 했지만 내 뒤로 두 명이나 있었다는 사실이 신기한 날이었다. 초등학교 시절부터 줄곧 꼴등만 하던 선수들이 오늘은 나 이외에 두 명이나 출전한 모양이다.

점심시간이 시작될 무렵, 선수들 자리로 누군가 날 찾고 있다는 전갈이 왔다. 아까 그 여학생이 또 한 명의 친구를 데리고 스탠드 밖에 와 있었다.

"우리학교에 오신 손님인데 제가 점심 살게요."

교문 앞에서 식사를 끝내고 아이스크림을 주문했다.

"아까 보니까 참 잘 뛰시던데요. 4등은 했지만 그래도 각 대학 대표선수들끼리 뛴 거 아네요?"

"…."

"어쩜 그리 눈 깜짝할 사이에 달리세요? 정말 놀랬어요. 지난여름 훈련에서 받은 벌이 효과가 컸던 모양이네요. 호호….."

"…."

침묵은 금이었다. 그래도 내가 한 대학의 대표선수였잖아~~ 내 인생에 참으로 쪽팔리는 경력이다.

대학 졸업과 함께 켜진 인생의 노란 신호등

　대학 졸업. 어떤 어려움이 있어도 그때까지만 견뎌내면 '고생 끝 행복 시작'일 것이란 기대와 희망으로 버텨온 4년간의 대학생활이, 드디어 굵은 장대비를 맞으며 막을 내렸다. 아니 막을 내린 줄 알았다. 실상은 이제부터 시작될 또 다른 폭우가 닥쳐오고 있었다. 이번에는 천둥과 번개마저 수반한 소나기였다.

　대학졸업과 동시에 장교임관을 앞두고 있던 그때, ROTC 임관 신체검사 결과 늑막염이 발견되어 임관불가 판정이 내려진 것이다. 2년의 훈련 과정이 물거품이 되는 순간이었다. 영양실조에 과로까지 겹친 결과였다. 함께 훈련을 받았던 ROTC 후보생 가운데 발생한 낙오자 한 사람이 내가 될 줄이야.

수도육군병원에서 보낸 그 통지서를 받아든 때는 1969년 12월 22일 오후였다. 크리스마스를 며칠 앞둔 시점이라 거리는 온통 오가는 사람들의 물결로 붐비고 있었다. 곳곳에서 크리스마스캐럴과 구세군 자선냄비 종소리가 들렸다. 대학 생활을 끝내고 겨울방학에 들어가면서 기다릴 것이라곤 졸업식과 ROTC 임관식뿐이었던 그때, 날아든 전보 한 장. 그 한 장이 내 젊음의 방향을 바꿔놓았다. 쪼들리는 시간을 쪼개고 쪼개 힘겨운 생활을 연장해가면서 지난 2년 동안 여름방학이면 군부대 병영 훈련을 하고 학교에서는 수업이 끝나는 대로 총을 들고 훈련에 임했던 그 수고와 노력이 아무런 대가도 받지 못한 채 날아갔다.

늑막염라니, 생각지도 못한 일이었다. 아무리 통지서를 보아도 믿어지질 않았다. 2년 전 ROTC 입단 신체검사 때 지원자들 가운데 최초로 완完자 판정을 받았던 나였다. 그런데 함께 훈련을 마친 모든 동기생들이 무사히 임관을 하는 마당에 어째서 나만 임관 대열에서 낙오돼야 하는가. 12월의 싸늘한 겨울바람을 맞고 있으니 흑인영가의 한 구절이 떠올랐다.

Nobody knows my trouble I've seen,

Nobody knows my Sorrow...

이건 거짓말이다. 꿈이다, 악몽이다. 아무리 고개를 흔들어 부정해도 군의관이 설명해주는 엑스선사진 속에 나타난 흔적은 꿈이 아닌 현실이었다.

그치지 않는 비는 없다

허탈한 마음과 함께 당시 경복궁 부근에 위치한 수도육군병원의 정문을 뒤로하고 피로한 발걸음을 옮기고 있을 때였다. 건널목에 다다랐을 무렵, 조금 전만 해도 켜져 있던 파란 신호등이 빨간 신호등으로 바뀌고, 건너편 자동차 신호등엔 노란 불이 켜져 자동차들이 좌회전과 우회전을 했다.

그때 문득, 노란 신호등(지금의 노란 신호등은 신호와 신호 사이의 전환을 의미하지만, 당시의 노란 신호등은 좌회전이나 우회전으로 돌아가라는 신호였다)에 따라 돌아가는 자동차들이 나를 향해 소리치고 있는 것 같았다.

"이봐, 젊은 친구, 뭘 그러고 섰는가. 인생이란 게 다 그런 것 아니겠는가. 어디 뜻대로만 살아갈 수 있겠는가. 우리처럼 돌아서 가자고."

절망적인 그 순간, 본능적으로 내 마음이 위안을 얻기 위해 그런 생각을 했는지도 모른다. 하지만 상관없었다.

'그래, 지금껏 나를 인도해주신 하나님께서 내 인생 행로에 직진의 파란 신호등 대신 돌아가야 할 노란 신호등을 켜주신 것일 수도 있다. 돌아가다 보면 언젠가는 목적지에 이를 것이고, 그때가 되면 지금 내가 처한 상황, 내가 당하는 이 아픔의 의미를 알 수 있을 것이다. 이스라엘 백성들도 출애굽의 여정에서 가나안으로 들어가기 전 40년 동안이나 광야 생활을 해야 했다고 하지 않는가.'

지금 내게 다가온 이 상황은 거부하고 몸부림친다고 해결될 문제가 아니다. '하나님의 가장 낮고 어리석은 생각이, 인간의 가장 높고 위대한 생각보다 낫다'는 시편 구절이 있지 않은가. 그러자 늑막염이 아닌 불치병에 걸려 삶에 종지부를 찍는 빨간 신호등을 켜주지 않은 것만 해도 감사할 일이라는 생각이 들었다.

생각을 정리하기 시작했다. 이제부터 내 인생 또다시 시작하는 거다. 이제까지의 계획을 수정해 새로운 출발을 하는 거야. 4년 전 대학을 지원하던 그때의 심정으로 또 다른 도전을 시작하자. 스물넷이란 젊음이 있지 않은가. 순탄치 않은 도전이겠지만 이대로 주저앉을 수는 없다.

졸업이란 단어는 또 다른 출발을 의미한다고들 한다. 나는 결국 포기하지 않고 인생의 전환점을 받아들이기로 했지만, 그때의 아픔은 내 삶에 지워지지 않는 응어리로 남아 있다.

그치지 않는 비는 없다

중앙청 앞의 단독 시위

1971년 10월 15일 오후 2시. 중앙청 제1회의실에서는 문교부와 국방부 공동으로 대학생 군사 훈련 문제를 놓고 전국 대학 총 학장 회의가 열렸다. 나는 탄원서를 가지고 찾아갔지만 수위실에서 막혀 들어가지도 못했다. 그냥 물러설 수가 없었다. 중앙청 주변에 있는 목공소에 가서 피켓을 만들어 1인 시위를 벌였다. 나는 출동한 중앙청 경비대에 붙잡혀 종로경찰서로 호송되었다. 처음엔 중앙청 앞에서 시위를 벌이다 잡혀 왔다는 이야기만 듣고 주먹질까지 하던 담당 형사가 조서를 작성하면서 나의 진술을 듣자 구내 다방에서 커피까지 시켜주며 나를 위로했다.

"이봐, 젊은 친구. 자넨 지금 생각과 행동이 너무나 단순한 거야. 세상이 옳고 그름에 대한 판단과 정의감만으로 돌아가는 것이 아니네.

자네보다 좀 더 세상을 살아온 인생 선배로서 얘기해주는 것인데, 통속적인 이야기 같지만 억울하면 출세하라는 말이 있지 않은가. 정말 부당하다고 생각되는 일이 있고, 그것들을 시정해야겠다는 생각이 든다면 자네가 성공해야 하네. 그래서 자신이 영향력을 발휘할 수 있는 정상까지 억울함을 참고 올라가야 한다는 걸 기억해두게. 자네가 지금 같은 상황이라면 아무리 발버둥 쳐 봐야 어느 누구 하나 관심을 가져주지 않는다는 사실을 알아두기 바라네. 억울한 일이 있거든 먼저 출세를 하게나. 내가 한 말 무슨 뜻인지 알아듣겠는가?"

그날은 종로경찰서 유치장에서 하룻밤을 지내야 했다. 다음 날 아침 즉결심판에 넘겨지기 직전에 누군가 내 이름을 불렀다.

"간밤에 잠도 제대로 못 잤을 텐데 이른 아침부터 실례합니다. 종로경찰서 출입 기자들인데 몇 가지 물어볼 일이 있어 왔습니다. 어제 중앙청 청사 앞에서 1인 시위를 했다던데 동기가 무엇인가요?"

당직 경찰관 입회하에 언론사 기자 네 명과 갑작스럽게 인터뷰를 하게 됐다.

"나는 지난 2년간 대학에서 ROTC 후보생으로 훈련을 받았던 사람입니다. 그런데 임관을 앞두고 질병 때문에 임관하지 못하게 되었습니다. 제가 임관할 수 없다는 것은 이해하는데, 이제 병세가 회복되어 입대영장을 받았습니다. 문제는 지난 2년간 훈련 과정을 모두 무효로 하고, 논산훈련소 신병 과정부터 시작해 사병으로 모든 복무 기간을 마쳐야 한다는 국방부의 조치를 받은 것입니다. ROTC 제도가 생겨난 이후 지난해까지 저처럼 병에 걸려 임관할 수 없는 경우, ROTC 훈련을 받은

　　　　　　　　　　　　　그치지 않는 비는 없다

기간만큼 복무기간을 단축해주도록 되어 있었는데, 이젠 갑자기 과거 훈련 과정에 대해 아무것도 인정해주지 않도록 규정이 바뀌었다는 겁니다. 이게 말이 되는 이야기입니까?" 나는 잠시 호흡을 고르고 기자들을 바라보았다. 그들이 동의하는 듯 고개를 끄덕이는 모습에 기운을 얻어 말을 이어갔다.

"금년부터 제도가 바뀌었다면 그 규정은 새로 훈련이 시작되는 사람들부터 적용돼야지, 규정을 만들어 소급 적용한다는 것은 제게는 너무 억울한 것 아닙니까? 제가 처음 ROTC를 지원하고 훈련을 받은 기간에는 없던 제도입니다. 그래서 저는 과거 규정의 적용 대상자가 되는 것이 옳다고 생각하는데, 아무도 제 이야길 들어주지 않습니다. 대학 시절 교련 교육을 이수한 사람도 복무 기간을 3개월 단축해주는데, 2년간 ROTC 훈련을 받아온 사람에게는 그간의 훈련 과정을 단 하루도 인정해줄 수 없다니 누군가는 이 모순된 제도를 바꿔놓아야 하지 않겠습니까? 어제 마침 대학생 군사 교육 문제로 전국의 총·학장들이 중앙청에 모여 회의를 한다기에 탄원서를 전달하려 했으나 뜻이 이루어지지 않아 중앙청 앞 광장에서 1인 시위를 한 것입니다. 피켓을 들고 평화적인 시위를 한 것은 민주국가에서 개인의 보장된 의사 표현 방법이 아닌가요?"

기자들과 인터뷰를 끝내고 나는 응암동에 있는 지방법원으로 넘겨졌다. 결국 즉결심판에서 벌금을 물고 나올 수밖에 없었다. 저녁나절 집으로 돌아올 무렵엔 동아일보와 조선일보, 신아일보 등에 기사가 실렸고, 집에 돌아오니 어머니께서는 몇 차례인가 경찰에서 다녀갔다며 걱정하셨다. 그때 내 사건은 5·16 군사혁명 이후 미국 대학생들에게 실시되는 예비역 장교 양성 제도를 국내 대학에 들여온 ROTC 사상 최초의 억울한 희생 사례가 되었던 것 같다. 나는 같은 경우 미국에서는 어떻게 처리되는지 알려달라는 질의 서한을 미국 국방부로 보냈다. 얼마 뒤 회신이 왔다. 미국의 병역 문제와 관련한 질문은 미국 시민권자에게만 해당되기에 답해줄 수 없어 미안하게 생각한다는 내용이었다. 그날 내가 겪었던 부당한 제도의 폐해는 다행스럽게도 이듬해 개정되었지만, 새로 개정된 제도는 그 효력이 소급 적용되지 않는다는 이유로 결국 장교 훈련을 마친 내가 논산훈련소에 입대해 신병 훈련을 받아야 했다. 대학시절 ROTC 훈련을 끝낸 자들은 2년 3개월만 복무를 하면 되던 그간의 혜택은 박탈당했다. 교련이 실시되던 당시 교련을 받고 입대한 사람들에겐 3개월씩 복무 기간을 단축해 주고 있었지만 대학에서 2년간 그것도 여름방학을 군부대에 입대해 병영훈련을 마친 나는 단 하루의 복무기간 단축조차 허용되지 않았다. 내가 사병으로 입대하는 것은 새로 제정된 규정을 소급적용한 때문이었는데, 그간의 훈련과정에 대한 군 복무기간 단축은 변경된 규정의 소급 적용이 안 된다는 이유였으니 참으로 어이없는 내 인생의 꼬임이었다.

그치지 않는 비는 없다

키위Kiwi가 된 ROTC출신 이등병

대학을 졸업하고 3년 뒤 스물여섯 살이 되어서야 비로소 이등병 계급장을 달았다. 처음 훈련소에 징집되었을 때는 신체검사 과정에서 귀향조치가 내려져 해를 바꿔 훈련소 입소를 하게 된 것이다. 장교 훈련을 마친 내가 나이 어린 병사들 틈에 끼여 3년여의 군 생활을 한다는 사실에 육체적 피로감보다도 심리적 자존심과 정신적 갈등이 훨씬 컸다.

논산훈련소에서 6주간의 훈련과정을 마치고 작대기 하나인 이등병의 계급장을 단 뒤 부대배치를 받아 본격적인 군 복무를 시작했다. 그당시 내가 지닌 자화상은 언젠가 읽은 이어령 교수의 책 속에 등장하는 '키위새' 같았다.

"몸은 닭만 한데 둥글고 털 모양의 갈색 깃털이 온몸에 나 있으며, 날개

와 꼬리는 없고 부리는 길며 그 끝에 콧구멍이 있다. '키위키위' 하고 울어
서 이렇게 부르며, 지렁이, 과실, 나뭇잎 따위를 먹고 살며 뉴질랜드의 삼
림 지대에 서식한다는 새. 어린 시절 내가 처음 보게 된 키위는 미군 병사
들의 구두 왁스통 뚜껑에서였다."

과거 하늘을 날던 조상들의 전설을 지닌 채 뉴질랜드 삼림 지대를
뒤뚱거리며 살아가는 키위의 운명에 동병상련을 느꼈을까? 나는 군 생
활 3년 동안 키위에 대해 수없이 생각했다. 힘들 때, 외로울 때, 군대
문화에 적응하기 힘든 순간들이면 키위를 떠올렸다. 그들은 햇볕이 차
단된 동굴 속에서 무슨 생각을 하며 지루한 시간을 보낼까. 다른 새들
처럼 하늘을 날아오르던 먼 옛날 전설 속의 이야기를 떠올리며 스스로
위안을 찾고 있을까. 언젠가 날개의 기능을 되찾아 새로서 당당한 자
태를 누릴 날을 꿈꾸며 지금의 수모를 참는 것일까.

신병 훈련 과정을 마치고 자대 배치를 받았을 때는 겨울이었다. 말
단 졸병에게 겨울은 잔인한 계절이다. 야간 보초를 설 때 뼛속까지 스
미는 한기는 그나마 견딜 만했다. 오랫동안 자취 생활을 한 나지만 돼
지고기 국이 나온 날 기름기 묻은 식판을 지푸라기에 빨랫비누를 비벼
닦는 일은 정말 고역이었고, 연탄 가루를 흙과 물로 이겨서 내무반 난
롯불을 피우는 일 또한 여간 지겨운 일이 아니었다. 눈이라도 쏟아지
는 날이면 짜증부터 났다. 졸병에게 겨울 정취 같은 것은 없었다.
늦가을 드럼통에 담가놓은 군대 김치와 짠지를 신물이 올라오도록
씹고 씹어도 겨울은 좀처럼 끝나지 않았다. 11월부터 이듬해 3월 말까

지 연중 거의 절반에 해당하는 지겹고 힘겨운 동절기. 군대에서 봄과 가을은 여름과 겨울을 준비하는 계절에 지나지 않았다. 겨울철 내내 묵은 때가 낀 군복을 벗어놓을 즈음이면 벌써 더위가 시작되었고, 더위가 끝나간다 싶을 즈음이면 내의를 입어야 했다.

그래도 병사들은 봄과 가을을 손꼽아 기다렸다. 군에서 제대하려면 '피고 지고'가 몇 차례 반복돼야 했기 때문이다. 꽃이 피고 낙엽이 져서 1년, 또다시 피고 져서 2년, 그렇게 봄과 가을이 세 번 지나야 '개구리복'을 갈아입고 부대 정문을 나설 수 있기 때문이었다. 자연산 개구리들은 겨울을 한 번만 보내면 세상 밖으로 나갈 수 있는데, 우리가 군에서 개구리복을 갈아입기 위해서는 겨울을 세 번 보내야 했다.

그래도 어머니가 보내주시는 편지는 말할 수 없이 반가웠고 큰 위안이 되었다. '내 아들 성삼아, 바다 보아라'로 시작되던 어머니의 편지 때문에 내무반 병사들은 "오 일병! 자네 모친께서 또 바닷가엘 가셨는가?"라고 농담을 건네곤 했다. 일주일에 한 번 정도 오는 어머니의 편지는 겨울에도 '바다 보아라', 여름에도 '바다 보아라'로 시작됐기 때문에 처음 내무반 병사들은 내가 바닷가 출신인 줄 알았다고 농담을 하곤 했다. 그런 놀림에도 어머니의 편지는 내게 항상 감동으로 다가왔다. 편지는 대부분 성경의 내용이었다. 특히 욥이 자신의 잘못과 관계없이 원치 않는 어려움을 겪었으나 인내의 결과 하나님의 축복을 받았다는 구약성서의 인용이 몇 차례나 등장했다. 그러나 무엇보다 나를 감동시킨 것은 우체국에서 우표 열 장을 사서서 한 장은 편지에 붙이고, 나머지 아홉 장은 동봉해주시던 어머니의 마음이었다. 내가 친구들과 편지를 주고받도록 배려해주신 것이다. 나의 마음 시린 군대 생활 3년을 훈훈하게 데워준 것은 내무반의 난로보다 어머니의 그 편지들이었다. 그런 어머니의 '바다 보아라'는 훗날 나의 미국 유학 시절 태평양을 건너 계속 이어진다.

그치지 않는 비는 없다

논산훈련소의 크리스마스 캐럴

군에서 맞이하는 두 번째 크리스마스가 다가왔다. 그때 나는 논산 훈련소 31연대 군종병으로 근무하고 있었다. 나의 주 임무는 훈련소에 입소한 훈련병들이 일요일마다 군인교회에 나와 예배드릴 수 있도록 도와주는 것이었다. 예배는 군목이 주관했지만, 훈련병들을 인솔해 군인교회로 안내하고 예배를 마치면 다시 그들이 소속된 내무반으로 안전하게 보내는 일은 나의 책무였다.

훈련병들은 주로 지역별로 들어왔는데, 그해 12월 입소한 대다수는 서울과 부산 출신이었다. 대도시 출신들이라 그랬을까? 첫 일요일 군인교회에 나와 찬송을 부르는데 화음이 멋졌다. 알고 보니 군악병과의 훈련병들이 상당수 있었다. 예배 후 훈련병들에게 제안을 했다. 성가대를 조직해 크리스마스 때 새벽 송을 해보면 좋지 않겠느냐고. 훈런병들의 환성이 터져 나왔다. 훈련병들로서는 입대할 때 생각도 하지 못한 일이었을 것이다. 50여 명이 성가대를 지원했다.

계백 장군의 혼이 서린 황산벌, 논산훈련소 야외 훈련장은 흙먼지를 동반한 바람이 세차게 부는 곳이다. 한국인 체형엔 버거운 M1 소총을 들고 허허벌판에서 추위와 싸워야 하는 훈련병들이 성가 연습을 위해 저녁마다 군인교회로 모여들었다.

내가 그들에게 해줄 수 있는 것은 그리 많지 않았다. 하루 종일 야외에서 훈련받고 돌아온 그들을 위해 교회 난롯불을 벌겋게 지펴놓는 일, 취사장에 가서 군용 라면을 얻어다 큰 통에 끓여 배불리 먹도록 해주는 일이 고작이었다. 그래도 훈련병들은 그러한 시간을 황홀해했다. 훈련소 조교들의 잔소리를 듣거나 야간 점호 준비를 해야 하는 대신 난로 곁에서 라면을 배불리 먹을 수 있고, 군가 대신 크리스마스 캐럴을 부르는 일이 어찌 황홀하지 않겠는가. 일부 병사들은 하루의 피로를 이기지 못하고 꾸벅꾸벅 졸기도 했지만 그런 것은 상관없었다.

드디어 크리스마스이브. 성가대에 참여하는 훈련병들이 내무반 대신 군인교회에서 밤을 보낼 수 있도록 허락된 특별한 밤이었다. 고된 훈련을 마친 성가대원들이 상기된 표정으로 군인교회로 모여들었다. 크리스마스이브 저녁 무렵부터 새벽 송을 돌 때까지 주어진 길지 않은 시간 동안 50명 남짓한 훈련병들은 성가 연습을 하기도 하고, 이야기 꽃을 피우기도 했다. 입대하기 전 학교에서, 사회에서 지내던 불과 몇 주 전의 일들을 먼 옛날이야기처럼 느끼는 듯했다.

새벽 4시에 성가대원들이 군인교회 문을 나섰다. 대원들은 50여 개가 되는 훈련병들의 막사를 정해진 코스에 따라 돌며 새벽 송을 시작했다. 훈련소 막사를 돌며 '기쁘다 구주 오셨네' 등 캐럴을 불렀다. 추운 새벽 기타를 치던 훈련병의 손이 곱으면 옆의 훈련병이 끼고 있던 군용장갑을 벗어 주며 교대로 기타를 쳤다. 우리 성가대가 찾아가 노래를 부르기 시작하면 그 시각 내무반에서 불침번을 서던 훈련병들도 합세했다.

그때 미처 예상치 못한 일이 벌어졌다. 크리스마스 캐럴 소리에 선잠을 깬 훈련병들이 훌쩍거리며 우는 것이었다. 훈련병들에게 기쁨을 주기 위해 크리스마스 새벽 송을 계획한 나는 속으로 적잖이 당황할 수밖에 없었다. 다른 쪽 막사로 옮겨가는 동안 내 귀에는 성가대원들의 노랫소리보다 내무반 훈련병들의 흐느끼는 소리가 더 크게 다가왔다.

1973년 논산 훈련소에서 맞은 크리스마스 새벽은 평생을 두고 잊을 수 없다. 지금도 난 아린 가슴을 파고드는 것 같은 '슬기둥'의 아쟁 연주 '그 저녁 무렵부터 새벽이 오기까지'를 듣고 있노라면 그날 밤 훈련병들의 흐느낌이 떠오르곤 한다. 그날 새벽 송을 돌던 성가대 훈련병 중에는 훗날 미국 줄리아드 음악학교를 수석으로 입학하고, 미국 카네기홀과 링컨센터에서 30여 회나 공연을 한 뉴욕 나약대학교 성악과의 최화진 교수도 있었다.

병영에서 보낸 빛바랜 편지

어머니! 지금쯤 그곳 고향집 앞마당엔 모기를 쫓기 위해 피워 놓았던 쑥불도 다 타고, 멍석 위에 둘러앉아 이야기를 나누던 이웃집 아낙네들도 모두 집으로 돌아갔을 시간이겠지요. 취침나팔 소리가 들리고 고달팠던 일과를 잊은 채 내무반 병사들이 단잠에 빠져든 지금, 저는 며칠 전 어머님께서 보내주신 편지를 또다시 꺼내 희미한 불빛 아래서 읽고 있습니다. 제게도 하늘의 은하수처럼 졸음이 쏟아지는 시간이지만, 오랜만에 편지를 써야겠다는 생각이 들었습니다. 이는 저의 의지보다는 어머니께서 보내주신 편지 때문입니다.

'내 사랑하는 아들 성삼아 바다 보아라'로 시작되곤 하는 어머니의 편지엔 오늘도 여느 때나 다름없이 우표 아홉 장이 동봉되었네요. 어머니께서 보내주신 우표를 만지작거리노라면 형용키 어려운 알싸한

그치지 않는 비는 없다

향수를 느낍니다. 넉넉지 못한 살림에 우표 열 장을 사서 한 장을 붙이고 나머지 아홉 장을 고이 접어 글 속에 동봉해주시기를 벌써 몇 번째입니까? 처음 군 생활을 시작하던 훈련병 시절부터 어머님의 편지는 제게 더할 수 없는 위안이 돼주었습니다. 지금도 생각하면 콧등이 시큰해지는 첫 편지의 기억이 떠오르네요. 그때 어머님은 이렇게 쓰셨습니다.

'…애야, 금세 돌아온다더니 왜 안 오냐….'

겨울비 흩뿌리던 수원역을 떠나던 날이 어느덧 8개월이나 지났습니다. 평소 학교에 다닐 때처럼 태연히 문밖을 나설 때만 해도 저는 신체검사에 불합격이 되어 귀향 조치가 내려질 것으로 생각했습니다.

"애야, 정말 금방 돌아올 수 있는 거지?"

"그럼요 어머니, 전 그냥 갔다가 돌아오는 거예요. 지난번에도 훈련소까지 갔다가 그냥 돌아왔잖아요."

군에 입대해 처음 받아든 훈련병 시절의 그 편지. 맞춤법과 띄어쓰기가 엉망인 어머니의 편지를 읽어 가며 주체할 수 없을 만큼 흘러내리던 두 뺨의 눈물이 아직도 마르지 않은 채 가슴속에 홍건히 고여 있습니다.

저는 어머니의 편지를 받아들 때마다 더할 수 없는 포근함을 느끼곤 합니다. 최근 집이나 교회에서 일어나는 자질구레한 얘기들까지도 자상하게 적어 보내 주시는 그 편지를 너덜거릴 때까지 군복 주머니에 넣어 가지고 다닌답니다. 정신적으로 참아내기 어려운 생활 속에서도 낙심치 않도록 격려해주시는 어머니의 편지는 군 생활을 하는 제게 출애굽기며, 창세기이고, 잠언입니다.

어머니께선 요즘도 어두운 새벽녘 교회엘 다녀오신다지요. 당신께서 어떤 기도를 드리시는지 글 속에 적어 보내지 않아도 저는 잘 알 것 같네요. 마음과 마음속에 스며드는 감정의 전이轉移. 이런 걸 이심전심이라고 하겠지요. 때론 이곳에서 고향집 어머니의 헛기침 소리조차 들리는 듯합니다.

저도 어머니처럼 새벽마다 교회에 나갈 수는 없지만, 한 주일에 두세 번은 탄약고 주변의 말번 보초 근무를 마치고 돌아오는 길에 아무도 두드리는 이 없는 군인교회의 문을 열고 들어가 철모를 벗고 총을 내려놓고 기도를 하곤 합니다. 어머니와 자랑스러운 두 동생, 그리고 옆집 할머니와 생활의 아픔을 참아가며 살아가는 내 불우한 이웃들을 위해서 말입니다.

어머니! 머지않아 저보다 먼저 군에 간 동생 오 병장의 제대 날짜가 가까워져 오네요. 동생이라도 먼저 제대해서 어머니 곁에 있으면 지금의 외로움은 훨씬 나아지리라 생각합니다. 조금만 더 기다리세요. 그렇게 오래

그치지 않는 비는 없다

계속되는 가난 속에서도 우리 삼 형제의 키가 자라고, 지혜가 자라는 모습을 지켜보노라면 절망스런 가난이 희망으로 바뀐다던 어머니의 음성을 떠올리며 이만 글을 줄입니다.

고추잠자리 날아다니던 고향의 맑게 갠 하늘이 무척이나 그리운 밤입니다. 안녕히 주무세요.

추신 : 어머니, 곧 제가 군에서 받는 여덟 번째 월급날이 다가옵니다. 다음 편지에는 우표를 동봉하지 않아도 좋겠습니다.

멀리 병영에서

큰아들 올림

육군병장 제대비와 맞바꾼 대학원 입학원서

ROTC 동기들이 병역을 마치고 사회생활을 시작한 지 몇 년이 지난 1974년 11월 28일, 나이 어린 병사들 틈에 끼어 사병으로 3년 가까이 복무한 나의 군 생활이 마침내 끝났다. '대학 졸업과 동시에 시작돼 그치지 않고 내리던 비. 병상에서의 2년, 그리고 군에서의 3년. 5년 가까운 정체기를 내가 과연 극복해낼 수 있을까.' 군 생활 동안 찢긴 자존심보다 나를 짓누른 것은 뒤처졌다는 열패감이었다. 제대 신고를 끝내고 식사마저 거르고 무거운 마음으로 부대 정문을 벗어나 서울행 군용열차에 올랐다.

용산역에 내려 버스를 갈아타고 동숭동 서울대학교로 향했다. 대학원 입학원서를 사기 위해서였다. 배경도 없고, 경제적인 도움을 청할 곳도 없고, 사회 진출도 늦은 내가 할 수 있는 일은 공부밖에 없다는 생

그치지 않는 비는 없다

각이 들었다. 그래서 어렵사리 군 생활을 하면서도 열심히 대학원 준비를 했었다. 대학원 진학을 결심한 건 군 생활 훨씬 전부터 생각해온 것이었다. 대학 시절 교문 앞에서 시험지 장사를 하며 까칠한 수위 아저씨와 다투다가 울컥 결심한 인생행로를 잊지 않고 있었던 탓이다.

군 생활, 자정이 넘은 캄캄한 밤, 탄약고 보초를 서면서도 철조망 너머에서 나를 조롱하며 웃고 있는 수위의 얼굴을 마주하곤 했다. "그러면 그렇지 대학교수는 아무나 되는 줄 알았냐? 요놈아!" 그의 모습이 떠오를 때마다 대학원 준비를 게을리하지 않았다. 하나님은 길을 열어주신다고 했던가. 내가 상병으로 진급했을 무렵 군종부로 발령이 났다. 한 주간의 반복되는 임무는 일요일에 논산 훈련소 훈련병들이 군인교회에 다녀갈 수 있도록 도와주는 일이었다. 일요일을 제외하면 한 주간의 날들을 나 홀로 군인교회 사무실에서 공부를 하며 보낼 수 있는 기회가 생겨난 것이다.

대학원 입학원서는 5천 원이었다. 맙소사, 3년 가까운 군 생활을 마치고 오늘 아침 받아 온 제대비 5천 원 전액을 털어 대학원 입학원서 한 장을 사야 한다니. 내 전 재산을 털어 대학원 입학원서를 사는 것이 과연 올바른 선택인지 마음이 흔들렸다. 더구나 합격도 장담할 수 없으니 망설임이 클 수밖에 없었다. 제대하는 날 집에 들어가며 어머니께 곶감 한 꼬치라도 사다 드리려 마음먹은 돈이었는데…. 결국은 개구리복 주머니 깊숙한 곳에 넣어두었던 5천 원을 떨리는 마음으로 꺼내 입학원서를 사고, 어머니가 기다리고 계실 동두천으로 향했다.

집에 도착한 다음 날부터 군에서 틈틈이 정리해 온 자료들을 차근차

근 훑으며 보름 남은 대학원 입학시험 준비에 들어갔다. 결국 무난히 합격은 했지만 문제는 첫 학기 등록금이었다. 1975년 서울대학원의 1학기 등록금은 입학금을 포함해 8만 3천 950원, 2학기에는 7만 6천 300원이었다.

군에서 막 제대한 내게 등록금 같은 큰돈이 있을 리 없었다. 그것을 걱정하고 있던 즈음, 학자금 융자 제도를 실시한다는 정부 정책이 발

표되었다. 가뭄에 단비 같은 뉴스였다. 기대와 희망을 안고 찾아간 농협에서는 보증인을 세워야 등록금 대출이 가능하다고 했다. 더구나 융자를 받아도 다달이 원금과 이자를 갚아야 하는 조건이었다. 일단 어찌어찌 같은 교회의 집사님께 보증을 서 달라고 사정을 해서 대출을 받았다.

겨우 대학원에 입학한 나는 정릉에 입주 가정교사 자리를 얻고 대학

그치지 않는 비는 없다

원 생활을 시작했다. 입주 가정교사를 통해 받는 돈은 공부에 필요한 책을 사고 교통비와 필요한 경비를 제하고 나면 남는 것이 거의 없어 융자를 갚아나가기엔 부족했다. 한두 달 연체가 이어지고 셋째 달까지도 연체가 되자 나는 물론 보증인에게까지 독촉장이 날아들기 시작했다. 괴로운 일이었다. 대학원 공부만 해도 벅찬데 경제적인 문제로 고민하다 보니 심신이 지쳐갔다. 내 삶의 기나긴 장맛비는 언제쯤 그치게 될 것인가.

천만다행으로 대학원에서 두 번째 학기가 시작될 무렵 한국월드비전 장학금을 받게 됐다. 이제 등록금 걱정만큼은 면할 수 있었다. 대학 4년간 받아온 월드비전 장학금을 대학원에 진학해 다시 받게 된 것은 당시 월드비전의 이윤재 회장님 덕분이었다. 힘겨웠던 나의 대학 시절을 지켜보았던 그는 내가 졸업과 동시에 찾아든 병마와 싸우는 동안에도 월드비전 병원을 통해 치료를 받도록 도와주었고, 대학원 공부를 계속하며 경제적 어려움을 겪고 있다는 사실을 알고 배려의 손길을 내밀어 준 것이었다. 모교인 건국대학교 사범대학에서 조교 자리도 얻어 다소간 생활의 여유를 찾았다. 제대 후 군에서의 유격 훈련보다 결코 덜하지 않은 시련을 상당 기간 겪은 후의 일이었다.

그렇게 석사 학위를 끝내고 시간강사 신분이긴 했지만 대학 강단에도 서게 되었다. 그러나 대학 강의에 대한 설렘도 그리 오래가진 못했다. 고정 수입이 없었기에 늘 불안한 생활의 연속이었다. 나는 다시 결단을 내렸다. 미국 유학을 가기로 한 것이다. 준비에 착수했다. 1년여의 준비 끝에 마침내 미국 대학의 입학허가서를 받아 들었다.

폭우 속의
유학생활

내가 미국 유학생활을 시작하던 1980년은 대한민국의 정치적 혼란과 사회적 불안감이 매우 증폭되던 시기였다. '79년에 10.26 사태로 박정희 대통령이 서거하고, 이후 12.12사태에 이어 80년 5.18 광주 민중항쟁이 있었으며 계엄령 선포와 삼청교육대의 악몽이 가시지 않는 전두환 정권이 출범하던 시점이었다.

당시 원·달러 환율은 800:1 수준이었는데 시카고지역 휘발유 1리터 가격이 90센트를 웃돌고 있었다. 최저임금은 시급 3달러 수준으로 길거리 핫도그 3개를 사 먹을 수 있는 금액이었다. 그때까지는 한국엔 맥도널드와 버거킹이 들어오지 않은 때였다. 처음 시카고 미시간 호수 주변의 맥도널드에 들러 햄버거 주문을 했더니 종업원이 내게 하는 말, "Here or to go?" 처음 들어보는 질문이었다. 그 외 나는 미국 상점마다 다양한 미제(?)물건들이 엄청 진열돼 있다는 사실에 놀랐다. 당시 한국에서는 미제물건 구하기가 쉽지 않았고, 미군부대 PX를 통해 흘러나온 물건들의 거래는 불법이었다. 양담배를 피우다 걸리면 벌금을 물어야 했고 가끔은 형사들이 다방에 들어와 양담배 피는 사람들을 색출하기도 하던 시절이었다.

유학생활이 시작되면서 도시락을 가지고 학교엘 다녔다. 잔디밭에 앉아 내가 좋아하는 쌀밥과 멸치볶음 도시락을 먹고 있는데 지나가던 미국인 학생이 다가와 하는 말, "물고기가 큰 다음에 잡아먹어야지 그렇게 송사리들을 마구 잡아 볶아 먹으면 어떻게 하느냐?" 그래서 다음엔 쌀밥과 스팸 통조림을 가지고 다녔더니 이번엔 미국인 조교가 하는 말, "넌 그 스팸이 질리지도 않냐?" 그리고 "너는 왜 밥을 매일 물에 말아서 먹느냐?" 그때 내가 속으로 대답했던 말, "네가 전자레인지에 덥혀진 쌀밥과 스팸 맛을 알아?" 그리고 "남이야 밥을 물에 말아먹든 물에 밥을 말아먹든 무슨 상관이람?"

어느 날 집에 있는 여행가방 속에서 인삼차 한 봉지를 발견해 미국인 친구에게 건네주었다. 인삼차 한 봉지를 건네받던 그의 표정이 야릇한 미소를 지었다. 다음 날 아침 그가 내게 다가오면서 하는 말, "Hi Sam, nothing happened last night!" 기혼자 기숙사에서 후배 여학생과 동거생활을 하던 그 친구는 아마도 인삼이 잠자리에 특효약이란 잘못된 정보를 들었던 모양이다.

그렇게 미국 생활에 적응해가던 1980년, 우리나라의 GNP는 1,507달러에 달했고, 1982년엔 대한민국에 야간통행금지가 해제됐다는 소식이 전해졌다. 그리고 그 이듬해인 1983년에는 대한민국의 인구가 4천만을 돌파했다. 1986~88년의 기간은 저달러, 저유가, 저금리의 3저 현상에 힘입어 우리경제가 유례없는 호황을 누리던 시절이었다. 프로야구팀이 생겨나고 룸살롱이 흥청거리며 스피드와 스포츠 그리고 섹스의 3S 시대를 맞이하고 있었지만, 태평양을 건너온 나는 시카고에서 징글징글한 고생을 하고 있었다. 해마다 크리스마스 시즌이 돌아오고 '징글벨' 캐럴이 흘러나오면 나는 아직도 그 '징글징글'한 시카고 시절이 자꾸 떠오른다.

해외 입양 아동들을 데리고 떠난 미국유학

1980년 12월 중순. 막상 미국 유학을 결심하기는 했지만 막막했다. 2주 뒤면 미국에서 대학의 학기가 시작되는데, 그때까지 생활비는커녕 김포공항을 빠져나갈 비행기 표조차 마련하기 어려운 상황이었다. 건국대학교에서 대학 생활이 그러했고 서울대학원에서 석사과정이 그러했듯 나의 학업은 고난의 연속이었다. 대학원을 마치고 2년 남짓 계속한 시간강사 생활에도 불구하고 경제적으로는 조금도 나아지지 않았다.

유학생 비자를 받아들고 미국 대사관을 나와 광화문 지하도를 걷고 있을 때, 구약성서 창세기의 한 장면이 떠올랐다. 아브라함이 하나님의 명령에 따라 100살에 얻은 아들 '이삭'을 제물로 바쳐야 하는 장면이었다. 자신의 아들을 하나님의 명령에 따라 제물로 바치기 위해 모리아 산으로 가는 도중, 그는 아들에게 질문을 받는다. "아버지, 우리가

그치지 않는 비는 없다

제사를 드리러 산에 가고 있는데, 제사 드릴 어린 양은 어디 있지요?"
아버지 아브라함이 대답했다. "아들아, 제사에 쓸 어린 양은 하나님이
자기를 위해 친히 준비하시리라."

그래, 그거야. 내가 미국에 가서 필요한 모든 것은 하나님이 그곳에
친히 준비해 놓으셨을 것이다. 이 믿음만 놓치지 않는다면 나의 유학
생활은 걱정하지 않아도 좋을 것 같다는 생각이 들었다. 학창 시절 수많
은 고비를 넘길 수 있었던 힘의 원천은 하나님의 도우심이 아니었던가.
어차피 빈손으로 시작한 인생 또 한 번 부딪쳐 보리라.

며칠 뒤, '홀트아동복지회'에서 미국으로 입양가는 아이들을 에스코
트할 사람을 모집한다는 이야기를 들었다. 실낱같은 희망을 갖고 그곳
을 찾았다. 마침 1월 3일에 하와이와 로스앤젤레스로 입양을 가는 아
이들이 있다고 했다. 두 아이는 하와이 공항까지, 세 아이는 로스앤젤
레스까지 데려다주는 조건으로 미국행 왕복 비행기 표를 제공받는 행
운(?)을 얻었다. 이제 미국행 비행기 표를 얻었으니 태평양을 건너 미
국 땅에 발을 들여놓는 일까지는 해결된 셈이다. 유학을 앞두고 정수
장학회 조태호 이사장님께 인사를 드리러 갔다. 조 이사장님께서는 나
의 딱한 처지를 아셨는지 봉투 하나를 건네며 고생이 되더라도 열심히
학문에 정진하라고 격려해 주셨다. 그 봉투 속에는 첫 학기 등록금이
들어 있었다.

1981년 1월 3일 밤 10시. 하와이를 경유해 로스앤젤레스까지 가는

폭우 속의 유학생활   111

KAL 007기에 탑승하기 위해 김포공항 국제선 터미널을 빠져나갈 무렵, 나는 세 살짜리 어린애 둘을 걸리고, 한 살 전후의 아기 둘은 양쪽 팔에 하나씩 안고, 또 한 아이는 등에 업은 채 탑승구로 향했다. 당일의 에스코트는 하와이 사람과 둘이서 했다. 어린 아이들이 미국 여자만 보면 울어대서 고생의 중심은 내가 되었다. 참으로 고생 복(?)도 많았다.

그렇게 입양아들을 데리고 가는데 출국 심사대에서부터 문제가 생겼다. 출국 심사를 받기 위해 줄을 서 있는 동안 등에 업은 아기가 먹은 우유를 토하기 시작했고, 안고 있는 한 녀석이 울기 시작하니까 다른 녀석들도 덩달아 울어댔다. 게다가 걸어서 뒤따라오던 두 녀석은 이리 뛰고 저리 뛰니 그야말로 난리가 난 것이다. 보다 못한 공항 직원이 승객들에게 양해를 구해 먼저 출국 심사를 끝내고 기내까지 바래다 주었다.

기내에는 내 자리를 포함한 다섯 아이들의 자리가 맨 뒤쪽에 나란히 마련돼 있었다. 어린아이 다섯을 각각 자리에 앉혀놓고 젖병을 물려 간신히 달래 놓았다. 하지만 그것도 잠시였다. 비행기가 이륙하자 겁에 질린 아기들이 일제히 울어대기 시작했다. 모든 승객들의 시선이 내게 집중되었다. 속수무책이란 말은 그럴 때 쓰는 것인 모양이다. 기내 승무원들은 비상이 걸렸다. 그분들의 각고의 노력 덕분에 기내가 안정을 되찾았고, 나 역시 긴장과 피로가 풀리면서 깊은 잠에 빠져들었다. 시간이 얼마나 지났을까. 아침 식사를 나르는 승무원들의 부산한 소리에 잠이 깼을 때, 비행기 창밖으로 태평양 상공에 붉은 태양이 솟아오르는 것이 보였다. 하와이가 가까워 오는 모양이었다.

그치지 않는 비는 없다

Chicago, 그 혹독했던 유학생활

시카고 오헤어 국제공항에 도착했을 때, 희뿌연 하늘에는 눈발이 펄펄 날리고 공항 주변을 지나는 차량들의 바퀴에 감은 체인 소리가 요란스레 들려오고 있었다. 이 모든 정경들이 흡사 앞으로 전개될 험난한 유학 생활의 전주곡 같았다.

'미시간 호수에서 불어오는 시카고의 눈보라와 싸워 이겨내지 못하면 나는 돌이킬 수 없는 패배자가 될 것이다.' 비장한 각오와 함께 나는 마음을 단단히 했다.

그러나 막상 학교를 다니기 시작하자 처음부터 예상이 빗나갔다. 첫학기 강의가 시작되자마자 도무지 정신을 차릴 수가 없었다. 유학을 가볍게 생각하고 준비를 소홀히 한 자신이 후회스러웠다. 생각조차 할 수 없었던 뜻밖의 사건들이 어설픈 유학생을 어리벙벙하게 했다. 나는 마치 링 위에서 무차별 난타를 당하는 신출내기 권투선수 같았다. 눈은 벌겋게 충혈되고 코피가 줄줄 흘렀다. 다리가 풀리고 가쁜 숨을 몰아쉬는 KO 직전의 상황에도 누구 하나 링 위로 수건을 던져줄 사람은 없었다. 하루 빨리 유학 생활 1회전이 끝나기만을 기다리는 심정이었다.

시카고의 첫 겨울, 한국에서 기대했던 하나님의 예비하심은 아무리 눈을 비비고 찾아봐도 발견할 수 없었다. 등록금을 내고 방을 얻으니 남은 돈이 한국에서 가져온 고추장 단지처럼 바닥을 드러내기 시작했다. 아침저녁으로 기도하고 주일이면 교회에도 열심히 다녔건만, 광화문 지하도 속에서 내가 믿었던 하나님은 아무리 불러도 대답이 없었다. 단지 주님의 은총이란 게 있었다면 그해 겨울 시카고 추위에 얼어 죽지 않고 첫 학기를 끝낼 수 있었던 것뿐이었다.

맙소사, 1라운드가 끝나고 내게 날아든 성적표는 그야말로 부시시 B.C.C.했다. 유학 오기 전 미국 학생들은 매일 춤이나 추고 맥주나 마시며 연애나 하는 녀석들이 대부분일 것이란 게 내 생각이었다. 게다가 가난한 우리나라에서도 장학금을 받아 대학엘 다녔는데, 부자 나라인 미국에 와서 설마 등록금 걱정이야 하겠는가 하고 내심 느긋하게 생각한 나의 예측이 완전 빗나간 것이다. 우선 수업의 방법이 한국과 너무나 달랐다. 한 과목을 수강하기 위해 수많은 책을 읽어야 했고, 수업 시간에는 주어진 토픽에 따라 논리 정연한 토의에 참가할 수 있어야 했다. 어려서부터 암기식 교육과 정답 찾기 훈련만을 시키던 우리네 교육만을 받은 내가 논리적 사고와 언어 훈련이 잘된 미국 학생들과 경쟁한

그치지 않는 비는 없다

다는 것은 무리였다. 라면을 주식으로 하는 나로서는 체력 싸움에서도 그 녀석들을 따라갈 방법이 없었다. 며칠 밤을 꼬박 새고도 아침에 커피 한 잔 마시고 나면 피곤한 기색 하나 보이지 않는 그들이 정말 대단하게 느껴졌다.

2학기가 문제였다. 첫 학기를 열심히 해서 그 다음 학기는 장학금을 받거나 조교 자리를 얻어야 유학 생활을 계속할 수 있으련만, 그 학점 가지고는 어디 가서 말도 꺼내지 못할 입장이었다. 여름방학 동안 일자리를 구한다 해도 근근이 먹고사는 문제나 해결할 뿐, 등록금을 해결한다는 것은 어림도 없는 일이었다. 노동허가서Work Permission가 없는 사람들이 할 수 있는 구질구질한 일들로 간신히 버텨 가던 어느 날, 이대로 포기하고 주저앉을 수는 없다는 생각에 나는 크나큰 도전을 결심했다. 대학의 학장을 만나야겠다는 생각을 실행에 옮기기로 한 것이다. 그를 설득하면 유학생활이 계속될 것이고, 그렇지 못할 경우는 한국으로 되돌아가던지 불법체류자로 미국에 남아 살아갈 상황. 아, 눈보라 휘날리는 바람 찬 흥남부두처럼, 우리 가족에게 설움을 넘어 한 맺힌 이야기를 남겨 준 시카고, 시카고, 시카고여!

하나님! 제발 제 기도 좀 들어 주세요

이른 아침 서둘러 사범대학 학장실을 찾았다. 아직 출근 전이라 학장실 문밖 복도에서 초조한 마음으로 기다리는데 학장님이 집무실로 들어가시는 게 보였다. 뒤쫓아 들어가려 하니 비서가 용건을 물었다. 학장님께 긴히 의논할 일이 생겨서 찾아왔다고 했지만, 그날은 학장님의 공식적인 일정 때문에 면담이 어렵다고 했다. 할 수 없이 다음 날 면담 일정을 잡고 집으로 돌아왔다.

그날 밤, 나는 내 생애 가장 길고 무더운 여름밤을 보냈다. 학장님을 만나 얘기하고자 하는 내용을 커닝 페이퍼를 작성하듯 요점 정리하고 몇 차례 연습까지 해 두었다. 다음 날 일찍부터 학장실 문 앞에서 그의 출근을 기다리며 기도를 했다. 오랫동안 교회에 다니며 수많은 기도를 해 보았지만 그날의 기도를 난 평생 잊을 수가 없다. 그것은 기도라기

그치지 않는 비는 없다

보다는 유학 생활을 계속하느냐 하차하느냐의 기로에 선 절규와 같았다. '하나님, 당신의 약속은 어찌된 것입니까. 시카고 겨울바람에 날아가 버린 것입니까? 아니면 무더운 여름 날씨에 말라 버린 것입니까?'

얼마 뒤 학장이 출근을 했다. 그는 여비서에게 저 중국 학생이 무엇 때문에 어제도 오늘도 아침부터 찾아왔느냐고 물었다. 여비서는 무슨 말인지는 잘 못 알아듣겠는데 학장님께 뭔가 얘기하고 싶은 모양이라고 대답했다. 맙소사! 내가 어제 왔을 때 왜 학장님을 만나려고 하는지 그렇게 열심히 설명했건만, 내 말을 알아듣지 못했구나. 등에서 식은 땀이 흘렀다. 어쨌든 나는 학장님과 일대일로 면담할 기회를 얻었다.

"학장님! 저는 중국 학생이 아니고 대한민국에서 온 학생입니다."라고 소개한 뒤, 지난밤에 작성한 커닝 페이퍼를 편 순간 눈앞이 캄캄해졌다. 얼마나 긴장을 했는지 손바닥에서 배어 나온 땀으로 종이에 쓴 글씨가 알아볼 수 없을 만큼 번져 있는 게 아닌가. 난감했지만 더 물러설 곳이 없었다. 한국에서 왜 이곳까지 유학을 왔는지를 이야기했고, 지금 경제적으로 매우 어려운 상황이어서 장학금을 받을 수 있도록 도와달라는 이야길 전했다. 그런데 무너져 내릴 것만 같았던 하늘 뒤편에서 구세주의 음성이 들려왔다.

"Have you ever been to Pusan, Sam?"

그는 내 이름 Sung Sam을 미국식 이름 SAM이라고 불렀다. 아닌 밤중에 홍두깨라고 부산은 왜 묻는단 말인가? 하긴 부산에 가 보긴 했다. 신혼여행이랍시고 부산 자갈치시장에 가서 장어구이도 먹고….

"Yes sir! I have been to Pusan for my honeymoon trip."

구세주가 빙그레 웃었다. 그 학장은 한국전쟁 당시 해군장교로 부산에 근무한 적이 있다고 했고, 부산이 많이 달라졌는지 물었다. 그 구세주는 참으로 고맙게도 내가 대답하기 좋은 질문만 해 주었다.

"Are you a Christian SAM?"

신바람이 난 나는 이틀간 학장님을 만나기 위해 복도에서 기다리며 내 생애 가장 기억에 남을 기도를 하나님께 드리고 있었노라 이야기했다. 그는 교회의 장로라고 했다. 나의 보잘것없는 영어 실력이 바닥나기 전에 학장을 만나러 온 또 다른 손님이 나타났고, 학장은 비서를 불러 장학금 신청서를 건네주라고 했다. 이 이야기는 며칠 뒤 시카고판 한국일보에 소개가 되면서 내가 한인 사회에서 쉽게 일자리를 구할 수 있는 계기가 되기도 했다. 덕분에 등록금 문제가 해결되었고, 파트타임 일자리도 얻으면서 한국에 있는 아내와 아이들을 불러들였다.

나는 모텔에서 야간에 하는 일자리를 얻었고 아내도 고된 일이긴 했지만 세탁소에 일자리를 구했다. 다소간 안정을 찾자 오기가 생겼다. 오기라기보다는 고마운 학장님께 뭔가 보여드려야겠다는 일종의 도전의식이 싹튼 것이다. 4학기제Quarter System를 실시하는 그 대학의 학점은 학기당 9학점이었지만 나는 3학점을 더 해 12학점을 신청했고 죽을

그치지 않는 비는 없다

힘을 다해 공부를 했다. 한 학기 동안 노력한 보람이 있었다. 가을 학기가 끝나고 시어즈 타워Sears Tower 앞 크리스마스트리에 불빛이 깜박일 무렵, 집에 날아든 성적표에는 전 과목 A학점이 보기 좋게 찍혀 있었다. 그로부터 며칠 뒤 학장님은 나를 미국 교육학계의 거장 월버그 Herbert J. Walberg 박사에게 소개했고, 월버그 박사는 나를 연구조교로 채용해 주었다. 주립대학의 등록금 전액을 면제받는데다가 매달 급여 700달러를 추가로 받게 된 것이다. 물론 의료보험도 해결되었다. 그때부터 한국에 계신 어머님께 매달 100달러씩 보내드리는 유학 생활이 시작되었다.

그런데도 유학 생활은 여전히 그리 녹록하지 않았다. 나는 여름방학 기간 중 관광객 가이드를 겸한 미니버스 운전을 하다가 몇 차례 죽을 고비를 넘겼고, 두 살밖에 안 된 아들에게 명찰을 달아 혼자 시카고 공항에서 김포공항까지 가도록 내보내야 하기도 했다. 부모가 모두 일을 나간 새 아파트 현관문 유리가 깨져서 혼자 있었던 딸아이가 손을 다쳐 수술한 사건도 아픈 기억 중의 하나다. 무엇보다 시카고에서 가장 고생한 사람은 가난한 유학생의 아내였다. 그 때문인지 아내는 지금도 미국 여행길에 시카고를 경유할 때면 가슴앓이 증상을 보이곤 한다.

미국인 지도 교수, Walberg 박사

조교로 임명되어 설레는 마음으로 첫 출근하던 날 아침의 일이다. 지도 교수 연구실 바로 옆에 있는 조교 사무실 문을 열려는 순간, 문에 붙어 있는 내 이름을 발견했다. 문에는 나를 포함한 조교들 다섯 명의 이름이 붙어 있었다. 그런데 이게 어찌된 일인지 내 이름이 맨 위에 있는 게 아닌가? 왜 내 이름을 맨 위에 붙여 놓았을까? 알파벳 순서도 아니고, 대학원 입학 순서도 아니었다. 어떤 기준으로 했을까 궁금했다.

점심 식사를 마치고 옆자리의 미국인 조교에게 물었다. 어째서 오늘 처음 출근하는 내 이름이 맨 위에 붙어 있는지. 질문을 받은 조교의 대답은 뜻밖이었다.

"그건 일이 서툰 부적응 신참을 격려하기 위한 교수님의 배려 때문이야. 너도 여기서 생활하다 보면 언젠가 다른 사람을 격려해 줘야 할

그치지 않는 비는 없다

때가 올 거야. 그때 다른 사람 이름을 네 이름 위에 붙여 주도록 해."

첫 출근하는 내 이름이 맨 위에 붙은 이유를 알았을 때, 지도교수의 따뜻하고 세심한 배려가 잔잔한 감동으로 다가왔다. 그분에게서 받은 감동은 그것으로 그치지 않았다. 내 이름 위로 후배 조교 두 사람의 이름이 붙을 즈음, 교육학 학술지에 지도교수와 우리 조교들이 공동으로 연구한 논문이 게재되었다. 미국 학술지에 내 이름이 처음으로 실렸다는 기쁨보다 당연히 맨 처음에 적혀 있을 지도 교수의 이름이 우리 조교들 이름 중간에 끼어 있는 것에 대한 놀라움이 컸다. 그 논문을 시작해서 마무리할 때까지 직위에 관계없이 기여도가 큰 사람부터 이름이 게재되는 것이 마땅하다는 그분의 이야기를 들으며 이름의 위치가 서열로 이어지던 그 당시 한국대학의 관행에 젖어 있던 나는 그저 놀랍고 감격스러울 수밖에 없었다.

지도교수를 비롯한 3개국 교육학자들이 Stanford 대학에서 학술발표회를 개최했을 때의 일이다. 대학으로부터 항공료를 지원 받아 Palo Alto로 향했다. 스탠퍼드대학 교육연구소와 일본의 동경대학 교육학과, 그리고 일리노이 대학이 공동으로 개최하는 학술발표회였는데 발표와 토론이 자꾸 길어지자 지도교수가 내 자리로 다가왔다. 단상으로 올라가 발표자나 토론자들이 정해진 시간을 초과하면 시간이 초과되었음을 알리는 벨을 눌러 달라는 부탁을 한 것이다. 나는 발표회장 어딘가에 벽시계가 붙어 있을 것이라 생각하고 단상으로 올라갔다. 그런데 시계가 어느 곳에도 걸려 있질 않았다. 당황하여 어쩔 줄 모르고 있던

유학시절 지도교수 Herbert J. Walberg 박사와의 재회

내게 지도교수가 당신의 손목시계를 풀어 건네주었다. 그렇게 학술 행
사를 끝내고 학교로 돌아와 크리스마스 시즌을 맞이하게 되었는데 아
침에 출근을 해 보니 사무실 내 책상에 카드 한 장과 함께 조그만 선물
상자가 놓여 있었다. 지난번 학술발표회장에서 당황스런 부탁을 해서
미안했다는 월버그 박사의 카드와 함께 당신이 차던 그때의 손목시계
를 크리스마스 선물로 내게 전해 준 것이다.

　'교육의 첫걸음은 학생들을 격려하는 것'이라던 그분의 평범하지만 뜻깊
은 가르침. 언제나 따뜻한 마음과 섬세한 배려를 잃지 않고 제자를 감동시
키는 스승의 모습. 한국에 돌아와 적지 않은 세월 학생들을 가르치고 있지

　　　　　　　　　　　　　　　　　　　　그치지 않는 비는 없다

만, 나는 아직도 교육의 첫걸음조차 내딛지 못하는 것 같아 그저 부끄러울 뿐이다.

훗날 나의 대학교수 생활이 5년 차로 접어들 즈음, 한국학술진흥 재단이 선정하는 '국비 해외파견 교수'에 선정이 되어 모교인 Florida State University에서 연구생활을 하다가 나의 유학시절 지도교수를 찾아뵙기 위해 Chicago를 방문하게 되었다. 그는 이미 대학에서 은퇴해 저술활동에 전념하고 있었고 교수가 되어 찾아 준 나를 반갑게 맞아 주었다.

아들에 대한 참회록

유학생활 기간 중 가장 어려웠던 일 가운데 하나는 아이들 문제였다. 특히 유학생활 초기에는 더욱 그러했다. 내가 처음 시카고에서 유학생활을 시작할 무렵은 딸아이가 세 살이었고, 아들아이는 두 살이 채 안 되었을 때였다. 내가 학교를 가고 집사람이 일을 하러 가기 위해서는 어디엔가 아이들을 맡길 곳이 필요했다. 다행히 딸아이는 시카고 한인 봉사회가 재정지원을 받아 운영하는 탁아소에 맡길 수 있었다. 그러나 아들아이는 나이가 너무 어려 부득이 돈을 주고 개인 가정에 위탁해야 했다.

매일 아침 전쟁을 치르는 기분이었다. 아침마다 딸아이를 탁아소에 내려놓을 때면 아이는 떨어지지 않으려고 내 옷을 꼭 잡고 울음을 터뜨리곤 했다. 그래도 딸아이는 다행히 그곳 생활에 빨리 적응을 해 갔다.

정작 문제는 아들 녀석이었다. 아침에 애기를 봐 주는 집에 맡길 때

그치지 않는 비는 없다

면 녀석은 돌아서는 나의 바지자락을 잡고 무던히도 울어대곤 했다. 이처럼 시작되곤 하던 나의 하루 일과는 차라리 홀가분하게 산악훈련을 떠나던 군 시절이 훨씬 마음 편하다고 생각될 만큼 힘들었다. 학교에 가서도 애들 걱정은 계속되었다. 아무리 궁리를 해 보아도 묘안이 떠오르질 않았다. 그래서 끝내 찾아낸 방법이 아들아이를 한국으로 돌려보내는 것이었다. 당시 아내가 여행사엘 다니고 있어서 한국을 방문하는 여행자에게 100달러의 사례비를 주고 아들아이를 김포공항까지 데려다 주도록 부탁했다. 말도 잘 알아듣지 못하는 두 살이 안 된 아이를 낯선 사람과 12시간 이상 비행기에 태워 한국엘 보내야 한다는 생각을 하니 마음이 착잡하고 밤잠을 제대로 이룰 수가 없었다. 유학이 뭐길래. 이렇게까지 해 가며 유학생활을 계속해야 하나 회의감에 빠지기도 했다.

다음 날 아침, 시카고 오헤어O'Hare 국제공항 청사로 아들아이를 데리고 나갔다. 아직 출발시간까지는 다소 여유가 있었다. 가게에서 아들아이가 평소 좋아하는 초콜릿 몇 개를 사서 손에 쥐어 주었다. 영문도 모르고 공항에 나온 아들아이는 횡재라도 한 듯 손에 쥐게 해준 초콜릿에 즐거워하고 있었다. 아무것도 모른 채 웃고 있는 그 모습을 지켜보는 나와 아내의 마음은 형용키 어려운 슬픔에 젖었다.

얼마 후 비행기 출발 시간이 가까워 오자 아들아이를 한국까지 데려다 주기로 한 사람이 나타났다. 떨어지지 않으려는 아이를 낯선 아저씨에게 넘겨주었다. 조금 전까지 함께 있던 부모와 멀어지자 울며 출국장으로 들어가는 아이의 뒷모습을 바라보며 우리는 말없이 눈물만 닦아냈다. 집에 돌아와 보니 온통 아들아이에 대한 후회뿐이었다. 냉장고 문을 여닫는다고 야단치고, 방을 어질러 놓았다고 야단치고, 말을 듣지 않는다고 야단치고, 평소 아이를 야단치던 순간들이 전부 마음에 박혔다. 그날 우리 부부는 학교 갈 생각도 직장에 나갈 생각도 잊은 채, 벽에 걸린 시계를 쳐다보며 지금쯤 비행기가 어디를 지나고 있을까 생각하며 깊은 한숨만 내쉬었다. 지금쯤엔 그 낯선 아저씨와 친해졌을까. 아니면 울다 지쳐서 잠에 빠져 있을까. 이런 저런 생각을 하며 하루를 보내고 나자 한국에서 전화가 왔다. 아들아이가 김포공항에 도착해 외할아버지 집에 와 있다는 연락이었다.

나중에 알게 된 사실이지만, 아이가 12시간이 넘는 비행기 속에서 얼마나 오래도록 울었던지 외할아버지와 함께 열흘이 넘도록 안과엘 다녀야 했다고 한다. 그런데 얄궂게도 얼마 안 되어 이 일을 후회하게 되는 일이 벌어졌다. 아이를 한국에 보내고 2주가량 지났을 무렵, 아내가 다니던 여행사가 문을 닫았고, 그로 인해 아내가 일자리를 잃어버렸다. 괜스레 어린아이만 한국에 보낸 꼴이 된 셈이다.

어쨌든 돈을 벌어야 하는 상황에서, 나는 미시간 호수 주변에 있는 Tropicana Motel에 데스크 클락 일자리를 얻게 되었다. 학교에 다녀온 후 저녁 6시에서 12시까지 혹은 자정에서 새벽 6시까지 일하는 자리였다. 어느 날 집사람이 제안을 해 왔다. 한국에 나가 있는 아들을 데려와서 돌보며 남의 집 애도 함께 보아 주면 어떻겠느냐고. 생각해 보니 괜찮은 방법 같았다. 그러면 아들과 헤어져 살지 않아도 되고 다른 집 애도

그치지 않는 비는 없다

함께 돌봐 주며 돈도 벌 수 있으니 잃을 것 없는 선택이었다. 한국에 연락을 해서 이번엔 반대로 아들이 미국에서 한국을 나갈 때처럼, 한국에서 미국엘 들어오게 했다. 꼭 6개월 만의 일이었다.

아들아이가 한국에서 돌아오는 전날 밤도 우리 부부는 잠을 이룰 수가 없었다. 그러나 이번에는 이전과는 달리 잠을 못 자도 행복하기만 한 그런 밤이었다. 지난 6개월간 애가 얼마나 자랐을까? 내일 공항에서 만난다면 아이는 과연 어떤 표정을 하고 있을까. 이런 저런 생각을 하고 있는 동안 날이 밝았고, 그날이 일요일 새벽이었으므로 먼저 새벽기도회에 다녀왔다. 기도회에 다녀오면서도 아들을 태운 비행기가 지금쯤 어디를 날아오고 있을까를 계속 생각했다.

아들아이가 한국 공항을 떠났을 무렵 전화가 왔다. 낯모르는 아주머니를 '이모'라고 이야기해 주고, 이모와 함께 미국에 있는 엄마 아빠에게 가는 거라고 되풀이해서 말해줬단다. 엄마 아빠를 만난다는 기대감에서였을까, 다행히도 녀석은 그 낯선 아주머니를 "이모", "이모" 하고 부르며 배웅 나온 할머니에게 손짓까지 하며 떠났다고 한다. 그 이야기를 전해 듣고 다소 편한 마음으로 그날 오후 비행기를 기다렸다.

미국에서 두 번째로 크다는 시카고 오헤어 공항에 아들아이를 태운 비행기가 도착했다. 입국수속을 하는 많은 사람들 속에서 잠바를 입고 누군가를 두리번거리며 찾는 아들의 모습이 보였다. 군인 아저씨처럼 짧게 깎은 머리의 아이를 확인하는 순간, 정말 뜨거운 눈물이 흘러내렸다. 지난 6개월 동안 어린아이를 보내 놓았던 부모의 죄책감의 눈물이었고, 그리움의 눈물이었다. '이제는 어떤 일이 있어도 헤어지지 말고 살아야지. 어떠한 고생이 있더라도 가족이 함께 겪어 가리라.'라고 마음먹던 순간이었다.

그러나 이와 같은 우리의 다짐도 잠시뿐, 다음 날부터 시작된 집사람의 베이비시터 노릇은 그리 순탄한 일이 아니었다. 아이가 눈에 보이고 안 보이고의 차이만 있었지 예기치 못했던 상황이 닥치자 마음이 상하는 일이 생기기는 마찬가지였다.

아침이면 집사람은 아들을 데리고 아들 또래의 다른 집 애를 돌보기 위해 그 집으로 가곤 했는데, 그 집에 갈 때마다 아들아이는 즐비하게 놓여있는 그 집 아이의 장난감을 갖고 싶어 했다. 하지만 그 집 아이는 자신의 장난감에 손도 대지 못하게 했다. 이런 일로 해서 그 애와 우리 아들이 자주 싸움을 하곤 했는데 그럴 때면 언제나 엄마에게 야단을 맞는 쪽은 아들의 몫이었다. 처음 얼마 동안은 말로써 야단치는 정도였지만 점차 자신의 감정을 억누르지 못하던 아내는 아들을 그 집 화장실로 데려가 때리기까지 했다. 그런 날 밤이면 집에 돌아온 아내는 몹시 후회스런 마음에 한밤중 잠자리에서 일어나 흐느껴야 했다. 두 살 남짓한 아들아이에게 남의 장난감을 가지고 놀아서는 안 된다는 가르침은 무리한 요구였다. 그것을 알고 있었지만 장난감을 사 줄 수 없었던 우리 부부는 더욱더 마음이 아팠다.

참으로 오래전의 일이었지만 내 생애 가장 후회스럽고, 아들에 대해 미안스런 시절이었다. 이제는 대학을 졸업하고 대기업에 입사해 해외 주재원으로 근무를 하게 된 아들. 그가 앞으로 결혼을 하게 되고 애들을 낳아 부모가 되면, 그 시절 유학생 부모의 힘겨웠던 입장을 이해할 수 있을 것이라 생각하며 지금도 가슴을 쓸어내린다.

딸아이와 아이스크림

시카고의 여름 날씨는 아스팔트가 녹아 물렁거릴 정도로 무덥다. 대학은 물론 초·중·고등학교가 여름방학에 들어가도 저소득층 맞벌이 부모 자녀들이 다니는 시카고 한인회 탁아소는 방학이 없다. 그곳이 방학을 하면 부모들이 직장에 나갈 수 없기 때문이다. 오후 5시, 탁아소가 문을 닫는 시간이지만 시카고의 여름은 아직 해가 중천에 걸려 있었다. 그날은 아내가 애들을 데리러 갔다. 탁아소에서 집으로 오는 길에는 공원을 지나와야 했는데, 그곳에서는 언제나 아이스크림 차가 아이들을 유혹하곤 했다.

날씨가 몹시 무덥던 그날, 탁아소에서 애들을 데리고 공원을 지나 집으로 오는 길에 애들이 아이스크림을 사 달라고 조르기 시작했다. 더위 때문이기도 했지만, 다른 애들이 모두 아이스크림을 물고 있는데

그치지 않는 비는 없다

어찌 우리 애들이라고 먹고 싶지 않았겠는가. 딸아이와 아들아이가 양쪽에서 엄마 손을 아이스크림 차 쪽으로 끌어당겼다. 아이스크림 차 앞까지 끌려간 엄마가 주머니에 손을 넣어 돈을 꺼냈다. 25센트짜리 동전 한 개와 페니들을 모두 합해 보았지만 50센트에 불과했다. 아내는 우리나라 '쌍쌍바'처럼 아이스크림 한 개에 막대 두 개가 붙어 있는 것을 사서 애들에게 반쪽씩 나눠줄 셈이었다. 그 아이스크림이 99센트인데, 주머니를 아무리 뒤져보아도 50센트밖에 없는 것이다.

"애들아, 엄마가 돈이 모자라니 내일 사 줄게. 오늘은 참고 그냥 집으로 가자."

하지만 아이스크림에 마음을 빼앗긴 애들은 좀처럼 포기할 기미가 없었다. 난처한 건 아내였다. 줄을 서서 기다리는 사람들 보기에도 창피스러웠다. 하는 수 없이 아이스크림 파는 아저씨에게 부탁했다.

"돈이 모자라서 그런데 그 아이스크림 반쪽을 50센트에 팔면 안 될까요?"

조금 전부터 애들과 옥신각신하는 아내의 모습을 지켜보던 맘씨 좋은 아이스크림 장사 아저씨는 99센트짜리 아이스크림 바를 50센트에 주었다.

아이스크림을 반쪽씩 손에 쥔 아이들은 무척 행복해했다. 하지만 그 행복은 그리 길지 않았다. 동생아이는 빨리 먹고 누나 것을 뺏어 먹을 요량이었는지 자기 몫의 아이스크림을 금세 먹어치웠다. 그런데 누나인 딸아이는 어렵사리 얻은 아이스크림을 가급적 맛을 음미하며 오래도록 아껴 먹고 싶었던 모양이다. 결국 아껴 가며 핥아 먹던 아이의 아이스크림은 한여름 시카고의 작열하던 태양열에 녹아내려 땅에 떨어지고 말았다. 낙담한 네 살배기 딸아이의 울음을 달래던 엄마의 심정을 어떻게 표현할 수 있을까. 여름철 아스팔트 위에 녹아내린 아이스크림보다 더 진한 딸아이의 눈물을 어떻게 닦아주어야 할까. 가난한 삶은 참 서글픈 것이다.

그치지 않는 비는 없다

유학생의 아내

　내가 시카고 미시간 호수 주변의 한 모텔에서 데스크 클락으로 일을 하고 있던 시절 아내는 세필드Sheffield 지역의 한인 세탁소에서 일을 하고 있었다. 나는 학교를 다녀와 주로 야간에 일을 하고 있었지만 아내는 월요일에서 토요일까지 아침에 출근을 해 저녁 시간까지 세탁소에 있어야 했다. 당시 부유한 집안의 유학생 아내들은 남편이 학교를 간 후 여유 있게 취미생활을 하며 편하게 지내고 있었지만 가난한 유학생의 아내인 그녀는 한국에서보다 육체적, 정신적으로 훨씬 고달픈 생활을 할 수밖에 없었다. 아침마다 내가 학교 가는 길에 아내를 덜덜거리는 고물차에 태워 세탁소에 가 내려 줄 때면 아내는 언제나 시간을 물었다. 출근 시간 전 단 5분이라도 남을 때면 우리는 길가에 정차해 그 짧은 시간을 쉬었다. 세탁소에서 하루 일과를 시작해야 하는 아내로서는 세탁소 출입문을 들어서는 시간이 지옥의 문을 넘어서는 느낌이었을 것이다. 손님들이 세탁물을 가져오면 접수를 해서 공장으로 보내고 공장에서 세탁이 되어 나온 손님의 옷을 하나하나 비닐 포장하는 일은 여간 힘든 일이 아니었다. 특히 하루 종일 서서 일을 해야 하는 작업이라 종아리가 퉁퉁 붓고 허리 통증을 수반하기 일쑤였다. 그렇게 힘들게 일을 해도 2주마다 지급되는 급여는 그리 많지 않았다. 우리 두 사람의 수입은 최저생계를 근근이 유지할 정도였다. 미국 생활은 우리에게 매우 자존심이 상하던 시절이기도 했다. 한국에서 대학원을 나오고 대학 강의를 하던 내가 빈민가 호텔 데스크에서 얼마 안 되는 생활비를 벌기 위해 밤샘 일을 해야 하고, 아내도 대학 나온 학력과 관계없이 세탁소에서 힘겨운 일을 버텨내야 했다. 육체적으로도 힘들었지만 정신적으로도 적잖이 힘겨웠던 기간이다. 토요일이 되면 한 주간 밀린 집안 살림을 챙겨야 하고 일요일 교회를 다녀온 후면 다시 시작될 월요일의 중압감으로 우울해지는 생활이 반복되고 있었다.

본시 나와는 달리 매사 준비성이 있고 꼼꼼한 아내는 학창시절 모범생으로 길들여진 덕택을 톡톡히 보았다. 매사 꼼꼼하게 흐트러짐이 없는 일처리 때문에 고용주들이 그녀의 작업수행능력을 높이 평가한 것이다. 시카고에서의 힘겨운 기간을 버티던 우리가족은 마침내 우리네 가난만큼이나 매섭도록 추운 시카고를 떠나기로 했다.

따뜻한 남쪽 지방, Florida

1984년 1월 1일, 시카고는 밤새 내린 눈에 덮였다. 우리 가족은 이른 아침부터 기네스 기록에 도전하는 사람들처럼 딱정벌레 모양의 폴크스바겐 비틀 차에 이삿짐을 차곡차곡 실었다. 그 조그마한 차에 19인치 컬러텔레비전, 이부자리, 취사도구 등을 넣고, 뒤쪽 꽁무니에는 애들 자전거 두 대를 매달았다. 한인교회 목사님 댁에서 끓여준 떡국으로 아침 겸 점심을 해결한 뒤 그 작은 차에 네 식구가 들어갔다. 출발부터 눈 속을 헤어나지 못해 허우적거리던 낡은 차를 밀어주는 시카고의 이웃 사람들을 뒤로하고, 따뜻한 남쪽지방 플로리다로 향했다.

다른 자동차들이 고속도로상에서 털털거리며 달리는 우리 차를 앞질러 갈 때면 우린 모두 웃어댔다. 손을 흔들어 주기도 했다. 하루 8시간씩 운전하고 어두워지면 모텔에서 자고, 다시 운전을 했다. 그렇게 해서 사흘 만에 플로리다의 주도 탈라하시Tallahassee에 도착했다. 플로리다 주립대학교 기혼자 기숙사에 짐을 풀었다. 시카고에 비해 날씨도 푸근하고 사람들도 순박해 보였다. 아이들 초등학교도 가까워서 걸어다닐 수 있었다. 모든 일이 잘 풀릴 것만 같은 느낌이 들었다. 특히 집사람의 꼼꼼하고 세심한 모범생(?)의 기질이 유감없이 발휘되기 시작했다. 플로리다의 주도인 탈라하시에 도착하고 한 주가 지날 무렵, 우리 부부는 쇼핑몰에 있는 중국식당에서 일을 시작했다. 아니나 다를까 2주 뒤 첫 급여를 받던 날 주인은 나를 불러 미안하지만 일을 그만뒀으면 좋겠다고 했다. 아내의 꼼꼼함에 비해 나의 일 솜씨가 영 아니었던 모양이다. 시카고 세탁소에서 호된 고생을 했던 아내는 플로리다의 중국집 일자리에 만족스러워했다. 주인부부도 맘에 드는 동양인을 고용하게 된 것에 안심하는 눈치였다. 무엇보다 다행스러운 것은 그곳 플로리다주립대학에 유학을 온 한인 학생 아내들이 대부분 중국식당에서 일을 했다는 점이다. 때문에 비교당할까 걱정할 일이 없었다. 한인들이 거의 없는 그곳 도시에서 유학생 가족들이 할 수 있는 일거리는 중국집이 고작이었다.

인간에겐 예감이 있는 것일까? 플로리다의 생활은 기대 이상으로 순조로웠고, 모든 일이 잘 풀렸다. 학과에 배정된 예산이 남아 등록금을 보조받는 뜻밖의 횡재가 생겼고, 미국에 온 뒤 처음으로 두 달 동안 아르바이트 없이 학교와 집을 오갔다. 도서관에서 밤늦도록 공부하는 것이 생활의 전부인 여유도 누렸다. 무엇보다도 애들이 학교생활을 좋아했다. 하지만 돈 걱정 없이 공부만 할 수 있는 팔자를 타고나지 못한 나이기에 무언가 경제적인 활동을 하지 않으면 안 되는 때가 닥쳤다. 중국 식당에서 일하는 아내의 벌이만으로 우리 식구의 생활을 꾸려나가기는 어려웠던 것이다. 시카고와 달리 탈라하시에서는 유학생이 할 수 있는 일자리가 매우 제한적이었다. 그래서 시작한 것이 벼룩시장 Flea Market에 나가 장사를 하는 일이었다.

그곳에서는 매주 토요일과 일요일에 벼룩시장이 열리는데, 꼭 우리나라 도깨비시장처럼 쓰던 물건을 사고파는 곳이었다. 학교 수업이 없는 토요일과 일요일에만 장사할 수 있는 것이 좋았으나 일요일에 교회에 나가지 못하는 것은 아쉬웠다. 시카고에서 번 여윳돈이 통장에 아직 있었으므로 일단 토요일에만 장사를 하기로 했다. 점차 경험이 생기고 난 뒤엔 다른 유학생과 함께 화물차를 빌려 탈라하시에서 차로 여섯 시간 정도 떨어진 항구도시 세인트피터즈버그St. Petersburg에 가서 물건을 사서 팔았다. 그곳에는 하역 과정에서 파손된 물건을 싸게 파는 창고가 있었기 때문이다. 타자기나 전자레인지 등 각종 잡화를 싸게 사다 팔면 제법 돈벌이가 되는 장사였다.

그러던 중 사범대학 부속 연구소에 조교 자리를 얻었다. 등록금도 해결됐고, 급여도 받을 수 있으니 큰 행운이었다. '해가 나 있는 동안 건초를 말려라'라는 미국 속담처럼 이참에 모든 일을 정리하고 학업에만 열중해 가능한 한 빨리 공부를 끝내야겠다는 생각이 들었다. 유학생활을 빨리 마무리하기 위해 여름방학에도 학점을 취득했다. 다행히 내가 풀을 말리던 기간에는 비가 내리는 일도, 구름이 끼는 날도 별로 없었다. 하나님은 결정적인 순간에 내가 필요한 것들을 넉넉히 채워주셨다.

이듬해 여름, 내 일생에서 가장 힘겨웠던 박사 학위 취득 종합시험을 치렀다. 시험은 수요일 하루만 쉬고 월요일부터 금요일 오전 8시부터 오후 4시까지 하루에 8시간씩 실시되었다. 이 시험에 합격하여 한 달 뒤 구술시험을 보았다. 그렇게 종합시험에 최종 합격하여 박사 학위 논문 계획서를 작성할 수 있었다. 이 계획서가 논문 심사를 위해 구성된 교수단에게 승인을 받아야 비로소 논문을 쓰는 것이다. 모든 일들이 계획대로 진전되고 있을 무렵, 예기치 못한 상황이 또 다가왔다.

박사과정 마지막 학기의 시련

누구나 자신이 추구하는 길을 가면서 절박한 상황을 몇 번쯤은 겪게 마련인 것 같다. 학창 시절 내내 가난을 운명처럼 달고 지내온 내가 가장 절박한 상황에 처하게 되었다. 박사 과정 마지막 논문 학기를 남겨둔 때였다.

플로리다 주립대학교에서 연구조교를 하며 등록금을 면제받고, 생활비 일부를 보조받아 근근이 유학 생활을 꾸려가던 때 전혀 예기치 못한 일이 벌어졌다. 나처럼 외국인이 조교를 할 경우, 플로리다 출신 학생들에 준하는 등록금in-state fee을 부담해야 하는 규정matriculation act이 새로 생긴 것이다. 당시 한 학기 등록금이 1천 달러 정도였다. 지금이라면 그리 크게 느껴지지 않는 액수지만, 그때 내게는 도저히 마련할 수 없는 금액이었다. 한 학기 등록만 끝내면 그 오랜 공부를 마칠 수 있으련만, 듣도 보도 못한 새로운 규정이 플로리다 주 의회를 통과하면서 적잖이 마음고생을 해야 했다. 미국에서도 한국에서도 돈을 보내줄 사람은 없었기에 대책 없이 며칠이 지나갔다. 등록 마감일이 가까워져 오던 날, 실낱 같은 희망을 안고 도움을 요청한 곳이 미국의 월드비전 본부다. 전화번호부를 뒤져 캘리포니아 주 파사디나에 있는 월드비전 본부의 주소를 알아내어 그곳 회장님께 편지를 썼다.

존경하옵는 Moonyham 총재님!
저는 한국에서 이곳 플로리다 주립대학교에 유학을 온 학생입니다. 가난했던 초등학생 시절부터 한국월드비전의 도움을 받아 공부한 학생입니다. 저는 꿈을 이루기 위해 홀트아동복지회를 통해 입양아들을 에스코트해주는 조건으로 비행기 표를 얻어 미국에 올 수 있었습니다. 여러 가지 어려운 여건 속에서도 성실하게 공부한 덕분에 조교장학금을 받았습니다. 그런데 박사 과정 마지막 학기를 남겨놓고 제가 다니는 대학의 등록금 규정이 바뀌어 학업을 중단해야 할 처지에 놓였습니다. 낯선 미국 땅에서 박사 과정 마지막 학기를 남겨놓은 지금, 등록해야 할 1천 달러를 도와주거나 빌려줄 만한 사람이 없습니다. 청하오니 저의 어린 시절부터 도움을 준 월드비전이 제 꿈이 풍요의 땅 미국에서 좌절되지 않도록 한 번 더 징검다리를 놓아주셨으면 합니다.

절박함이 전해졌는지 며칠 뒤 편지 한 통이 등기 우편으로 배달돼왔다. 위기의 순간에 징검다리를 놓아달라는 한국인 유학생의 간절한 편지에 총재님 사모님께서 격려의 편지와 함께 1천 달러짜리 수표를 보내준 것이다. 그렇게 해서 박사 과정 마지막 학기의 등록을 마칠 수가 있었다. 나는 등록하러 가는 길에 잠시 복사 가게에 들렀다. 그 소중한 수표를 복사해 따로 간직할 마음이었다. 자칫 잃어버릴 수도 있다는 생각에 여러 장을 복사했다. 내가 받은 수표를 등록금 창구에 내고 나면 그 절박한 순간의 흔적이 등록금 영수증 한 장 속에 묻혀 버리는 것이 싫었다. 유학 시절 가장 위기에 처했던 순간에 받은 수표는 언젠가, 어느 누구에겐가 돌려주어야 할 마음의 빚이란 생각이 들었다.

Part 3

대학시절
잠자리에
교수가 되어 돌아오다

　김포공항을 출국한 지 6년 반 만에 유학을 끝내고 인천공항에 입국
했다. 1987년 7월, 노태우 민정당 대표가 대통령직선제를 포함한 8개
항목의 6.29선언을 한 시점이었다. 그는 얼마 뒤 대통령에 취임했다.
"보통사람들의 시대를 열어갈 테니 이 사람 노태우 믿어주세요!" 그렇
게 당선이 된 것이다. '베사메 무쵸' 노래를 즐겨 부른다고 했다. 우리
사회에 자가용 대중화 시대가 서서히 막을 올리기 시작할 무렵이었다.

　이듬해 88올림픽이 열렸다. 개회식 날 사마란치 위원장의 인사 말
미에 "서울은 세계로, 세계는 서울로"란 외국인 특유의 한국어 발음이
인상적이었다. 그즈음 국내 이동전화기가 출시되기 시작했다. 88년 강
남에는 평당 천만 원을 돌파한 아파트가 등장하기 시작했고, 강남의
복부인들이 기승을 부리는 투기가 성행하던 시절이었다. 1989년 7월
전국민의료보험 시대가 열렸고, 1990년 들어 우리나라의 GNP가 5,503
달러로 세계 평균 3,505달러를 훨씬 앞질렀다.

　그러나 '80년대부터 늘어나기 시작한 외국인 근로자들이 산업현장
에서 고용주들과의 마찰음이 커지던 시점이기도 했다. 초기에 외국인

근로자들 가운데는 해당국에서 대학을 졸업하고 코리안 드림을 기대하며 입국한 젊은이들이 제법 많았다. 하지만 그들의 일자리는 더럽고Dirty 힘들고Difficult 위험한Dangerous 소위 3D 업종들뿐이었다. 중소기업을 중심으로 저임금 노동력의 수요가 증가하면서 인력 확보에 어려움을 겪게 되자 '91년 처음으로 외국인 인력 유입이 허용됐다. 그러나 외국 인력은 노동법의 적용을 받지 못하던 시절이었다. 사회 일각에서 한국 기업들이 필요한 노동력은 제공받으면서 외국인 노동자들의 정당한 처우는 외면하고 있다는 비판이 일었다.

이후 '93년 '갱제(?)'를 살리겠다던 김영삼 대통령이 취임했지만 결국 IMF 시대를 열어 놓고 임기를 마쳤다. '97 IMF가 발생하자 원달러 환율이 1달러당 2천 원을 돌파하면서 해외 유학생들이 짐을 싸 들고 귀국했고, 교육부는 이들 중도귀국 유학생들의 국내 대학 편입학 기회를 열어 주기도 했다. '98년 IMF의 무거운 짐을 떠맡고 김대중 대통령이 취임하였으며 IMF 국난 극복을 위한 '금 모으기 범 국민운동'이 전개되었다. 많은 사람들이 돌 반지, 결혼반지 등을 내놓는 모습에 다른 나라 사람들이 놀라워했다. IMF 시절 국난극복을 위한 금 모으기는 내 생애 크나큰 감동을 경험할 수 있었던 값진 장면이었다. 위기에 직면할 때마다 저력을 보이는 한민족의 자긍심이 생겨나던 나날이었다.

3만 5천 피트 상공의 기도

논문이 끝날 무렵, 내가 목표로 한 건국대학교에서 교수를 채용한다는 소식이 들려왔다. 그 순간, 나는 전장에 출전하는 병사처럼 온몸에 전율이 느껴졌고 비장한 생각마저 들었다. 드디어 도전의 순간이 다가오는구나. 이 순간이 오기를 얼마나 기다려 왔던가. 이번 기회를 놓치면 언제 또 이 같은 도전의 기회를 잡을 수 있을까 하는 생각으로 이력서를 작성하고 각종 서류와 논문들을 챙겨 건국대학교 교무처로 국제우편을 발송했다. 그리고 초조하게 몇 주간을 보내고 있을 무렵, 면접통보가 날아들었다. 그런데 면접 날짜를 통보받고 새로운 고민거리가 생겨났다. 한국에 다녀오는 비행기 표 값이 만만치 않은 데다, 면접을 한다고 내가 채용된다는 보장도 없다는 짙은 두려움 때문이었다. 아홉 명의 지원자 가운데 세 명을 선발해 놓았으면 정작 경쟁은 이제부터인 셈이다. 모험을 감수해야 하는 마당에 한국행 왕복 비행기 값은 당시

그치지 않는 비는 없다

우리 가족에게 큰 부담이었다. 오래전 군에서 제대하던 날 서울대학원 입학원서를 두고 생겼던 갈등이 반복되고 있었다. 그러나 어쩌랴. 어차피 겪어야 할 과정이고 넘어야 할 고비가 아니겠는가. 상당한 망설임 끝에 신용카드를 사용해 할부로 비행기 표를 구매했다. 그나마 항공권의 가격을 아껴야 했기에 집에서 가까운 탈라하시 공항을 놓아두고 몇 시간이나 고속도로를 달려야 도착하는 잭슨빌Jacksonville 공항을 선택했다.

나 홀로 잭슨빌까지 그레이하운드 버스를 타고 갈 여유도 없어서 아내와 두 아이들을 데리고 덜덜거리는 중고차 자가용을 운전해 공항으로 가야 했다. 어둠이 시작되는 시간 차를 몰고 고속도로에 들어섰는데 상황파악이 안 되는 아이들은 가족여행을 떠나는 줄 안 모양이다. 여행기분에 들떠 있는 아이들과는 달리 나와 아내는 깊은 시름에 잠긴 채 고속도로를 달렸다. 만약 교수채용에 실패한다면 신용카드로 마련한 항공료 할부 부담금으로 인해 다음 달부터 우리 가계에 큰 부담이 생기게 되리란 걱정도 들었지만, 그보다 나를 공항에 두고 돌아갈 아내가 차를 몰아야 한다는 상황이 더 큰 걱정이었다. 내비게이션이 없던 그 시절, 고속도로를 달려 본 경험이 없는 아내가 이정표를 확인해 가며 아이들과 함께 대학 기숙사로 돌아갈 수 있을까. 그러나 어쩌랴. 선택의 방법이 없질 않은가. 팍팍하기만 한 미국 유학생활, 누구에게 몇 시간 운전을 부탁할 수도 없고, 대리 기사를 부를 수도 그 비싼 택시를 타고 갈 수도 없는 상황인 것을.

덜덜거리는 차를 몰아 공항에 도착했을 때는 이미 탑승수속이 시작될 무렵이어서 서둘러 자동차 운전대를 아내에게 넘겨주고 공항 건물로 들어섰다. 내가 한국으로 가는 길도, 아내와 아이들이 집으로 돌아가는 길도 모두가 만만치 않은 여정이었다. 그래도 한 가지, 아내에게 넘겨준 차의 연료가 충분히 남아 있다는 점은 위로가 되었다. 가난한 유학생의 가엾은 차량은 수명이 다해 어느 한 곳 고장이라도 나면 곧바로 폐차장행이 될 수밖에 없었다. 때문에 만약의 사태를 의식해 휘발유를 가득 넣을 수가 없었는데 이날만큼은 휘발유를 가득 넣고 출발했기에 우선은 마음이 든든했다.

출국 수속을 마치고 한국행 비행기에 탑승했다. 창밖에는 어둠이 짙게 드리워져 있었다. 심신이 몹시 피로했지만 좀처럼 잠이 오질 않았다. 식사 시간이 아니지만 잠자기를 포기하고 스튜어디스에게 커피 한 잔을 부탁했다. 지난날 내 삶의 장면들이 은하수처럼 지나갔다.

입시철 교문 앞에서 전년도 출제되었던 시험지를 등사기로 인쇄해 팔았던 일. 수위에게 당한 설움과 모욕에 '언젠가는 내가 꼭 이 대학에 돌아와 당당하게 당신들 앞에 서리라'고 이를 악물고 다짐하던 결심. 대학의 빈 건물을 전전하며 새우잠을 자던 그 숱한 나날들. 그 시련들을 견뎌낼 수 있었던 힘은 대학 졸업을 향한 꿈이었다. 그 시절 나의 내면에 자리한 꿈이 가혹한 현실에 좌절하지 않고 고난을 극복할 수 있도록 지탱해준 버팀목이었다. 정작 좌절과 포기의 벼랑 앞에 선 것은 대학 졸업을 앞두고 ROTC 임관 신체검사에서 늑막염 판정을 받아 임관 대열에서 탈락했을 때였다. 추위를 막아 줄 연탄불만 있었어도, 하루 두 끼니만 해결할 수 있는 쌀 한 됫박만 있었어도 함께 훈련을 받은 동기들처럼 소위 계급장을 달 수 있었을 텐데…. 이러저런 생각을 하며 눈을 감았다. 그리고 마음속으로 기도를 시작했다.

"하나님! 제가 지금 기도를 합니다. 지금의 제 기도는 지난날 지상에서 하던 기도와 달리 3만 5천 피트나 되는 상공에서 드리는 기도입니다. 주변이 시끄러운 한낮의 기도가 아니라 모든 사람이 잠든 밤 고공에서 하는 기도입니다. 이제껏 힘든 순간마다 제가 도움을 청했던 기도는 어떤 것은 응답을 받았고, 어떤 것은 응답을 받지 못했습니다. 아니 솔직히 말씀드려 응답받지 못한 기도가 훨씬 더 많았습니다. 한낮의 시간에 많은 사람들이 동시에 하나님의 은총을 기대했기 때문일까요, 아니면 하늘나라와 너무 먼 지상에서 기도했기 때문일까요? 지금은 다릅니다. 지금 저의 기도는 좀 더 잡음이 없고, 청명하게 들리지 않으십니까? 이번에 실패하면 제게는 이제 다시 일어날 힘이 없을 것 같습니다. 제가 교수가, 그것도 건국대학교의 교수가 되어야 할 이유를 하나님은 너무나 잘 아실 겁니다. 제 인생 막다른 골목에서, 제 인생 절체절명의 순간에 당신께 도움을 청합니다. 교회 목사님들은 말합니다. '제 뜻대로 마옵시고, 아버지의 뜻대로 하옵소서!'라는 기도를 하라고요. 그런데 지금 저는 도저히 그럴 만한 여유가 없습니다. 그래서 이번엔 무조건 들어주셔야 한다는 기도를 드릴 수밖에 없음을 용서해주세요."
기도를 하는 동안 나의 두 눈에서 빗물 같은 눈물이 주룩 주룩 흘러내리고 있었다. 슬금슬금 곁눈질을 하는 옆 좌석 승객의 시선이 느껴졌다. 아마도 그는 내가 가족의 장례를 치르기 위해 한국을 가고 있을 것이라고 여기고 있을지도 모른다는 생각이 들었다.

'외국인 근로자 일요대학'을 시작하다

대학교수가 되고 몇 년 뒤, 동두천에서 버스를 타고 서울로 가는 길이었다. 어느 정류장에서 외국인 근로자가 차에 오르며 어눌한 우리말로 물었다. "미아리까지 가려고 하는데 요금이 얼마인가요?" 피부색이 검고, 남루한 작업복을 입은 외국인 근로자를 아래위로 훑어보던 버스 기사는 다른 승객들 듣기에도 민망할 정도로 욕지거리를 하며 그를 버스 뒷좌석으로 몰았다. 저들도 요금을 내고 타는 승객인데….

그 순간 시카고에서 시내버스를 타던 기억이 떠올랐다. 미국에 도착해 시차 적응도 제대로 되지 않던 첫 토요일, 나는 시카고 시내 구경에 나섰다. 낯선 나라에서 대중교통을 이용한다는 것은 관광에 대한 설렘보다 낯선 문화와 낯선 사람들에 대한 두려움이 앞서는 일이다. 그때 나 역시 미국인 버스 기사에게 다운타운에 있는 시어즈 타워Sears tower

그치지 않는 비는 없다

까지 가는 데 요금이 얼마인지, 시간이 얼마나 걸리는지 등을 물었다. 미국인 버스 기사는 나의 어눌한 영어와 다소 겁에 질린 듯한 표정을 보고 나를 안심시켜 주려 했다. 자기 뒷좌석이 비어 있으니 앉아서 창밖 구경을 하라고 친절하게 말하며 목적지에 다다르면 알려주겠다고 했다. 그때 버스 기사의 친절함이 얼마나 고마웠는지 모른다. 피부색이 다른 나는 지금의 저 외국인 근로자와 같은 처우를 받지 않았다. 마음이 편치 않았다.

다음 날 출근해 총장실 문을 두드렸다.

"총장님, 제가 일요일이면 우리 대학 주변 뚝섬유원지를 지나서 교회에 가는데, 교회 갈 때면 외국인 근로자들이 뚝섬유원지에 모여 시간을 보내는 모습을 자주 보게 됩니다. 제가 예배를 마치고 돌아올 때까지 같은 장소를 배회하고 있어요. 공장이 쉬는 일요일엔 할 일이 없기 때문이겠지요. 그들을 보며 이런 생각을 하곤 합니다. 누군가 일요일 굳게 잠긴 대학 강의실 문을 열고 외국인 근로자들을 모아 가르치면, 그들에게 도움이 되지 않을까 하는 생각. 이제 제가 그 일을 하고 싶습니다. 도와주십시오." 그즈음 나는 대학에서 첫 번째 보직인 평생교육원 원장을 맡고 있었다. 말문을 열게 된 나는 곧이어 구체적인 계획을 말씀드렸다.

일요일마다 평생교육원 건물을 개방해 외국인 근로자들을 불러 모아 한국어와 역사, 문화를 가르친다. 그리고 가끔 문화 탐방도 떠난다. 점심은 대학 구내식당에서 무료로 제공하고, 교과서를 만들어 역시 무료로 제공한다. 억울한 일을 당하는 외국인들을 위해 법률 서비스도 제공하고, 대학병원을 설득해 무료 진료 프로그램도 진행한다.

열정에 찬 나의 이야기를 듣고 계시던 윤형섭 총장님께서 내게 물으셨다.

"오 원장, 좋은 생각이긴 한데 거기 들어가는 예산을 어떻게 조달하지요? 더구나 매주 일요일 그들을 가르칠 교수진은 또 어떻게 구성할 수 있겠어요?"

그 순간 나는 잠시의 망설임도 없이 대답했다. 아니, 내가 대답을 한 것이 아니라 대답이 내 입에서 튀어나왔다. "총장님! 저는 이제껏 살아오면서 사람들이 감동하고, 하늘이 감동하는 일이라면 필요한 돈은 하늘이 내린다는 신념으로 살아왔습니다. 뜬금없는 소리로 들리실지 모르겠지만 저를 믿고 맡겨 주세요." 독실한 기독교 신자인 윤 총장님은 거절할 분이 아님을 잘 알고 있었기에 소신대로 이야기한 것이지만, 그날 '하늘이 감동하는 일은 하늘이 돈을 내린다'는 말은 내가 한 이야기라고는 도저히 믿기지 않는다. 하나님이 나의 입을 빌려 하신 말씀이란 생각이 들었다.

그렇게 시작된 것이 건국대학교 평생교육원의 '외국인 근로자 일요대학'이다. 나의 기대처럼 하늘의 응답이 오기 시작한 것일까? 계획이 발표되자 코리아헤럴드의 외국인 여기자가 전화 인터뷰를 요청했다. 기사가 실린 뒤에는 그 기사를 읽은 외국인 한 분이 전화를 걸어왔다. 지금은 노르웨이 오슬로 대학으로 자리를 옮긴 블라디미르 티호노프 (박노자) 교수였다. "원장님! 저는 박노자란 사람인데 러시아 출신이고,

현재 경희대학교에 객원교수로 와 있습니다. 오늘 아침 신문을 통해 외국인 근로자 일요대학에 대한 소식을 알았습니다. 참으로 감동적인 프로그램입니다. 저도 도와드리고 싶은데 어떻게 하면 될까요?"

그의 한국어 실력도 놀라웠지만, 일요일마다 도와주겠다는 제안에 고마움이 앞섰다. 그는 외국인 근로자들에게 한국 역사를 가르치고 싶다고 했다. 뜻하지 않은 제안에 내심 놀라기도 했지만 그가 보내준 이력서를 받아본 순간 범상치 않은 인물임을 알았다. 유대계 러시아 사람인 그는 천재였다. 모스크바 대학에서 한국 문학을 전공해 최연소로 박사 학위를 취득했고, 한국인들보다 한국 역사를 더 깊이 이해하고 한국의 고전문학에도 상당한 식견을 지닌 젊은 학자였다.

하늘의 응답은 그뿐만이 아니었다. 외국인 근로자 학생 모집 공고를 보고 지원한 학생들이 무려 16개국 200여 명에 달했다. 자원봉사를 하겠다는 사람들도 있었고, 일요일을 반납하고 근로자들에게 강의를 해주겠다고 지원한 교수들의 이력서도 87통이나 접수되었다. 그들 가운데 여덟 분을 일요대학 교수로 선정했다. 교수진은 참으로 다양했다. 앞서 소개한 박노자 교수를 비롯하여 국제변호사, 해외 한국학교 교장 출신인 분, 모스크바에서 음악 박사를 취득한 분, 지금은 중앙대학의 교수가 된 코넬대학교 출신 박사, 서울대학교의 외국인을 위한 한국어 교육 과정에 있는 분, 한국국제협력단KOICA을 통해 해외 봉사단 경험을 쌓은 분 등등…. 모든 분들이 돈 한 푼 받지 않고 오히려 자신의 돈을 써 가며 강의를 하러 나왔고, 외국인 근로자들을 위한 교재도 직접 만들었다. 마침내 선생님들의 열정과 학생들의 참여가 어우러져 외국인 근로자 일요대학이 출범했다.

성 명	담당교과목	경 력
김민애	한국어(초급)	스리랑카에서 한국어 교육, 현 서울대 어학연구소 강사
박 설	한국어(초급)	러시아 한국교포 교육, 현 연세대 보건대학원 연구원
박상연	한국어(중급)	이란(테헤란) 한국어 학교 교장, 현 서울소원초등학교 교사
이병훈	한국역사(초급)	코넬대학교 노사관계학 박사, 현 한국노동연구원 연구위원
박노자	한국역사(초급)	모스크바국립대 한국학과 박사, 현 경희대학교 객원교수
심재섭	한국역사(중급)	한국정신문화연구원 한국학 박사, 현 한국외국어대 강사
정형근	한국역사(중급)	미국 변호사
예찬하	음악	모스크바 국립음악원 음악박사

일요대학이 시작되자 멀리 대구에서도 외국인 근로자들이 새벽 기차를 타고 올라왔고 토요일 야근으로 밤샘을 한 뒤 학교에 오는 학생들도 생겼다. 시간이 지나자 더 이상 수용하기 어려울 정도로 학생 수가 늘어났다. 마침 몽골인들이 일자리를 찾아 우리나라로 대거 입국하기 시작할 때였는데, 한국어를 이해하지 못하는 몽골인들에게는 러시아 출신 박노자 교수가 큰 도움이 되었다. 몽골인들이 러시아어를 잘한다는 사실을 그때 처음 알았다. 한국어에 능통한 박노자 교수는 의사소통의 불편을 겪는 몽골인들의 손과 발이 돼 주었다.

또 건국대학교 대학병원의 전신인 '민중병원'이 외국인 근로자들의 무료 건강검진에 참여했다. 병원노조가 파업을 하던 때였음에도 일요일을 반납하고 하루 종일 의료봉사를 해준 것이다. 기독교방송CBS교

그치지 않는 비는 없다

회에서도 도움을 자청했다. 가을이 깊어가면서 찬바람이 불고 기온이 점차 떨어지자 더운 나라에서 온 외국인 근로자들이 추위를 타기 시작했다. 두꺼운 옷이 필요했고, 새로 입국한 사람들에게는 가재도구 하나도 요긴한 상태였다. 기독교방송교회 목사님을 비롯한 성도들이 옷 모으기 운동을 전개했다. 건국대학교가 위치한 광진구청에서도 소식을 전해 듣고 동별로 반상회를 통해 생활용품 모으기에 나섰다.

식사 문제를 해결하는 데는 몇 차례 시행착오가 따랐다. 대학 구내식당에서 쇠고기카레를 내놓았는데, 힌두교 신자들이 쇠고기를 거부해 식사를 걸렸다. 그래서 다음 주에는 돼지고기볶음을 준비했는데, 이번엔 이슬람교 신자들이 기겁을 했다. 구내식당에서 종교에 따라 금기시하는 식사 메뉴를 미처 생각지 못한 것이다. 이후 외국인 근로자 일요대학 식단에는 닭고기 요리를 주로 사용하게 되었다.

이방인의 설움을 쏟아 낸 '한국어 말하기 대회'

일요대학에서 '외국인 근로자 한국어 말하기 대회'가 계획되었다. 지금은 많은 사회단체들이 외국인 근로자와 다문화 가정을 위해 다양한 행사를 하지만, 당시에는 외국인 근로자들을 한데 모이게 하는 일이 흔치 않았다. 외국인 근로자는 곧 불법체류자란 인식이 팽배하던 시절이었고, 그들에 대한 편견과 부정적인 시각이 지배하던 시절이다. 법무부 출입국관리소의 담당 직원들이 불법체류자를 단속하려고 외국인 근로자 밀집 지역을 불시에 수색하기도 했다. 대다수가 불법체류자인 그들을 한 장소에 불러 모으는 것은 큰 모험이고, 위험이 따르는 일이었다.

한국어 말하기 대회 심사를 맡았던 선생님들은 참가자들의 원고를 심사하는 단계에서부터 여러 차례 눈시울을 적셨다. 코리안 드림

그치지 않는 비는 없다

을 안고 힘겹게 찾아온 그네들이 한국에서 경험한 사연들에 감동한 것이다. 가족을 그리워하는 사연, 한국인 고용주에게 학대받은 사연, 피부색 때문에 한국 사회에서 받는 모멸감 등 가슴 아픈 사연들이 말하기 대회 원고 속에 고스란히 녹아있었다. 열 명의 원고가 최종 심사를 통과했다. 그런데 원고 심사를 통과한 방글라데시 출신 샤하눌 이슬람이 의정부교도소에 수감되는 일이 벌어졌다. 공장에서 일을 마치고 집으로 가는 도중에 단속 나온 법무부 직원들에게 체포된 것이다. 늦가을 며칠째 수감된 그의 표정은 초췌했고, 불안의 그늘이 깊게 드리워 있었다. 일요대학 선생님 한 분과 면회를 갔다. 그는 절망의 순간에 한 가닥 마지막 기대를 우리에게 거는 듯했다.

"선생님, 제발 저를 좀 도와주세요. 얼마 안 있으면 제가 추방된대요."
창백하게 질린 그의 얼굴 뒤로 지난여름 내 집무실을 찾아왔던 그의 모습이 떠올랐다. 그는 손에 작은 봉투 하나를 쥐고 있었다. 우리나라 호박과 비슷한 채소 씨앗이라고 했다. 고향에 있을 때 그 채소로 만든 수프를 무척 좋아했다고 한다. 그런 아들을 위해 방글라데시에서 어머니가 씨앗을 보내 준 것이다.

"원장님! 이 씨앗을 심을 수 있는 땅을 좀 주세요. 열매가 달리면 제가 맛있는 수프를 만들어 줄게요." 며칠 뒤 농과대학 교수의 양해를 받아 조그만 밭고랑 하나를 얻었다. 일요대학 프로그램이 끝나는 시간에 그는 방글라데시 친구들과 함께 고향에서 배달된 씨앗을 심었다. 엉성하긴 했지만 그의 이름을 적어 밭고랑 한쪽에 팻말도 만들어 주었다.

그런데 씨앗들이 그의 추방을 예상한 것일까. 어렵사리 싹이 나오던 식물들은 뿌리를 내리지 못한 채 죽어갔다.

면회를 마치고 나오는 길에 교도소 관계자를 면담했다. 수감된 우리 학생이 이번 토요일에 열리는 한국어 말하기 대회에 출전할 수 있도록 특별 조치를 해 달라고 애원했다. 그가 말하기 대회에 출전해 상금으로 몇 십만 원이라도 받아서 고향으로 돌아가길 바랐기 때문이다. 하지만 현실적으로 어렵다는 대답을 들었을 뿐이다.

그날 의정부교도소를 나오며 나는 마음속으로나마 그에게 사과와 위로의 말을 전했다.

"지금 내가 당신을 위해 해 줄 수 있는 것이 아무것도 없어 너무 미안합니다. 나의 힘이 미치지 않습니다. 이제 당신 나라로 돌아가면 생활은 어렵겠지만, 당신을 그리워하는 어머니와 당신이 좋아하는 그 수프를 맛있게 먹기를 바랄 뿐입니다."

1997년 11월 30일, 외국인 한국어 말하기 대회를 취재하기 위해 국내 방송사와 신문사 취재진들이 대거 찾아왔다. 최종 본선에 나선 외국인 근로자들은 주어진 시간 동안 그들이 한국 사회에서 겪은 이야기들을 쏟아냈다. 그리 길지 않은 기간이지만 그 사이 다들 한국어 구사 능력이 많이 늘었다. 이윽고 행사를 마무리하는 나의 스피치 시간이 됐다.

"오늘 저는 말하기 대회를 앞두고 불법체류자로 체포돼 지금 의정부교도소에 구금된 여러분의 친구 샤하눌 이슬람이 제출했던 말하기 대회의 원고를 대신 읽고자 합니다."라고 말문을 열고, 그의 원고를 읽어 내려갔다.

"…저는 어려운 일, 더러운 일 마다하지 않았습니다. 하지만 6개월째 월급도 못 받고… 봉급을 달라고 하면 사장님은 '너희는 불법체류자야, 알아?' 하며 소리치고. 우리 모두 같은 아시아 사람인데 마음에는 국경이 없는 것 아닌가요?"

이번 말하기 대회의 우승을 꿈꾸며 그가 제출한 원고를 대신 읽어 내려가는 동안 장내는 숙연해졌다. 이곳저곳에서 훌쩍거리는 소리가 들렸고, 흘러내리는 눈물을 닦아내는 모습이 보이기 시작했다. 행사가 끝나갈 무렵 누가 시작했는지 빈 과자 상자를 돌리며 샤하눌 이슬람을 위한 모금이 시작됐다. 그날 행사는 방송과 신문의 비중 있는 기사거리가 되었다. 다음 날, 언론 보도를 접한 법무부 출입국관리소에서 연락이 왔다. 국가기관에서는 불법체류자들을 단속하느라 여념이 없는데 대학이 불법체류자들을 양성하고 있다는 항의 전화였다. "미안합니다. 법률적으로 제가 국익에 반하는 일을 하는지 모르겠습니다만, 지금 저와 우리 선생님들은 교직자의 양심에 따라 우리나라에 와서 고생하는 외국인 근로자들을 돕기 위해 노력하는 것뿐입니다. 전쟁터에서 적군을 체포하고 사살하는 것이 군인의 임무지만, 아군과 적군을 차별하지 않고 부상자를 치료해 주고 돌보는 것이 적십자의 정신 아닙니까? 지금 이 시각에도 미국을 비롯한 세계 여러 나라에서도 한국인 불법체류자들이 어렵사리 생활해가고 있음을 이해해주셨으면 합니다."

법무부 관계자와 통화가 끝났지만, 혹시라도 어느 일요일 예상치 않게 불법체류자들을 일망타진하기 위해 건대입구역 주변에 그들이 포진하지나 않을까 마음이 무거웠다.

　'죄 많은 곳에 은혜가 많다'는 성경 구절처럼 외국인 근로자들의 가난과 서러움 속엔 참으로 감동도 많았다. 외국인 근로자 한국어 말하기 대회가 끝난 며칠 뒤에 생긴 일이다. 말하기 대회에서 1등을 한 나이지리아 출신 악슨 프랑켄이 나의 집무실을 찾아와 봉투 하나를 내밀었다. 지난주에 받은 상금 50만 원 가운데 25만 원은 고향에 있는 가족에게 보냈고, 나머지 25만 원은 일요대학에 반납할 테니 어려운 학생을 돕는 데 써 달라는 것이다. 그는 서울 신월동의 한 유리공장에서 힘겨운 일을 하는 사람이었다. 세상에 이렇게 고맙고 또 아름다운 사람이 있을까. 25만 원이 그에겐 얼마나 큰돈이겠는가. 자신이 받은 상금의 절반을 어려운 동료들을 위해 내놓겠다는 그의 결심은 또 얼마나 어려운 결정이었겠는가. 그때 마침, 같은 국가에서 온 토니 오조피아가 어려움에 처해 있었다. 그는 나이지리아에서 대학원까지 나오고 공직에서 비교적 높은 직위에 있던 사람으로, 나이가 많았다. 토지가 넓은 나이지리아에서 방울토마토를 재배하는 것이 그의 꿈이었다. 그런데 불행하게도 방울토마토 재배 기술을 배울 기회를 잡지 못하고, 불법 체류자 신분이 되어 의정부와 동두천 중간 지점인 덕정리 어느 공장에서 힘든 일을 하게 된 것이다. 그가 불법체류자로 생활하는 동안 고향에서 어머님이 돌아가셨고, 얼마 뒤 딸아이가 심한 병으로 고생하고 있다는 소식이 전해졌다. 그의 아내는 그가 하루빨리 귀국하기를 애원하고 있었지만 한국에 온 이후 월급도 제대로 받지 못해 나이지리아로 돌아갈 비행기 표조차 살 돈이 없었다. 어려움은 더해만 갔다. 공장에서 일을 하던 그의 손가락이 두 개나 잘리는 사고가 일어났다. 사고가 나자 사장은 그를 해고해 버렸다.

반납된 상금 25만 원은 토니 오조피아에게 돌아갔다. 잘린 손가락을 붕대로 감은 채 병원에도 가지 못하고 진통제 몇 알로 견디고 있을 때였다. 어떻게든 그를 나이지리아로 돌려보내야 했다. 그래서 그를 데리고 의정부에 가서 손광운 변호사를 만나 도움을 청했다. 그의 딱한 사연을 들은 손 변호사가 비용을 받지 않고 공장주를 상대로 소송해 주겠다고 했다. 결국 승소 판결을 받아 밀린 급여와 상해 보상금을 받아낼 수 있었다. 손마디가 잘린 것에 비하면 충분한 보상은 아니었지만 그는 만족해했고, 그 정도 금액이면 나이지리아에 가서 조그만 사업을 시작할 수 있다며 한 많은 대한민국을 떠나갔다. 그가 떠나고 1999년 크리스마스에 카드가 한 장 배달되었다. 그의 가족이 함께 제작한 길이 37cm, 너비 28cm에 이르는 큼지막한 크리스마스카드였다. 핑크색 봉투에 담긴 대형 크리스마스카드엔 지난날 한국에서 지낼 때 얻은 은혜에 대한 고마움이 묻어나는 편지와 활짝 웃는 행복한 그의 가족사진이 붙어 있었다.

IMF 시기에 치러진 일요대학 졸업식

가을로 접어들면서 일요대학 졸업식이 다가왔다. 졸업을 앞두고 일요대학에서는 다채로운 행사를 진행했다. 1997년 11월 8일 '국적법 개정과 외국인 노동자 문제'를 주제로 심포지엄을 개최됐다. 외국인 근로자들에게 깊은 관심을 보이던 시민단체들과 당사자인 외국인 근로자들이 토요일 오후 대학으로 몰려들었다. 고려대학과 서울법대 교수들, 법률 전문가들이 외국인 근로자의 한국 국적 취득에 대한 법 개정을 위해 주제 발표와 토론에 나섰다. 코리아타임스가 그날의 심포지엄을 1면 머리기사로 다루었다. 그즈음 외국인 근로자들의 문제가 대학 사회에서 공공연히 거론되기 시작한 것은 괄목할 만한 성과였다.

졸업을 앞둔 일요대학 학생들에게 잊지 못할 추억을 안겨주고 싶었다. 한국에서 이방인으로 살았지만 일요대학 선생님들이 그들을 위해 열심히 노력했다는 것을 오래도록 기억하고 살기를 바랐다. 졸업 여행을 계획하며 그들이 한국에서 가장 가 보고 싶은 곳이 어디인가를 설문지를 통해 알아보았다. 뜻밖의 결과가 나왔다. 제주도나 민속촌을 선호할 것이란 선생님들의 예상과는 달리, 가 보고 싶은 곳 1위는 비무장지대에 있는 땅굴이었다. 누구보다도 당황한 것은 나였다. 땅굴에 가려면 비무장지대로 들어가야 하고 그러기 위해서는 신분증이 있어야 하는데 외국인 불법 근로자들에게는 신분증이 없었기 때문이다.

궁하면 통한다 했던가. 불법 체류자 신분으로 살아가는 그들은 좀처럼 방문할 수 없는 땅굴 견학의 꿈이 이뤄지게 되었다. 꿈을 도와준 이는 국군기무사령부의 오세인 대령이었다. 그가 전방 사단 기무부대에 연락해서 졸업 여행단 버스를 에스코트하도록 해 준 것이다. 철원평야 비무장지대로 들어가기 위해 철책을 통과하는 순간, 버스에 나누어 탄 외국인 근로자 200여 명이 환호성을 질렀다. 곳곳에 지뢰 매설 지역 팻말이 설치된 지역을 바라보며 긴장감보다는 실현될 것 같지 않았던 그들의 꿈이 이뤄졌다는 흥분이 더 컸던 모양이다. 땅굴에 대한 소개와 주의사항을 설명하는 장교의 이야기가 끝나고 땅굴 속으로 들어가기 전, 내가 학생들에게 농담을 건넸다. "여러분 지금이 기회입니다. 지금 들어가는 땅굴 속으로 계속 가면 북한 땅에 다다릅니다. 북한으로 넘어가고 싶은 사람들은 먼저 들어가세요."

모두 한바탕 크게 웃었다. 그날 땅굴 견학 이야기는 일요대학에 다니지 않았던 외국인 근로자들에게도 입소문을 통해 크나큰 화젯거리로 전해졌고, 다음 학기 일요대학 지원자들이 대거 몰려든 원인이 되기도 했다.

졸업식이 거행된 1997년 12월 21일은 IMF 외환 위기의 충격이 온 나라를 뒤흔들고 있을 때였다. 이곳저곳에서 구조조정으로 실업자들이 생겨나고, 경기는 급속히 얼어붙었다. 크리스마스와 연말연시를 앞두고 있었지만 고아원이나 양로원 등 사회복지시설을 찾는 발길은 끊어진 상태였다. 외국인 근로자들의 위기는 더 심각해 한국 체류 자체가 어려운 상황이었다.

오후 2시에 있을 졸업식을 앞두고 우리는 서초구 내곡동에 있는 정신지체아 수용 시설 '다니엘복지원'을 방문했다. 구의동에 있었던 다니엘복지원은 건국대학교 평생교육원의 제과제빵 과정 실습장에서 구워낸 빵을 매일 무료로 전해주던 곳이다. 매일 저녁은 빵이 배달되는 시간이다 보니 복지원 아이들이 하루 중 가장 기다리는 시간이기도 했다. 그런 그들이 재개발 때문에 서초구 내곡동으로 옮겨가게 되었다. 그날 일요대학을 졸업하는 외국인 근로자들은 저마다 자기네 나라 음식들을 장만해 왔다. 그리고 매주 일요일 휴게실에서 커피를 마실 때마다 모금함에 넣었던 돈을 가지고 복지원생들의 크리스마스 선물을 마련했다.

선물을 마련한 비용은 그들이 모금한 것이 전부가 아니었다. 모금을 시작할 즈음 학생회관 2층에 있는 교직원 식당에서도 투명한 유리병을 모금 통으로 놓았다. 식권을 사고 난 후 거스름돈을 기부해 주기를 당부하는 취지문도 붙여놓았다. 그리고 식당에서 일하는 아주머니에

　　　　　　　　　　　　　그치지 않는 비는 없다

게 한 학기 동안 모금통 관리를 부탁했다.

한 학기가 끝날 무렵 교직원 식당에 들렀다. 관리를 맡았던 아주머니가 연신 미안하다며 겸연쩍게 모금통을 건네주었다. 한 학기 동안 식권 판매대에 놓여 있던 유리병엔 4분의 1 정도 되는 동전과 지폐 몇 장뿐이었다.

"원장님, 어쩌지요? 돈이 얼마 안 모여서…." 모금 성적이 저조한 것이 마치 자신 때문인 것처럼 미안해하는 아주머니에게 고마움을 건넸다. "아주머니, 지난 한 학기 동안 수고 많이 하셨어요. 그래도 교수님들 가운데 관심을 갖고 참여해 주신 분들이 제법 계시네요. 돈이 이만큼 모였잖아요." 그때 주방에서 식당 종업원 한 사람이 다가오며 말했다. "그 유리병에 들어 있는 돈은 대부분 우리 식당 종업원들이 넣은 거예요. 교수님들이 워낙 관심이 없어서…." 교수인 나 자신이 식당 종업원들 앞에서 얼굴이 붉어지던 순간이다.

복지원생들은 외국인들과 한국어로 이야기 나눌 수 있다는 것을 신기해했다. 복지원 식당엔 크리스마스 장식이 돼 있었고 식탁엔 촛불도 켜져 있었다. 함께 크리스마스캐럴도 부른 후, 식사가 끝나고 산타 복장을 한 외국인 근로자가 가져간 선물을 나눠주었다. 그 시간만큼은 모두 IMF를 떠올릴 필요가 없었다.

복지원 방문은 일요대학의 졸업식 시간에 맞춰서 끝이 났다. 돌아오는 길에 복지원생들이 졸업식장으로 동행했다. 아무도 축하해줄 사람이 없는 졸업식장에서, 복지원생들은 외국인 근로자들의 졸업을 축하

하는 합창을 불러주었다. "빛나는 졸업장을 타신 언니께 꽃다발을 한 아름 선사합니다…." 참으로 오랜만에 들어보는 졸업식 노래가 옛날 축음기를 통해 흘러나오는 듯했다. 조남호 서초구청장과 기독교방송 교회 한상용 목사님, 일요대학의 든든한 후원자였던 금성종합전기주 식회사의 최창식 사장이 함께한 졸업식이었다.

제2회 외국인 근로자 일요대학 수료식 1998.6.28

그치지 않는 비는 없다

대학시절 잠자리에 교수가 되어 돌아오다   167

내게 감동을 남겨 준 장애인 학생

한때 대학에서 교양과목으로 '세계 대학의 이해'를 강의한 적이 있다. 이 교과목은 그 시절 건국대학교에만 개설된 교양과목이었다. 1990년대 중반 국내 대학들의 화두는 국제화였다. 거의 모든 대학들이 국제화를 지향한다는 슬로건을 내걸었고, 국제화가 교내 현수막과 신입생 모집 광고의 키워드로 등장하던 시절이다.

국내 대학에 국제화 바람이 불기 시작하면서 건국대학교 교문에도 '민족을 생각하는 학원, 국제화를 지향하는 대학'이라는 현수막이 내걸렸다. 교내 신문과 각종 홍보물, 신입생 모집 광고에도 어김없이 이 문구가 등장했다. 하지만 정작 어느 곳에서도 민족을 생각하고 국제화를 지향하는 교육 프로그램을 찾아보기는 어려웠다.

대학 발전을 위한 교수·직원 연수가 열렸을 때 '건학 이념'과 '세계

그치지 않는 비는 없다

대학의 이해'라는 과목을 우리 대학만의 교시校是 교과목으로 개설해 학생들에게 대학이 지향하는 가치를 실질적으로 제공하자는 방안을 내놓았다. 다행히 나의 제안이 채택되었고, 내가 국제화 교과목을 담당하게 되었다. 교과목 개설과 더불어 교재인 '세계 대학의 이해'를 출간하게 된 것도 이즈음의 일이다.

그리고 몇 년 뒤인 2000년 가을. 아직 더위가 끝나지 않은 2학기 첫 강의에 100명이 넘는 학생들이 강의를 듣기 위해 몰려들었다. 수강 신청을 한 인원이 예상을 넘어서 강의실도 이전의 대학 도서관 열람실로 변경되었다. 두 시간 연속 강의 중 첫 시간은 교과목에 대한 소개와 한 학기 동안 교과목 운영 등에 관한 오리엔테이션을 하였고, 둘째 시간 강의 전에 10분간 휴식 시간을 가졌다. 휴식 시간이 끝나고 둘째 시간 강의가 막 시작되었을 때였다. 강의실 문이 벌컥 열리더니 얼굴과 티셔츠가 땀으로 흥건히 젖은 학생 한 명이 들어왔다. 가쁜 숨을 몰아쉬는 그의 얼굴은 초가을 따가운 햇볕에 벌겋게 익어 있었다. 강의실 앞쪽에 앉아 강의를 듣던 뇌성마비 장애인 학생이었다. 모든 학생들의 시선이 그에게 쏠렸다.

"교수님, 죄송해요. 쉬는 시간에 교재를 사 오느라 늦었습니다."

그의 더듬거리는 이야기를 듣고 있던 학생들의 탄성이 터져 나왔다. 그리고 요란한 박수가 이어졌다.

"세상에 이럴 수가…."

땀으로 흥건히 젖은 그의 손에는 나의 저서인 『세계 대학의 이해』

한 권이 들려 있었다. 언덕 위에 위치한 옛 도서관 건물에서 학생회관에 있는 구내서점까지는 비장애인도 10분 동안 다녀오기엔 벅찬 거리다. 첫 시간 소개해준 교과서를 그날 꼭 구입할 필요도 없었다. 모든 학생들이 화장실에 다녀오거나 자판기 커피를 뽑아 마시는 동안 뇌성마비로 거동이 불편한 그가 무더위에도 불구하고 교재를 구입하기 위해 구내서점을 다녀온 것이다. 학생들을 가르쳐 본 사람들은 그와 같은 순간이 얼마나 감동적인지 알 것이다. 나는 가슴이 뭉클해지는 것을 느꼈다. 학생들은 대부분이 2학기 강의 첫 시간인데 일찍 강의를 끝내주었으면 하는 눈치였지만, 그 요구를 들어줄 수 없었다. 2교시 수업을 위해 쉬는 시간에 교과서를 사 가지고 온 한 사람의 기대가 나머지 학생들의 기대보다 무겁다고 생각되었기 때문이다. 그날 무더위 속에서 계획된 강의 내용은 끝까지 진행되었고, 강의가 끝나고 그와 함께 이야기를 나눴다. 그리고 그날 저녁, 퇴근하기 전 연구실에서 그의 부모님께 편지를 썼다.

'오늘 수업을 통해 댁의 자랑스러운 아들 태환 군을 알게 됐습니다.' 로 시작한 편지에 태환이를 통해 교수인 내가 얼마나 감동했는지에 대해 적었다. 그리고 편지 말미엔 태환이가 대학에서 생활하는 동안 도울 일이 있으면 언제라도 연락해 주기 바란다는 내용도 덧붙였다. 며칠 뒤 토요일 오후, 태환이의 어머니와 아버지가 한 동네 친구 분과 함께 나의 연구실을 찾아왔다.

"교수님, 고맙습니다. 태환이를 서울로 유학 보내 놓고 우리 부부가 얼마나 걱정을 하며 지냈는지 모릅니다. 객지 생활도 처음이려니와 뇌성마비 때문에 대학 생활에 제대로 적응할 수 있을지 많이 걱정을 하고 있었는데, 교수님께서 보내주신 편지를 받고 안심이 되었습니다."

정작 고마움을 전해야 할 사람은 바로 나였다. 수많은 학생들을 대상으로 오랫동안 강의를 해 왔지만, 그날 태환이만큼 나를 감동시킨 학생은 없었기 때문이다.

그날 내가 받은 감동은 단지 태환이가 교재를 사기 위해 힘겨운 행동을 했기 때문에 생긴 것만은 아니었다.

나는 한때 건국대학교의 입학정책위원장을 맡았었는데, '장애인 특별 전형 제도'를 건의한 적이 있었다. 장애인에 대한 인식이 부족하던 시절, 서울 소재 한 대학에서 장애인 입학을 거절한 일이 벌어졌다. 장애인 차별이란 사회적 비판 여론이 일었지만, 그 대학은 장애인을 수용할 만한 시설이 없기에 어쩔 수 없다는 입장이었다. 요즘 같으면 생각도 못 할 일이지만, 당시 그 가슴 아픈 사건은 그냥 묻혀 버렸다. 장애인을 위한 교육기회의 확대야말로 교문 앞 현수막에 새겨진 '민족을 생각하는 건국대학교'가 담당해야 할 일이란 생각이 들었다. 그래서 건국대학교와 가까운 거리에 위치한 뇌성마비 장애인 시설인 '정립회관'과 협력 프로그램 개발에 착수했다. 장애인 학생들의 교육과 편의 시설이 잘 갖추어진 정립회관의 교육인프라와, 건국대학교 교수님들의 강의를 결합하는 프로그램이었다. 삼성전자가 장애인들의 직업 훈련을 위해 정립회관 내 기숙사 시설을 포함한 건물을 건축하고 있었기에 우선은 컴퓨터공학 전공과 장애인체육 전공 학사과정부터 시작할 계획이었다.

장애인 대학생 프로그램의 전개를 위해 건국대학교 윤형섭 총장과 변호사였던 정립회관 이사장이 만났다. 교육봉사를 위한 대학의 사명과 더불어 신체적 장애를 지닌 교육수요자들의 편의를 위한 입학전형 계획을 추진해 나갔다. 우선 추위를 피해 초가을에 앞당겨 전형을 시행하도록 했고, 국어와 영어, 수학 같은 지식 중심의 전형 대신 학업 이수 계획서를 중심으로 보자고 했다. 장애인 학생들의 학업 의지와 동기, 미래 잠재 능력을 살펴보는 면접을 통해 신입생을 선발하자는 계획을 마련했다. 요즘으로 말하면 수시전형이자 입학사정관 전형에 해당하는 개념이었다. 장애인들의 입학은 대학의 정원 외 모집으로 진행되고 있었으나 시설이 허용하는 범위 내에서 가급적 많은 학생들에게 진학기회를 부여하기 위한 취지였다. 이 계획안이 발표된 후 언론들의 호의적인 보도가 나왔고, 계획은 순조롭게 진행되는 듯했다. 그러나 나의 생각과는 달리 심의를 하던 교무위원회에서 이 같은 혁신적인 방안은 국내 대학에서 시기상조라는 의견이 제기됐다. 뿐만 아니라 장애인 단체가 학교에 몰려와 장애인 통합교육을 주장하는 시위를 하기도 했다. 그로 인해 대학관계자들은 국내 최초의 생소한 시범 사업에 대해 부담을 느꼈고, 처음부터 너무 욕심을 부린 장애인 단체의 요구는 애써 마련한 제도를 무산시키는 원인 중 하나가 되고 말았다.

그럼에도 불구하고 나는 꾸준히 장애인 단체와 인연을 이어가고 있었는데 그 이유는 대학시절 4년을 함께한 한 친구 때문이다. 그는 대학에 축구 특기자로 입학을 한 학생이었다. 재학시절 축구팀의 주장을 맡아 전국대학축구연맹전에서 우승을 이뤄낸 걸출한 선수였는데, 졸업 후에는 진주고등학교 축구 감독으로 부임해 전국 고교축구대회에서 3연승을 제패한 명감독이 되었다. 대한민국 최초의 여자축구팀 감독을 맡아 평양을 다녀오기도 한 그는 '88 서울장애인올림픽대회가 축구를 정식 종목으로 채택한 시점에 대표팀 감독을 맡고 올림픽 이후 30년간 뇌성마비 선수들로 구성된 곰두리 축구팀을 이끌고 있다. 신체 활동이 완벽히 자유롭지 못한 축구팀을 이끌어 1998 브라질 세계 대회, 2003 아르헨티나 세계 대회 무대에 출전시키기도 했다. 2006 독일월드컵 때는 26일간 11개국을 돌면서 곰두리 축구단의 존재를 알렸다. 2010년 11월 가을에 일본팀과의 친선경기를 마치고 귀국 도중 일본의 나라Nara 지역에 위치한 동대사Todaiji Temple에 들르게 되었는데, 마침 공교롭게도 티베트의 달라이라마가 일본을 방문해서 그곳 법당으로 향하고 있었다. 많은 일본인들이 몰려들었고 그들 속에는 곰두리 뇌성마비 축구팀 선수들도 있었다. 수많은 인파와 경호원들에 둘러싸여 법당으로 향하던 달라이라마가 가던 길을 잠시 멈추고 곰두리 선수들에게 다가왔다. 일본인과 한국인의 구별이 안 될 것 같아 내가 곰두리팀에 대해 소개를 했다. "우리는 한국에서 온 뇌성마비 장애인 축구선수들인데 친선경기를 위해 일본을 방문했으며, 경기를 마치고 귀국길에 우연히 이곳에 들렀다 당신을 뵙게 된 것입니다." 그가 내게 다가와 악수를 청했다.

아무튼 그 후 몇 학기가 지나 태환이의 모습을 본 나의 감회가 남다른 것은 당연한 일이었다. 다행히 태환이는 수능 성적도 좋고, 고교 시절 열심히 공부한 학생이었다. 그는 처음 얼마간 시간이 날 때면 나를

한국-일본 뇌성마비 축구팀 친선 경기

티베트의 정신적 지도자 '달라이라마'

그치지 않는 비는 없다

찾아와 이런 저런 이야기를 나누곤 했다가 얼마 후 발길이 뜸해졌다. 전화를 했더니 부모님께서 교수님 연구하시는데 너무 부담을 드려서는 안 된다고 방문 자제를 당부한 모양이었다. 그는 공무원이 되어 장애인들의 불편 사항을 도와주는 것이 꿈이라고 했다. 2학년이 되면서 사학과로 전과를 했고, 전공 분야의 공부가 재미있다고 했다. 내가 대학을 떠나 교육부에서 일을 하고 돌아와서 대학부속 고등학교 교장 일을 맡아보던 몇 년간, 그는 어느새 대학원생이 되어 있었다. 가끔 교정에서 친구들과 큰 목소리로 이야기를 나누는 그의 모습을 먼발치에서 바라보면 내가 그에게 준 도움보다 그가 내게 준 교육적 감동이 훨씬 컸음을 떠올리곤 했다.

Part 4

교육학 교수의
교육 현장
도전기

1999년 세계인구 60억을 돌파하며 새로운 천 년, 뉴 밀레니엄New Millenium이 시작되었다. 2000년 새해를 미국 플로리다 대학에서 맞이했다. 이전에 유학하던 대학에 객원교수로 1년간 체류하던 기간이었다. 2001년, 대한민국의 1인당 국민소득은 드디어 1만 불(10,853)을 넘어섰고, 2002년엔 우리나라의 인구가 4800만 명에 달했다. 월드컵 축구대회로 인한 '대한민국~'의 함성이 6월 한 달 동안 그칠 날이 없었던 그때, 불행히도 6월 29일 한일 월드컵 3, 4위전이 열리던 토요일 오전 10시쯤 서해 북방한계선NLL을 침범한 북한군 고속정 2척에 의해 우리 해군 참수리 357호가 기습공격을 당했다. 장병 6명이 전사하고 18명이 부상하는 비극적인 상황이 벌어졌다. 그로부터 10년 뒤인 2012년에 나는 제2연평해전에서 전사한 윤영하 소령의 모교에 교장으로 취임하게 되었다.

2003년, 제16대 노무현 대통령이 취임했고, 이듬해 국민 소득은 2만 불을 넘어섰다. 1만 불을 넘어선 지 불과 5년 만에 달성한 급성장이었다. 대한민국의 반기문 전 장관은 2006년 10월 14일 뉴욕 유엔 본부에서 열린 유엔 총회에서 제8대 유엔 사무총장에 당선됐다. 초등학교 시

그치지 않는 비는 없다

절 유엔 사무총장이던 버마 출신 '시루 우탄트'의 이름을 외우지 못해 수모를 겪었던 기억이 떠오른다. 그 당시엔 왜, 오늘날 인터넷에서 쉽게 검색할 수 있는 정보의 쪼가리를 가지고 교실에서 바보 취급을 했을까.

2004년 KBS 드라마 '겨울연가'가 일본에 수출되어 폭발적 인기를 얻은 후 주연 배우인 배용준, 즉 '욘사마'를 통해 한류 열풍에 시동이 걸렸다. 고속철도KTX가 개통되고, 2008년 출범한 이명박 정부 초기 광우병 파동으로 나라가 들끓었다. 아침 산책에 나섰던 금강산 관광객이 총격피살을 당하는 사건으로 금강산 관광이 중단되기도 했다. 2011년에는 APPLE사의 창시자 스티브 잡스와 북한 김정일 국방위원장 그리고 흑인가수 마이클 잭슨이 사망했다. 이듬해 2012년에는 대한민국의 가수 '싸이'가 말춤을 추면서 세계적 인기를 모았고, 박근혜 후보가 대한민국 최초의 여성 대통령으로 당선되었다. 세상이 어지러워서일까? 지구멸망론자들이 예언한 2012년 12월 21일의 지구멸망설이 우리사회에 일파만파 퍼져나가고 있었지만, 오랜 준비과정을 거친 나는 세상 변화와는 관계없이 개인의 전성시대를 맞이하고 있었다. 새로운 천 년, 뉴밀레니엄의 시작은 내 생애 가장 왕성한 활동의 기회가 주어졌던 50대의 시기였다.

대한민국 교육부 기관장 공모

건국대학교에서 두 번째로 교육대학원장을 맡고 있을 때였다. 전국 교육대학원장 회의에 참석하기 위해 제주도로 출장을 떠나기 전날, 내가 결재해야 할 서류들이 있으면 가져오도록 했다. 그날 밀린 서류들을 결재하다 눈에 띄는 공문을 발견했다. 교육인적자원부에서 국제교육진흥원 원장을 공모한다는 내용이었다. 노무현 대통령 집권 초기였던 그 당시, 중앙정부 부처에서 외부 전문가를 영입하기 위한 공개채용을 하고 있었는데 교육인적자원부에서는 국제교육진흥원 원장 자리를 공개채용하기로 했던 것이다.

공문 접수 날짜를 보니 일주일 전에 내려온 공문이었다. 그동안 행정실장 책상에서 잠을 자고 있다가 서류마감 기한을 하루 앞둔 시점에 결재를 하게 된 것이다. 행정실장은 우리와 관련 없는 내용인 것 같아

그치지 않는 비는 없다

결재를 미뤄놓았다고 했다. 그날 결재를 끝내고 퇴근하면서 지원 서류를 복사해 집으로 가져갔다.

교육인적자원부의 국제교육진흥원, 그곳은 내가 몇 년 전 한국학술진흥재단의 국비해외파견 교수에 선정되었을 때 필요한 자료를 얻기 위해 방문했던 기관이기도 했다. 전 세계에 흩어져 있는 해외동포 자녀들의 교육은 물론, 국내외 학생들의 정부 지원 및 초청 유학생들을 관리하고 국내외 교사들의 국제교류 업무 등을 담당하는 기관이었다. 그날 저녁 국제교육진흥원장 공개채용에 필요한 서류들을 준비하기 시작해 자정이 넘어서야 끝낼 수 있었다. 그리고 다음 날 새벽 제주행 비행기를 타기 위해 공항으로 가는 도중에 학과 조교에게 전화를 걸었다. 대학 정문 수위실에 가면 오늘 새벽 내가 맡겨 놓은 서류 봉투가 있으니 오후 5시 이전에 교육인적자원부 총무과에 접수를 시켜 달라고 했다. 그리고 아무에게도 이야기하지 말아 달라는 부탁도 곁들였다.

2박 3일의 제주도 출장 기간 동안 나의 생각은 온통 교육인적자원부에 접수된 서류전형에 쏠려 있었다. 과연 서류전형을 통과해 면접 기회를 얻을 수 있을 것인지. 정부부처의 공개채용은 명분과 절차상의 시늉일 뿐, 정작은 부처 내부의 인물이 이미 정해져 진행된다는 소문이 파다한 시점이었다. 그럼에도 도전하지 않을 수가 없는 기회였다. 도전하지 않고 얻을 수 있는 것이 무엇이 있겠는가. 내가 대학입시를 치를 때 그랬던 것처럼 실패가 두려워 도전을 포기한다면 기회는 끝내 오지 않는다는 교훈을 떠올렸다. 초조하게 기다리던 내게 예감이 좋은 편지 한 통이 날아들었다. 면접통지서였다.

　면접 당일 세종로 정부종합청사로 향했다. 서류 전형을 통과한 13명의 지원자들이 면접을 기다리고 있었다. 교육부 내부와 외부 전문가들로 구성된 심사위원들과의 면접을 끝내고 최종 결과를 기다리는 시간은 제법 오래갔다. 몇 주가 지난 어느 날, 사무실로 정부 중앙인사위원회 사무처장의 전화가 걸려왔다. 최종 대상자에 대한 전화 인터뷰였다. 예감이 괜찮았다.

　그로부터 며칠 뒤, 건국대 미달학과였던 농업교육과에 합격했을 때의 감격에 비할 바는 아니었지만 설레는 최종선발 통보를 받게 되었다. 총장과 이사장께 이 사실을 전하고 곧바로 휴직 절차에 들어갔다. 다음 날 신문에는 중앙인사위원회가 발표한 나에 관한 기사가 실려 주변의 지인들로부터 축하 전화가 걸려오기 시작했다.

당황스런 임명장 수령

휴직절차와 취임 절차가
동시에 이뤄졌고, 며칠 뒤
교육부 국장들이 도열한 가
운데 교육부 장관실에서 임
명장을 받게 되었다. 나로서
는 참으로 당황스럽고 어색
한 순간이었다. 원장 임명장
을 받기 10여 일 전에 조선
일보 시론에 내가 기고한 원

고가 게재되었는데, 그 기사의 대상은 내게 임명장을 건네주는 장관이
었고 내용이 호의적이지 않은 것이었기 때문이다. 무엇보다 시론의 제
목은 내가 보낸 원고와는 다른, 편집국 데스크 담당자에 의해 수정된

것이었기에 더욱 당황스러웠다.

그날 나의 임명장 수여식에 배석한 교육부 관계자들 역시 조선일보의 시론을 읽었을 것이어서 임명장을 전해주는 장관과 전해 받는 나의 야릇한 분위기를 눈여겨보았을 것이다. 조선일보의 시론 내용을 그대로 이곳에 옮겨놓는다.

조선일보 2003년 3월 8일 시론 〈"윤덕홍 세대" 걱정된다〉

대한민국이 교육부총리 인선 문제로 골치를 앓고 있다는 소식을 접하고 '공자'와 '예수'가 자진 후보로 나섰다. 두 인물 모두 교육부총리감으로 상당한 장점을 지니고 있었다. 우선 인성교육의 중요성을 강조하는 시민단체들의 요구를 충족하기에 '공자'만한 인물이 없어 보였다. 그러나 국제화 시대에 서양사회의 영향력을 지닌 '예수'가 더 적격자라는 의견도 만만치 않았다.

뜻밖에 훌륭한 두 인물을 추천받게 된 청와대 참모들이 대통령에게 자신 있게 보고를 했다. 이번에야말로 하자가 없는 인물이 추천되었으니 안심해도 좋을 것이란 내용이었다. 그런데 잠시 후 인터넷에서 네티즌들의 공세가 이어졌다. 가장 많은 항의 내용은 왜 '부처'가 후보에서 빠졌느냐는 것이었고, '예수'나 '공자' 모두 병역 미필자란 점이 도마 위에 올랐다. 특히 '예수'의 경우 자식도 키워보지 못한 인물이 어떻게 한 나라 교육을 책임질 수 있겠느냐는 질타가 이어졌다.

그리고 '공자'가 교육부총리에 취임하면 '서당'이 유행하여 사私교육 문제가 발생할 것이란 우려도 나왔다.

그치지 않는 비는 없다

요즈음 대학가에 가장 모욕적인 언사가 "네놈, 교육부총리 추천이나 받아라!"는 표현이 돼버렸다. 해보지도 못하고 한평생 응어리로 남게 될 '대중의 난도질'을 개탄하는 말이다. 어쩌다, 어쩌다 '예수'도 '공자'도 감당할 수 없는 대한민국 교육부총리 문제가 참여정부의 발목을 잡고 있는 것인가.

하기는 유독 교육부총리 문제가 불거지고 교육부 폐지론이 비등한 이유를 보면, 작금의 교육정책에 대한 국민들의 불만이 얼마나 깊게 자리하고 있었는가를 생각하게 된다. 사실 교육부총리의 역할은 그리 엄청난 데 있는 게 아니다. 우리 교육이 나아가야 할 방향에 대해 전문가들에게 자문하고, 교육 수요자들의 견해를 물어 공동의 목표와 방향을 정해 업무를 추진하는 것이다. 그런데 불행히도 과거 교육의 수장首長들은 목표와 방향설정 과정에서 전문가들의 의견에 귀를 기울이지 않았고 다양한 목소리를 듣는 일에 소홀했다. 더 중요한 실책은 본질적으로 감당할 수 없는 이 땅의 교육문제를 권력처럼 거머쥐고 일선 학교에 군림해 왔다는 사실이다. 요즘 성난 목소리로 행동에 나서는 학부모단체와 교육 관련 단체들의 요구와 기대는 대개 일선 학교나 교육청에 대폭적인 권한을 위임해 주면 해결될 내용들로 여겨진다. 그리고 남겨진 대부분의 문제는 각자 가정에서 해결해야 할 내용들이기도 하다.

공자와 예수가 낙마落馬한 이후 윤덕홍 대구대 총장이 6일 교육부총리에 임명되었다는 뉴스가 흘러나왔다. 그는 기자와의 인터뷰에서 대학입시를 뜯어고치겠다는 뜻을 내비쳤다. "과외를 받지 않고도 대학에 갈 수 있도록 사교육비 부담을 줄이겠다"는 것이다. 5년 전 김대중 정부의 첫 교육부장관인 이해찬 씨의 모습이 떠오른다. "어느 것 하나만 잘해도 대학 갈 수 있다."던 그의 구세주 같은 발언에 얼마나 많은 학생과 학부모들이 위안을 느꼈던가. 이제 머지않아 '이해찬 1세대'와 '윤덕홍 1세대'의 학생 비교는 교육학 연구에 흥미로운 관심사로 등장할 것이다.

그런데 정작 5060세대(50대와 60대)를 염려케 하는 그의 발언은 "교사가 교장을 평가하고, 학부모가 교사를 평가하는 다면평가제를 도입하겠다."는 발상이다. 우리 교육계의 앞날이 결코 순탄치는 않을 것 같다. 이제 학교교육을 통해 보고 배운 우리의 아이들은 가정에서 아버지와 어머니에 대한 '다면평가'를 주장하게 될 것이다. 교래서 우수한 평가를 받은 부모는 시설 좋은 '실버타운'으로, 보통은 '시립양로원'으로, 그리고 미흡은 '파고다 공원'으로 내몰릴 준비를 해야 할지도 모를 일이다. 새로 임명된 교육부총리에 대해 '예수'가 따끔한 충고를 했다. "이보게 미스터 윤! 좀 더 신중하게 대처하게나. 자네는 한 나라 교육의 본질을 다루어야 할 부총리라네." '공자'가 맞장구를 쳤다. "맞습니다! 맞고요……."

조선일보

■ 시 론 ■

吳 聖 三
건국대 교육대학원장

대한민국이 교육부총리 인선 문제로 골치를 앓고 있다는 소식을 접하고 '공자'와 '예수'가 자진 후보로 나섰다. 두 인물 모두 교육부총리감으로 상당한 장점을 지니고 있었다. 우선 인성교육의 중요성을 강조하는 시민단체의 요구를 충족하기에 '공자'만한 인물이 없어 보였다. 그러나 국제화 시대에 서양사회의 영향력을 지닌 '예수'가 더적 격자라는 의견도 만만치 않았다.

5년전 이해찬씨 떠올라

뜻밖에 훌륭한 두 인물을 추천받게 될 청와대 참모들이 대통령에게 자신있게 보고를 했다. 이번에야말로 하자가 없는 인물이 추천되었으니 안심해도 좋을 것이란 내용이었다. 그런데 잠시 후 인터넷에서 네티즌들의 공세가 이어졌다. 가장 많은 항의 내용은 왜 '부처'가 후보에 빠졌느냐는 것이었고, '예수'나 '공자' 모두 병역 미필자란 점이 도마 위에 올랐다. 특히 '예수'의 경우 자식도 키워보지 못한 인물이 어떻게 한 나라 교육을 책임질 수 있겠느냐는 질타가 이어졌다. 그리고 '공자'가 교육부총리에 취임하면 '서당'이 유행하여 사(私)교육 문제가 발생할 것이란 우려도 나왔다. 요즈음 대학가에 가장 모욕적인 언사가 "네놈, 교육부총리 추천이

'윤덕홍 세대' 걱정된다

나 받아라!"는 표현이 돼버렸다. 해보지도 못하고 항명성 용어리로 남게 될 '대중의 난도질'을 개탄하는 말이다. 어쩌다, 어쩌다 '예수'도 '공자'도 감당할 수 없는 대한민국 교육부총리 문제가 참여정부의 발목을 잡고 있는 것인가.

하기는 유독 교육부총리 문제가 불거지고 교육부 폐지론이 비등한 이유를 보면, 작금의 교육정책에 대한 국민들의 불안이 얼마나 깊게 자리하고 있는가를 생각하게 된다. 사실 교육부총리의 역할은 그리 엄청난 데 있는 게 아니다. 우리 교육이 나아가야 할 방향에 대해 전문가들에게 자문하고, 교육 수요자들의 견해를 물어 공동의 목표와 방향을 정해 업무를 추진하는 것이다. 그런데 불행히도 과거 교육청의 수장(首長)들은 목표와 방향설정 과정에서 전문가들의 의견에 귀를 기울이지 않았고 다양한 목소리를 듣는 일에 소홀했다. 더 중요한 실책은 본질적으로 감당할 수 없는 이 땅의 교육문제를 권력처럼 거머쥐고 일선 학교에 군림해 왔다는 사실이다. 요즘 성난 목소리로 행동에 나서는 학부모단체와 교육 관련 단체들의 요구와 기대는 대개 일선 학교나 교육청에 대폭적인 권한을 위임해 주면 해결될 내용들로 여겨진다. 그리고 남겨진 대부분의 문제는 각자 가정에서 해결해야 할 내용들이기도 하다.

공자와 예수가 낙마(落馬)한 이후 윤덕홍 대구대 총장이 6일 교육부총리에 임명되었다는 뉴스가 흘러나왔다. 그는 기자와의 인터뷰에서 대학입시를 틀어고치겠다는 뜻을 내비쳤다. "과외를 받지 않고도 대학에 갈 수 있도록 사교육비 부담을 줄이겠다"는 것이다. 5년 전 김대중 정부의 첫 교육부장관인 이해찬씨의 모습이 떠오른다. "어느 것 하나만 잘해도 대학 갈 수 있다"던 그의 구세주 같은 발언에 얼마나 많은 학생과 학부모들이 위안을 느꼈던가. 이제 머지않아 '이해찬 1세대'와 '윤덕홍 1세대'의 학생 비교는 교육학 연구에 흥미로운 관심사로 등장할 것이다.

교육의 본질을 다루어야

그런데 정작 5060세대(50대와 60대)를 염려케 하는 그의 발언은 "교사가 교장을 평가하고, 학부모가 교사를 평가하는 다면평가제를 도입하겠다"는 발상이다. 우리 교육계의 앞날이 결코 순탄치는 않을 것 같다. 이제 학교 교육을 통해 보고 배운 우리의 아이들은 가정에서 아버지와 어머니에 대한 '다면평가'를 주장하게 될 것이다. 그래서 우수한 평가를 받은 부모는 시설 좋은 '실버타운'으로, 보통은 '시립양로원'으로, 그리고 미흡은 '파고다공원'으로 내몰릴 준비를 해야 할지도 모를 일이다. 새로 임명된 교육부총리에 대해 '예수'가 따끔한 충고를 했다. "이보게 미스터 윤! 좀 더 신중하게 대처하게나. 자네는 한 나라 교육의 본질을 다루어야 할 부총리라네." '공자'가 맞장구를 쳤다. "맞습니다! 맞고요…."

정부, 고위공직자 직무를 시작하다

임명장을 받고 나서 국제교육진흥원에 도착하자 제9대 국제교육진흥원 원장 취임식 행사가 진행되었다. 국제교육진흥원은 훗날 국립국제교육원으로 그 명칭이 바뀌고 그 위치도 서울시내 대학로에서 성남 분당 쪽으로 이전하였지만, 그 기관의 목적은 재외동포교육과 국제교육 교류를 위해 설립된 곳이다.

분주한 나날들이 시작되었다. 국제교육진흥원 내부의 행정적인 일을 처리하는 업무를 기본으로 해외동포자녀의 교육과 관련해서 외국에서 참가한 동포학생들과 교사들을 대상으로 다양한 연수가 이뤄지고 있었다. 국내에서는 국비유학생 선발과 관리를 하고, 반대로 우리나라 정부초청으로 유학을 오는 외국 국비유학생들의 선발과 국내 기숙사 관리도 이뤄지고 있었다. 국내 교사들의 해외 연수 파견은 물론 해외 동포 학생들의 국내 연수 등 연중 끊임없는 교육프로그램이 이어졌다. 뿐만이 아니었다. 업무와 관련한 원장의 해외 출장과 국제교육에 관련하여 다양한 기관의 초청이 이뤄졌다. 내 나이 50대. 한참 활동하기에 알맞은 생애 기간이었다는 생각이 든다. 다행히도 국제교육진흥원에서는 해당분야의 전문성을 지닌 교육부 공무원들과 교육현장에서 공채를 통해 채용된 엘리트 장학사들의 능숙한 업무처리가 이뤄지고 있었다.

재직 기간 중 종종 해외 출장길에도 올랐다. 2003년 여름, 내가 호주 시드니로 출장을 갔을 때의 일이었다. 호주 멜버른 교육청과 브리즈번 교육청, 그리고 몇몇 대학을 방문한 뒤 시드니 한국 영사관에 들르게 되었다. 정부기관장들이 해외 순방길에 들르곤 하는 의례적인 방문이었다. 총영사와 차를 마시며 교민 사회에 대해 이런 저런 이야기를 나누던 중 문득 오랫동안 잊고 지낸 이름 하나가 떠올랐다. 구본한. 행여나 하는 마음에 총영사관에 비치된 시드니 지역 한인 주소록을 통해 그의 이름을 발견한 것은 참으로 뜻밖의 일이었다. 막연하게 떠올린 그의 이름을 거주지 주소와 함께 전화번호까지 발견한 순간 가슴이 두근거리기 시작했다.

어린 시절 나의 우상이었던, 키가 훤칠하고 얼굴이 잘생긴 구본한 선배. 그와 헤어진 것은 참으로 오래전 일이다. 1970년대 초, 우리나라 젊은이들이 일자리를 찾아 독일 광부로 혹은 간호사로 떠나던 시절에 그는 광부를 지원해 떠났다. 그곳에서 간호사로 취업해 간 여인을 만나 결혼했고, 훗날 한국인들의 호주 이민 대열에 합류했다는 이야기를 전해 들었다.

그랬던 그를 내가 다시 만난 것은 30년이 지난 2003년 여름이다. 내가 그를 좋아한 이유는 외모 때문만은 아니다. 그는 100여 명이 넘는 보육원생 가운데 눈에 띄게 노래를 잘 불렀다. 오래전의 일이어서 그가 얼마나 노래를 잘 불렀는지 기억은 나지 않지만, 미국의 민요작곡가 스티븐 포스터Stephen Collins Foster의 '켄터키 옛집'을 즐겨 부르곤 했던 기억이 난다.

지금도 내 가슴 안에는 구본한 형에 대한 알싸한 추억이 남아있다. 어린 시절, 급체로 방에서 뒹굴고 있을 때 나를 업고 병원으로 달려간 사람이 그였다. 추수가 끝난 초겨울에 차가운 바람을 맞으며 논둑길을 뛰어가던 그의 등에 업혀 어디론가 좀 더 멀리 갔으면 좋겠다고 생각하던 애틋함이 지금도 남아 있다. 1980년대 중반 내가 Florida State University에서 유학을 하던 시절 주말에 차를 몰고 나가면 스와니 강을 만나곤 했는데, 강을 건너는 다리 입구에 스티븐 포스터의 '스와니 강' 곡조를 그려 넣은 간판을 보며 그 형을 떠올리곤 했다.

해외 동포 자녀들의 교육 문제와 관련해서 호주 지역 한인 언론사 관계자들과 간담회 일정이 잡혀 있었기에 그와 함께할 시간은 그리 길지 않았다. 그는 고맙게도 나의 전화를 받고 간담회장까지 와주었다. 수십 년이 지난 후, 뜻하지 않게 호주 시드니에서 재회한 그 선배는 다소 야윈 모습이었다. 점심을 함께하고 잠시 그의 집에 들러 차 한 잔 할 시간을 마련했다. 소박한 정원을 갖춘 햇볕이 잘 드는 집이었다.

오후 공식 일정을 마치고 비행기를 타기 위해 공항으로 가는 길, 그가 공항까지 데려다주겠다며 출고한 지 얼마 안 돼 보이는 BMW 승용차에 나를 태웠다. 얼마 동안 달렸을까. 그가 무겁게 말문을 열었다. "이봐, 동생. 사실은… 사실은 말이야, 내가 얼마 못 살 것 같아. 폐암으로 길어야 3개월 정도라고 하네." 이게 무슨 소리인가. 수십 년 만에 지구 반대편 호주에서 만난 우리가 만나자마자 영원히 이별을 해야 한단 말인가. 도저히 믿기지 않았다.

그의 자녀들이 아버지의 임종을 앞두고 새 차를 사주었다고 했다. 세상을 떠나기 전, 자녀들이 사준 차로 나와 함께 드라이브를 할 수 있어 무척 기분이 좋다고 했다. 나는 그의 고급 승용차보다는 어린 시절 그가 나를 업고 논둑길을 따라 병원에 가던 그 순간이 훨씬 더 행복했다는 생각이 들었다. 오랜 세월 그리도 힘들게 살아온 우리가 호주에서 이런 모습으로 만나고, 이제 영원한 이별을 맞이해야 한다니. 영화 속 한 장면 같은 순간이 도저히 실감이 나지 않았다. 그에게 건넬 위로의 말조차 찾지 못하고 공항에 도착할 때까지 혼잣말처럼 "세상에 이럴 수가, 어쩜 이럴 수가!" 하는 말만 되풀이했다.

기적을 바라며 호주를 떠났지만, 그토록 기대하던 기적은 일어나지 않았다. 이제 그가 부르던 '켄터키 옛집'을 들을 수 없다. 어쩌면 그는 젊은 시절, 독일 지하 깊숙한 갱도에서 석탄을 캐며 수없이 '켄터키 옛집'을 불렀을 것이다. 이제 내가 천상을 향해 그 노래를 불러주어야 할 것 같다.

그치지 않는 비는 없다

"잘 쉬어라 쉬어 울지 말고 쉬어….'

　나의 국제교육진흥원장 임기 후반부에 대학에서 연락이 왔다. 사범
대학 부속고등학교 교장을 맡아주었으면 좋겠다는 내용이었다. 당시
건대부고의 교장 직무대행 체제가 계속되고 있던 시기였다. 한 치의
망설임도 없이 그러겠노라 약속했다. 교육학 교수인 내가 잠시 교과서
를 내려놓고 일선 학교 현장을 경험할 수 있는 기회를 얻는다는 것은
여러 가지 면에서 의미 있는 일로 여겨졌기 때문이다. 당시 이화여대
사범대학 교수인 친구가 이대부속고등학교 교장으로 재직하고 있었는
데, 그 친구의 권면 또한 크게 작용했다. 교육학 교수인 내가 현장에서
교장 경험을 한다면 우리 교육에 대해 더 깊은 성찰을 할 수 있는 좋은
기회가 될 것이라는 얘기였다. 원장 임기를 마칠 무렵 장관실에 이임
인사를 하러 갔다. 그때에는 장관이 바뀌고 난 후였다. 안병영 장관께
서 내게 물었다.
　"오 원장, 고등학교로 간다면서요? 참으로 어려운 결정을 했어요."
　사실 주변 사람들의 생각과 달리 나는 어려운 결정을 한 것이 아니
었다.
　"장관님, 저는 어려운 결심을 한 것이 아니라 제게 찾아온 뜻밖의 행
운을 놓치지 않기 위해 물러나기로 한 것입니다. 교육학자로서 오래전
부터 학교 경영을 해보고 싶었습니다."

대학교수, 고등학교 교장을 겸직하다

2005년 8월 1일, 고등학교 교장으로 첫 출근을 했다. 방학 중이어서 공식적인 행사는 없었다. 갑작스런 결정이었기에 신임 학교장의 첫 학기는 업무파악과 향후 학교경영에 관한 구상으로 분주하게 보내야 했다.

그치지 않는 비는 없다

그렇게 가을 학기가 지나고 봄 학기를 맞이하는 시점에 교감 선생님이 신임 부장 인선 문제로 교장실에 들어왔다. 한 해 동안 수고해주실 부장교사 13명을 임명해야 하는데, 어떻게 할 계획인지 물었다. "부장교사 인선 문제는 교감 선생님께 위임할 테니 함께 일하고 싶은 선생님들을 인선하도록 하세요. 단 조건이 하나 있습니다. 어느 선생님이건 직책을 맡아달라고 권유했을 때, 이런 저런 전제조건을 달거나 주저하는 선생님은 두 번 다시 권하지 말고 한 번에 흔쾌히 수락하는 선생님들만 부장으로 추천해주시기 바랍니다."

그 결과 다양한 연령, 다양한 출신 대학, 다양한 교과 담당 교사들로 구성된 부장단이 출범하게 되었다. 새로 구성된 부장교사들과 함께 중국으로 향했다. 새로운 교장 체제에서 학교 분위기 쇄신과 학교 발전을 위한 점검의 시간이 필요했기 때문이다.

중국에 도착한 다음 날, 우리는 중국 교육부를 방문했다. 한국에서 온 사립 고등학교 부장단을 중국 교육부에서 공식적인 일정을 잡아 브리핑해주는 파격적인 조치였다. 붉은 카펫이 깔린 중국 교육부 대회의실에 우리 부장교사들이 좌정을 하고, 교육부 관리가 중국의 교육제도에 관한 브리핑을 시작했다. 이러한 파격적인 대우는 내가 얼마 전까지 국제교육진흥원장으로 일하면서 주한 중국대사관의 외교관들과 업무적인 교류를 했던 인연 때문이었다.

중국 교육부 방문을 마치고 돌아온 다음 해, 대한민국 정부 초청으로 한국을 방문한 중국 저우지周濟 교육부 장관이 공식 일정 가운데 시간을 틈내어 관리들과 함께 건대부고를 방문했다. 저우지 장관은 바쁜 일정에도 우리 고등학교를 방문해 수업 중인 교실을 둘러보고, 한국 학교현장에 관해 궁금한 점들을 이것저것 물었다.

건대부고 부장단 중국 교육부 방문

저우지(趙濟) 중국 교육부 장관 건대부고 방문

그치지 않는 비는 없다

여유 있는 점심시간을 시작하다

건대부고에 교장으로 취임하고 시간이 조금 지났을 때다. 점심시간이면 1천 400여 명이나 되는 학생들이 급식을 받기 위해 학년별로 길게 줄을 서곤 했다. 길지 않은 점심시간이었지만 전체 학년이 점심식사를 다 마쳐야 했고, 학생들의 급식 지도를 담당한 교사들은 전쟁을 치르곤 했다. 그렇게 전교생이 점심식사를 하고 나면 곧이어 5교시 수업 시작종이 울렸다. 점심 먹은 게 소화될 여유도 없이 오후 일과가 시작되었고, 그것이 당연한 것으로 받아들여지고 있었다.

오랫동안 그와 같은 점심시간을 당연한 것으로 받아들이는 교사나 학생들과 다르게 넉넉하게 점심시간을 보내온 나는 그들에게 빠듯하게 돌아가는 고등학교 생활 중 여유를 마련해주고 싶었다. 그래서 의논 끝에 점심시간을 90분으로 늘리기로 했다. 식사시간 30분에 자유시간 60분. 서울시내 인문계 고등학교에서 점심시간 90분을 할애한다는 것은 파격적인 일이었다. 대학입시를 향해 한 시간이라도 더 공부를 시켜야 하는 상황에 학부모의 반응이 어떨까 궁금하기도 했다. 그러나 더 시급히 해결해야할 과제가 생겼다. 나의 계획에 첫 비상이 걸린 원인은 다름 아닌 선생님들이었다. 오랜 교직생활에서 학생들과 함께해 온 일부 교사들이 점심시간에 학생들의 자유분방한 행동을 간섭하고 야단을 치는 것이었다. 일탈행동을 제어하려는 학생지도의 본능이 발동한 것이다. 그래서 학교체육관 지하에 실내 골프장 시설과 탁구장 시설을 만들어 점심시간에 교사들을 지하로 유인하는 방법을 고안했다.

점심시간이 길어진 이후 학교 분위기가 바뀌기 시작했다. 식사를 마친 학생들이 삼삼오오 나무 그늘에 모여 이야기꽃을 피우기도 하고, 운동장에서 축구나 농구를 하거나 체육관에서 탁구를 즐기는 등 교내에 생기가 넘쳤다. 점심을 먹고도 자유 시간이 있다는 사실이 생소한 느낌이라고 했다. 이 때문에 상당수 학생들이 갑작스레 길어진 점심시간을 어떻게 사용해야 할지 고민스러워했다. 하루 한 시간만이라도 자신만의 시간을 활용하기를 바랐던 나의 생각과는 달리 점심시간이 너무 지루하다는 학생들이 늘어났다.

점심시간이 지루한 학생들을 위한 별도의 프로그램 개발이 필요했다. 그래서 생각해낸 것이 공연이다. 점심시간을 이용해 오케스트라 연주, 탈춤 공연, 사물놀이 등을 마련해준다면 입시 스트레스에 시달리는 고등학생들에게 마음의 여유를 주고 문화 공연도 향유하는 기회가 될 것이란 생각이 들었다. 문제는 예산이었다. 이곳저곳에 연락해 점심시간

그치지 않는 비는 없다

공연을 알아보았지만, 고등학교가 부담하기엔 공연료가 만만치 않았다. 그래서 초청한 것이 미 8군 밴드였다.

학생들의 점심식사가 끝나면 미 8군 밴드가 교정 느티나무 아래서 공연을 시작했다. 생각지도 못한 밴드 공연에 학생들이 느티나무 아래로 몰려들기 시작했고, 교실에 있던 학생들은 창 너머로 머리를 내밀고 손을 흔들거나 박수를 보냈다. 참으로 오랜만에 교정에 쌓여있던 입시 스트레스를 유쾌하게 날려버린 시간이었다.

한 주에 두 번씩 모이는 부장회의가 있는 날이었다. 교사들이 우리 교장이 어떻게 미 8군 밴드를 불러올 수 있었는지 궁금했던 모양이다. 회의에 앞서 부장교사 한 사람이 내게 물었다. "교장 선생님! 어제 왔던 밴드를 어떻게 초청했나요? 혹시 미 8군에 잘 아는 분이 계신가요?" 내가 반문했다. "궁금하세요? 그러면 받아 적으세요. 미 8군 밴드를 초청하는 방법. 첫째, 전화기를 들고 114를 누른다. 둘째, 미 8군 전화번호를 물어본다. 셋째, 미 8군 교환원이 나오면 밴드 마스터를 바꿔달라고 한다. 그리고 우리 고등학교에 와서 점심시간 공연을 해주었으면 좋겠다고 이야기한다. 끝."

교사들이 어처구니없어 하며 한바탕 웃었지만, 내가 미 8군 밴드를 초청한 방법이 바로 그것이었다. 나중에 안 사실이지만 미 8군에는 브라스밴드뿐만 아니라 보컬 팀, 오케스트라, 재즈밴드도 있었다. 이들은 각각 대민 활동의 일환으로 요청하는 곳에 순회공연을 한다.

교복, 유니폼을 멀티폼으로 바꾸다

무더위가 일찍 찾아오면서 학생들이 여름 교복으로 갈아입어야 할 계절이 다가오고 있었다. 남녀공학이었던 고등학교에 교복을 바꾸는 문제가 표면화되었다. 남학생도 그렇지만 특히 여학생들의 경우 1학년 때 맞춰 입은 교복이 2, 3학년에 올라가며 체형에 맞지 않아 불편하다는 이야기가 나왔다. 그렇다고 교복 자율화를 실시하면 부유한 집 학생들과 그렇지 못한 학생들 사이에 위화감이 생길 수도 있고, 학생들의 생활지도가 어려워지고 수업 분위기도 산만해진다는 지적도 나왔다. 새로운 시도가 분명 필요한데 어떤 형태의 교복을 채택할 것인가가 관건이었다. 의논 끝에 종전보다 저렴한 티셔츠를 하복으로 제작하기로 하고, 티셔츠 공장에 디자인을 의뢰했다. 신세대 학생들의 요구에 따라 교복으로 착용할 티셔츠에 학교 로고를 가급적 조그맣게 인쇄하도록 부탁했다. 몇 가지 색상의 티셔츠로 된 여름 교복이 배달되

그치지 않는 비는 없다

었고, 학부모 대표들과 담당 부장교사를 비롯한 학교운영위원, 남학생과 여학생 대표들이 한자리에 모였다. 그때나 지금이나 교복을 결정하는 일은 학교장의 권한 밖의 일로, 학교운영위원회를 통과해야 하는 사항이다.

새로 디자인된 여러 색상의 여름 교복 티셔츠를 책상 위에 놓고 서로 반응이 달랐다. 아무리 수요자 중심의 교육정책을 펴도 학교 현장에서 주도권은 역시 교사에게 있었다. 교복 관련 담당 부장교사와 학교운영위원들이 택한 것은 흰색 티셔츠다. 우리 학교는 전통적으로 여름 교복 색상이 흰색이란 점과 흰색이 단정한 학생 차림이란 이유였다. 그러나 학부모들의 견해는 달랐다. 자녀들의 여름 교복을 흰색으로 하면 학부모들이 교복 세탁에 많은 시간을 빼앗긴다는 것이 주된 이유였다. 그래서 때가 덜 타는 짙은 감색 티셔츠를 추천했다. 그때 여학생 대표가 의견을 내놓았다.

"학생들의 교복은 왜 언제나 흰색 아니면 어두운 색이어야 하지요? 선생님 그리고 어머님들, 시대가 바뀌었잖아요. 교복은 우리가 입는 옷이니까 제발 우리들의 의견을 존중해주세요. 여기 놓인 핑크색 티셔츠를 교복으로 했으면 좋겠어요."

남학생 대표가 그건 절대 안 될 일이라고 손사래를 쳤다. 남학생들이 어떻게 핑크색 교복을 입고 다니겠느냐며 베이지색 티셔츠가 무난하다고 했다. 모두 나름대로 합리적인 이유가 있었기에 교복 채택의 논쟁은 쉽사리 의견이 좁혀지지 않았다. 한 번 결정 나면 끝장이란 생각 때문인지 모두 상대방의 선택에 제동을 걸었다.

"여러분! 좀처럼 결론이 날 것 같지 않은데 이쯤에서 교장인 저에게 결정 권한을 위임해주면 어떨까요?"

시간이 지나도 해결될 것 같지 않은 문제였기에 구성원들이 교장의 결정에 따르기로 합의해주었다. 순간 나를 바라보는 눈빛들이 부담으로 다가왔다.

'그래도 교장이라면 누구보다도 교사들 편에 서야 하지 않겠습니까?'

'교장 선생님, 지난 스승의 날 우리 학부모들이 꽃을 달아드렸잖아요. 학교 일에도 적극 협조하고 있고. 그러니 우리 학부모들의 부담을 덜어주세요.'

'교장 선생님, 우리 학교 여학생들이 교장 선생님을 얼마나 좋아하는데요. 우리 여학생들의 의견을 들어주셔야 실망하지 않을 거예요. 아셨죠?'

'교장 선생님, 교복은 우리가 입는 옷인데 왜 선생님과 학부모님들이 선택권을 행사하려는 겁니까. 그리고 여학생들이 원하는 핑크색 교복을 남학생들이 어떻게 입고 다닐 수 있겠어요. 그러니 베이지색으로 결정해주세요.'

눈에서 눈으로 전해지는 그들의 간절한 메시지를 의식하며 내가 입을 열었다.

"여러분! 금년부터 우리 학교의 여름 교복은 여러분 모두 원하는 네 가지 색깔로 정합니다. 각자 취향대로 골라 입도록 하세요. 이의 없죠?" 뜻밖의 결정에 모두 의아한 표정을 짓고 있는데 교사 한 분이 이의를 제기했다.

"교장 선생님! 교복을 영어로 유니폼이라고 하지요? 그런데 교복 색깔을 네 가지로 한다면 그것을 어찌 유니폼이라 할 수 있겠습니까?"

"옳은 말씀입니다만, 다른 고등학교들이 학생들에게 유니폼을 입힐 때 우리 학교는 학생들에게 '멀티폼'을 입힌다는 생각을 하면 되지 않겠습니까? 이제부터 우리 학교의 교복은 멀티폼으로 정합니다."

다음 날 학교 건물 출입구에 마네킹 네 개가 각기 다른 색 여름 교복을 걸치고 서 있었다. 학생들은 쉬는 시간 저마다 색상을 비교해 가며 자신이 좋아하는 여름 교복을 선택했다. 교사와 학부모들은 남녀공학인 고등학교에서 서로 다른 색 교복을 입은 학생들이 공부하는 교실을 떠올리며 자칫 분위기가 산만하지 않을까 우려했지만, 군인이나 경찰도 아니고 청소년들이니만큼 획일적인 교복을 바꿔줄 시기가 되었다는 것이 나의 생각이었다. 변화는 언제나 과도기적 시간이 필요하다. 처음에는 산만하겠지만, 신세대 고등학생들의 수업 분위기는 생각보다 빨리 정상화될 것이다. 변화에 따른 문제는 학생들에게 있기보다는 종전의 틀을 벗어나지 못하는 기성세대의 의식에서 기인한다. 그렇게 해서 학생들의 성별이나 학년과 관계없이 각자가 선택해서 주문제작한 교복이 지급되었다.

새 여름 교복을 착용하는 첫날 아침, 나는 학교 건물 5층 도서관에서 학생들이 등교하는 모습을 지켜보고 있었다. 흰색과 핑크색, 노란색에 가까운 베이지색, 감색 티셔츠를 착용한 남녀 고등학생 1천 400

여 명이 경쾌한 발걸음으로 교문에 들어서는 모습은 코스모스가 활짝
핀 들판 같았다.

　그 후로 운동장에서 조회가 있는 날이면 학교 운동장은 그야말로 꽃
밭이었다. 비 내리는 날의 등교 장면은 더욱 장관을 이루었다. 노란색
우산, 하늘색 우산, 검은색 우산, 빨간색 우산 등 학생들이 빗속에 쓰고
들어오는 우산과 교복의 색상이 함께 어우러지던 장면을 누가 감히 상
상이나 했겠는가. 교복으로 학생들의 표정이 밝아지고 학교 분위기가
달라지고 있었다.

점심시간 교정에서 학생들과의 대화

그치지 않는 비는 없다

스승의 날 받은 편지 한 통, 그리고 두 학생의 사연

학교장에 취임한 지 10개월이 지날 무렵 스승의 날을 맞이했다. 그날 점심식사를 끝내고 교장실에 들어오니 책상 위에 보랏빛 편지 한 통이 놓여 있었다.

교장 선생님께

선생님 감사합니다. '안녕하세요'라는 인사말보다 '감사합니다'라는 말이 더 먼저 나오게 되네요. 선생님 정말로 감사합니다. 선생님 덕분에 학교생활이 너무 즐거워요.

사실 저는(저뿐만이 아니겠지만….) 이 학교를 벗어나고 싶었어요. 가고 싶었던 학교도 아니었고 입시 스트레스와 치열한 경쟁 때문이에요(뭐 이것들 말고 더 많이 있지만 ….)

1학년 때 학급 문제(학교에 막상 오니 아는 아이들은 하나도 없는데 모두 동창들끼리 다니더라고요. 그래서 좀…)도 좀 있고 해서 정말 다른 학교로 전학가고 싶었답니다. 실은, 저는 명성여고에 갈 거라고 확신하고 있었거든요. 거기에 더 친한 아이들과 분위기도 맞았고요. 그래서 정말이지 명성여고로 전학 가고 싶었어요.

그런데 교장 선생님이 오시고는 달라졌어요. 학교에 대한 자부심이랄까요? 그런 것이 생겼어요. 제가 건대부고에 있다는 게 자랑스럽고 뿌듯하고 그랬어요(지금도 그래요!).

교장 선생님이 오신 뒤에 학교생활이 너무너무 즐거워요. 새롭기도 하고 신기하기도 하고요. '이런 교장 선생님을 만나다니 행운이구나!'라는 생각 거의 매일 해요.

학교 앞 주차장에 밴드 공연을 보며 열광하고, 길어진 점심시간 동안 여유롭게 친구와 함께 운동을 한다는 게 믿기지 않아요. 정말로 너무나 행복한 학교생활이에요.

교장 선생님 너무너무 감사합니다. 죽을 때까지 잊지 못할 거예요. 교장 선생님도, 건대부고와 함께 했던 추억들 모두요.

다시 한번, 교장 선생님!! 감사합니다. 선생님 사랑해요. 스승의 날을 빌어 다시 한번 교장 선생님께 감사드립니다.

2004. 5. 15
재학생 올림

그치지 않는 비는 없다

교장 선생님께.

선생님 감사합니다. 안녕하세요 라는 인사말보다 감사합니다 라는 말이
더 먼저 나오게 되네요. 선생님 정말로 감사합니다. 선생님 덕분에 학교
생활이 너무 즐거워요. 사실 저는 (저 뿐만이 아니겠지만요.) 이 학교를 벗어나고
싶었어요. 가고 싶었던 학교도 아니었고 입시 스트레스나 치열한 경쟁 때문에요.
(뭐 이것들말고 더 많이 있지만 이쯤에서...) 1학년때 학급문제도 좀 있고 해서 (처음에 맞나봐니
전학 전학가고 싶었더랬니다. 실은, 저는 영성여고에 갈려고 하원하고 있었거든요. 애들이랑
거기에 더 친했어서라 분위기도 익숙구요. 그래서 정말이지 영성여고로 전학 모두들 물먹을
가고싶었어요. 그런데 교장선생님이 오시고 달라졌어요. 학교에 대한 끼가 대단하구요. 그래서
자부심 이랄까요? 그런것이 생겼어요. 저가 건대병고에 있다는게 자랑스럽고 좀...)
뿌듯하게 됐어요. (지금도 그래요!) 교장선생님이 오신뒤에 학교생활이
너무나 즐거워요. 새롭기도하고 신기하기도 하고요. '이런 교장선생님을 만나 다니
행운이구나.' 라는 생각 거의 매일 느껴요. 하교말 주차장이 반드름들을 보며
연락하고 강여진 정심시간동안 연주들께 쌤이랑 함께 웃을 찾는다니 믿겨지지 않아요.
정말로 너무나 행복한 학교생활이에요. 교장선생님 너무너무 감사합니다.
죽을때 까지 잊지 못할거에요. 교장선생님도 , 건대병고랑 함께했던 추억들을 모두요.
다시한번 교장선생님!! 감사합니다. 선생님 사랑해요.

— 재학생 올림 —
스승의날을 맞이 다시한번 교장선생님께 감사드립니다.
2004. 5. 15

학생의 편지를 읽은 뒤, 교직자가 느끼는 보람이 이런 것이란 생각
이 들었다. 교수로서 대학에서 느끼는 보람과는 또 달랐다. 나로 인해
학생들이 행복해하고 감사한 마음을 갖는다는 사실. 그 편지 한 통만
으로도 고등학교에 온 보람을 찾을 수 있었다. 나는 아직 편지를 보낸
학생의 이름을 알지 못한다. 교장인 내가 학생의 편지를 읽고 참으로
행복했다는 이야기를 전하기 위해 학교 홈페이지 자유게시판에 글을
남겼다. 편지를 보낸 학생이나 그 학생을 아는 사람은 연락을 바란다
는 내용의 글이었다. 연락을 주는 사람에게는 교장 선생님이 피자 한

판을 사주겠노라는 글을 남겼지만 끝내 나타나지 않았다. 그래서 지금 더욱 소중한 기억으로 남아 있는지도 모를 일이다. 아무튼 고마웠다. 교육의 성과라는 것이 어디 국어, 영어, 수학 성적뿐이겠는가. 성공한 고등학교를 어디 일류 대학 진학률만으로 평가 할 수 있겠는가. 고마운 대상에게 간단한 편지 한 장이라도 쓸 수 있고, 짧은 감사 편지 한 통에도 감동할 수 있는 학교. 교사와 학생, 학부모 모두 학교에 대한 자부심이 살아 있는 고등학교가 되었으면 좋겠다.

어느 날 고등학교 2학년 담임교사 한 분이 교장실을 찾았다. 그의 반 여학생 한 명이 가정이 어려워 급식비 부담을 느끼는데 급식도우미 역할을 하는 대신 급식비를 면제해 주었으면 좋겠다는 의견을 내놓았다. 경제적 여유가 없어 사교육은 꿈도 꾸지 못하는 그 여학생은 입학 이후 공휴일에도 학교에 나와 교실 자기 자리에 앉아 공부를 하는 학생이라 했다. 남녀공학인 고등학교에서 동료들의 급식 도우미를 자청한다는 일은 큰 용기가 필요한 일이었다. 영양사와 협의해 그의 역할이 정해졌다. 식사시간 학생들 식판에 국을 배식하는 일이었다. 당당한 모습으로 식판에 국을 떠주는 그 학생을 보며 머쓱한 표정을 짓는 쪽은 오히려 배식을 받는 학생들 쪽이었다. 특히 그 여학생 앞에서 식판을 들이대며 눈을 힐끔거리는 남학생들을 대할 때 그의 자세는 조금도 흔들림이 없었다. 그를 지켜보던 많은 선생님들이 감동한 그 여학생은 급식도우미를 하는 동안에도 한쪽 손에 암기장을 들고 있었다. 그 여학생의 당당한 모습이 한 손에는 코란을, 또 다른 손에는 칼을 거머쥔 무슬림 열혈 전사 같다는 생각마저 들곤 했다. 그런 그 학생이 12

월 겨울방학을 앞둔 어느 날 교장실 문을 노크했다. 교장실을 들어오는 그 학생의 표정이 굳어 있었다. 순간 이 학생의 집에 어려움이 생긴 모양이구나. 혹시 학교를 중퇴해야 하는 상황은 아닐까 하는 걱정이 앞섰다. 웬만한 걱정거리라면 담임선생님과 상의 했으련만 교장실을 직접 찾아온 걸 보면 어려움에 처해 있음이 분명했다. "교장 선생님, 저 좀 도와주세요. 꼭 도와 주셔야 해요." 그가 말문을 열었다. "제가 이번 가을 포항공대에 수시지원을 했는데 어제 합격통지가 왔어요. 그런데 문제는 제가 고등학교 2학년이어서 졸업장이 없어요. 어제 담임 선생님과 의논을 했는데 우리학교에는 조기졸업 제도가 없어서 학급 담임으로서는 어찌 해야 할지 모르겠다는 거예요. 교장 선생님과 상의 해 보라 해서 찾아왔어요. 좀 도와주세요. 저는 대학등록금을 마련하기가 어려워 어떻게 해서든지 이번에 등록금을 면제받을 수 있는 포스텍에 꼭 진학을 해야만 해요. 교장 선생님 꼭 좀 도와주세요." 그는 이야기 도중 몇 번이고 "교장 선생님 꼭 좀 도와주세요."를 되풀이했다. 그 순간, 도움을 청하는 간절한 그 학생의 모습 속에, 오래전 내가 유학시절 등록금 문제로 학장을 찾아가 장학금을 청할 때의 간절함이 겹쳐보였다. 어느 교장인들 이런 학생에게 도움을 주지 않을 수가 있겠는가. 결국 서울시 교육청 담당 장학사와 협의 하에 우리학교 교사들의 졸업 인정 시험을 거쳐 조기 졸업을 할 수 있게 하였다. 많은 학생들이 자신의 처지를 비관하고 한탄하며 불만을 토로할 상황에서 자신에게 주어진 여건에 굴하지 않고 꿈을 향해 정진하는 그 여학생은 보석 같은 존재란 생각이 든다. 몇 년이 지난 후 스승의 날, 그 여학생과 전화통화를 할 기회가 있었다. 대학 4학년이 된 그는 다시금 졸업도 하지 않은 상태에서 대학원 석사 과정에 합격했고, 화학공학을 전공하고 있다는 소식을 전해주었다.

건대부고 교장을 끝낸 지 몇 년 뒤 사범대학의 나의 연구실로 여학생 한 명이 찾아왔다. 내가 교장을 하던 시절 건대부고를 졸업한 학생이었다. 미국에서 대학을 졸업하고 귀국한 그는 IVY 명문 사립대학인 Yale University에 장학생으로 석사과정 입학이 허가된 학생이었다. 그 여학생은 고등학교 졸업 당시의 상황과 더불어 그가 어떻게 예일대학 대학원에 진학을 하게 되었는지를 들려주었다.

선생님, 저는 고등학교 시절 컴퓨터공학과를 진학하려 준비해왔습니다. 그런데 내신도 그리 좋지 않았지만 제가 기대했던 수능성적마저 결과가 신통치 않아 몇 군데 지원을 했는데 모두 낙방했어요. 그래서 재수를 하려고 했지요. 그런데 엄마가 극구 말리는 거예요. 그 당시 집안의 경제 사정이 좋지를 않아 아버지가 몹시 예민해 있던 때였어요. 제가 재수를 하게 되면, 아버지와의 관계가 안 좋아질 테니 아무튼 대학을 다녀야 한다는 거예요. 엄마에게 등을 떠밀려 성북동에 있는 A대학엘 지원했어요. 컴퓨터 전공은 아예 포기하고 힘들게 공부하지 않아도 대학을 졸업할 수 있는 학과를 생각하다가 의상디자인 학과를 지원했어요. 일 년간 재수하면 아버지가 내게 눈길조차 안 줄 것 같아 그냥 저냥 편하게 학교 다니며 다른 기회를 잡아야겠다고 생각했어요. 그런데 쉽게 생각했던 그 대학의 1차 발표에 또 낙방을 하게 된 거예요. 너무 자존심이 상했고 친구들과 만나고 싶지도 않았습니다. 그러다 등록

그치지 않는 비는 없다

마감일을 앞두고 마지막 추가합격 연락을 받게 됐어요. 그렇게 시작한 대학생활 한 학기가 지나고 어느 날 학교 게시판에서 해외대학 교환학생 모집 공고를 보게 된 거예요. 눈이 번쩍 뜨이더라고요. 제가 원했던 대학, 원했던 전공과목도 아니었기에 학교 다니기가 정말 싫었거든요. 잘됐다 싶어 미국대학 교환학생 지원을 하려고 학생과엘 찾아갔어요. 그런데 담당 직원이 1학년은 지원 자격이 없다는 거예요. 나는 왜 도전하는 일마다 잘 풀리지 않는 것일까. 나의 생활에 짜증이 났어요. 하는 수 없이 학생과가 있는 그 건물 출구 쪽으로 어깨가 축 처져 걸어 나왔어요. 건물 출입구에 커피 자판기가 눈에 들어왔어요. 기분전환을 해야겠다 싶어 동전 300원을 넣고 믹스커피 한 잔을 뽑아 들었어요. 커피 잔을 뽑아 들었는데 문득 이런 생각이 드는 거예요. 이 커피를 내가 마실게 아니라 조금 전 학생과 선생님께 드려야지. 그래서 커피 잔을 들고 되돌아가 조금 전 그 선생님을 만났어요. "선생님, 이 커피 드세요." 그리고 이야길 했어요. "만약 미국 대학 교환학생 지원자가 없을 경우 1학년이라도 보내야 하는 것 아닌가요? 만약 그리 된다면 제게 연락 주시면 좋겠네요. 여기 제 연락번호를 남겨놓고 갈게요. 잘 부탁드립니다."

그런데 며칠 뒤에 정말 학교에서 연락이 왔어요. 지원자가 없어 1학년인 내게 기회를 주겠다고요. 물론 제가 커피를 건네준 대가로 교환학생의 기회를 잡은 것은 아니었지만 그날 제가 적극적으로 대처를 하지 않았더라면 저의 꿈은 이뤄지지 않았겠죠. 그렇게 해서 제가 미국 인디아나주에 있는 어느 조그만 규모의 대학에 교환학생으로 가게 되었습니다. 학교가 잘 알려진 곳이 아니었기에 한국학생들이 없었어요.

외롭긴 했지만 대신에 미국인 학생들과 많은 시간을 보낼 수 있어 영어를 빨리 배우는 장점도 있었습니다. 그렇게 미국 교환학생 체류기간 1년이 끝나가고 있었어요. 이제 얼마 안 있으면 한국에 돌아갈 걱정을 하고 있던 어느 날이었어요. 전공 수업 시간에 그 교수님이 자기 연구실로 오라고 했어요. 그는 나에게 한국에 돌아가지 말고 우리 학과에 남아 졸업하면 어떻겠냐는 거예요. 뜻밖의 제안에 한국의 대학으로 돌아가지 않아도 된다는 안도감이 들었지만 또 다른 한편으로 걱정도 되었어요. 그래서 미국인 교수에게 솔직한 고백을 했지요. 교수님, 사실 저는 한국에서 고등학교 시절 컴퓨터공학을 준비했었기에 의상디자인과 관련한 어떤 준비도 하질 못한 학생입니다. 그래서 제가 한국 대학에서 전공 실기분야 수업을 들을 때면 교수님으로부터 여러 차례 핀잔을 들어야 했습니다. "너는 의상디자인을 전공하겠다고 입학한 학생이 디자인의 기본도 돼 있질 않구나." 함께 수업을 듣는 학생들 보기에 창피했어요. 그리고 숙제로 내준 과제물을 제출하면 자존심이 상할 만큼 혹독한 지적을 받곤 했습니다. 그래서 제가 학교가 다니기 싫었고 이곳 대학을 도피처라 생각해 오게 된 것입니다. 교수님도 제가 교환학생 신분이 아닌 정식 학생으로 등록해 수업을 듣게 되면 디자인의 기초가 없는 저에게 실망하실까 두렵습니다. 한국에서 저를 가르치던 교수님처럼요……."

저의 이야기를 듣고 난 교수님은 책상 서랍에서 자신의 포트폴리오 한 권을 꺼내 보여주었습니다. 자신의 대학시절 작품이라는 겁니다. 제가 보아도 별로 특별할 것이 없어 보였습니다. 그리곤 이리 말씀하

그치지 않는 비는 없다

셨어요. "디자인이란 수학문제처럼 정답을 찾는 분야가 아니라 자신의 내면세계를 시각적으로 표현해 내는 분야란다. 사람들에게는 저마다 각기 다른 표현방식이 있는 것이야. 두려워 말고 도전해 보렴." 그 교수의 말 한마디가 제 운명을 바꾸어 놓은 계기가 됐어요.

그 말을 들은 뒤 디자인 공부를 제대로 해보고 싶었어요. 여름 방학에 영국의 디자인 학교에 가서 디자인관련 기초과정을 공부했고, 다음 해 여름에는 이태리에 가서 공부를 하게 되었어요. 그런 과정을 통해 디자인에 관한 안목을 키울 수 있게 되었어요. 졸업을 앞두고 의상디자인 전공학생들의 졸업작품전이 교내에서 열렸어요. 그때 저의 작품을 보고 난 교수님들이 추천을 해주어서 미국에서 해마다 열리는 의상디자인학과 졸업생들의 작품전에 출품을 하게 되었는데 제 작품이 전국 3위에 입상을 하게 된 것입니다. 우수 작품들이 워싱턴 링컨 메모리얼 센터에서 전시되었는데 이후 수많은 대학들에서 진학요청이 들어왔어요. 자기네 학교 대학원으로 진학하면 장학금은 물론 다양한 혜택을 주겠다는 조건들이 제시되었습니다. 나의 잠재적 소질이 공인된 셈이었죠. 그래서 미국대학들 가운데 의상디자인 분야의 최고 순위가 어느 대학인가를 알아보았는데 예일대학교란 사실을 알게 되어 그곳을 지원하게 되었어요. 대학원 입학원서와 교수님의 추천서 그리고 나의 작품 포트폴리오를 예일대학 입학처로 보냈어요. 결국 인터뷰 요청이 왔고, 학과 교수님들과의 인터뷰가 끝난 후 장학금을 주겠다는 약속과 함께 입학허가를 받게 된 것이지요. 누구보다도 이 소식을 전해 들은 아버지가 기뻐하셨어요.

그는 예일대학교 대학원에 진학해 무대의상을 전공하겠다는 이야기를 남겼다. 그가 사무실을 떠나고 난 뒤 많은 생각이 들었다. 내신등급과 수능성적에 의존한 우리네 대학입시는 왜 이처럼 학생의 잠재능력을 발굴하지 못한 채 낙방이란 상처만을 각인시키고 있는 것일까. 만약 그가 대학 구내 300원짜리 자판기 커피를 뽑아들던 그날 1학년생은 안 된다는 학생과 직원의 이야기에 낙담하고 불평하는 것으로 끝났더라면 지금 그의 삶이 어떠했을까. 어떠한 상황에서도 꿈을 향한 도전, 그것은 오로지 자기 자신의 몫이었다.

2년이란 길지 않은 시간이지만, 고등학교 교장으로 지내며 시도한 새로운 변화 추구는 여러 가지 의미 있는 변화를 가져왔다. 교육학자로서 일선 학교현장을 경험하고 대학으로 돌아와 사범대학과 교육대학원 학생들에게 이론과 실무를 접목할 수 있도록 돕게 된 것 또한 내게 의미 있는 일이었다.

교육대학원장, 개혁의 급행열차를 몰다

건대부고 교장에서 물러날 즈음, 교육대학원 원장 발령을 받았다. 교육대학원 원장은 세 번째 맡는 보직이었다. 이런 저런 이유로 앞선 두 번은 교육대학원 원장직을 충분히 수행할 여건이 아니었기에 이번 만큼은 주어진 임기 동안 열정을 쏟으리란 결심을 하고 교육대학원으로 자리를 옮겼다.

일을 시작하면서 추진하고자 했던 일은 '학교 현장 중심의 교원 양성'이 목표였다. 고등학교 교장으로 지내는 동안 여러 교사들을 만나 교원 양성 과정에서 습득한 지식과 기능이 현장에서 얼마나 유용한지를 자주 질문하고 확인했다. 교육학 교과목들의 유용성을 물어본 것이다. 교사들 대부분이 대학에서 수강한 내용이 현장에서 교사직을 수행하는 데 별반 도움이 되지는 못한다는 반응이었다. 다양한 대학 출신의 교사들이 너나없이 회의적인 반응을 보였다. 교육학 교수인 나는 적잖은 충격을 받았다. 짐작했던 것보다 훨씬 부정적이었고 비판적이었다.

고등학교 교장을 경험하고 난 후 교육대학원장에 취임하자, 대학원생들에게 실제 학교 현장에서 유용한 지식과 경험을 줄 수 있도록 교수진과 교육 과정을 개편하고자 했다. 그런데 얼마 지나지 않아서 제주도에서 열린 전국교육대학원장협의회 정기 총회에서 내가 회장에 선출되었다. 그로 인해 건국대학교 교육대학원을 대상으로 추진하려던 현장 중심의 교원 양성을, 전국의 모든 교육대학원들에게 권장하는 방향으로 업무 계획이 확대되었다.

현장중심의 유능한 교사들을 어떻게 양성할 수 있을까. 교과목의 내용 개편도 필요하겠지만 무엇보다 이론중심이 아닌 현장중심의 교수진 확보가 관건이었다. 학급경영을 해보지도 않은 교수가 학급경영론을 가르친다는 것은 문제란 생각이 들었다. 대학 강의를 담당할 만큼 능력 있는 초·중·고등학교 교사들을 확보해야 했다. 어떻게 하면 일선 학교의 유능한 교사들을 찾아내어 강의 기회를 줄 수 있을까. 고민 끝에 시작한 것이 전국 초·중·고등학교 교사들 가운데 박사 학위 소지자를 파악하는 일이었다. 불행하게도 현직 교사들의 박사학위 소지 현황에 관한 자료를 관리하는 곳이 없었다. 하는 수 없이 전국교육대학원장협의회 홈페이지에 박사 학위 소지 교사들의 등록을 위한 소프트웨어 프로그램을 탑재했다. 박사 학위를 소지한 초·중·고등학교 교사들은 과연 몇 명이나 되고, 이들 가운데 얼마나 등록할지는 아무도 예측할 수 없는 일이었다.

전국교육대학원장협의회가 이와 같은 일을 추진한다는 기사가 신문과 방송에 나가면서 전국의 각 급 학교에서 상당수 교사들이 등록을 했다. 70명, 90명, 200명… 하루가 지날 때마다 등록자 수가 급격하게 불어나기 시작했고, 마침내 1천 명 가까운 초·중·고등학교 교사들이 자발적으로 등록을 했다. 놀라운 숫자였다. 이렇게 많은 교사들이 박사학위를 소지하고 있었구나 생각하니 우리 교단에 대한 자랑스러움도 커져갔다. 이와 같은 사실을 보도하는 국내 언론사들도 놀라기는 마찬가지였다. 886쪽에 달하는 전국 초·중·고등학교『박사 학위 소지 교사 및 수석교사 인적자원 POOL 명단』을 책자로 만들었다. 등록된 교사 한 사람 한 사람에 대한 프로필이 담긴 자료집이다.

건국대학교 교육대학원에서 먼저 현직 교사들을 대상으로 교육대학원 강의 담당 겸임교수들을 선발하기 시작했다. 일선 학교 교사들이 교육대학원 강의를 맡는다는 소식은 교육계는 물론, 사회적으로도 신선한 이슈가 되었다. 현직 교사들의 문의가 계속 이어졌고, 다른 교육대학원들도 하나 둘 동참하기 시작했다. 겸임교수들에게는 '교과 지도법' '학급 경영' '교육 실습' 등 주로 현장 경험이 필요한 교과목들을 맡겼다. 수강생들의 반응도 매우 좋았다. 생동감 넘치는 강의를 통해 대학원 강의 만족도 개선에 큰 기여를 한 셈이다.
이와 같은 제도가 국내 대학가에 좀 더 확산되기 위해서는 행정적인 인센티브 제도가 절대적으로 필요해 보였다. 이를 위해 교육인적자원부의 관계자들과 몇 차례 회동을 가졌고 전국 교육대학원장들이 모여 이를 주제로 강연과 사례 발표회를 개최했다.

전국교육대학원장협의회 임원진과 교육인적자원부 장차관이 전국의 원장들 모임에 초청되어 기대하던 '현장 중심의 교원 양성' 프로그램이 탄력을 얻기 시작했다. 2010년부터 시작되는 전국의 교육대학원과 사범대학 평가에서, 현직 교사 3인을 겸임교수로 채용하면 대학 전임교수 1인 채용에 해당하도록 반영했다. 이로 인해 지금은 여러 대학에서 현직 교사들을 겸임교수로 채용하고 있는 바, 현장 중심 교원 양성의 필요성이 결실을 본 사례가 되었다.

교육실습 시기가 다가오면서 교직과정 이수자들의 실습교 배정에 제동이 걸렸다. 일선 학교들이 자기 학교 졸업생이 아니면 실습생을 안 받겠다는 것이다. 4주간의 교육실습을 이수하지 못하면 교사자격증을 발급해 줄 수가 없었기에 해마다 반복되는 교생실습의 문제는 큰 골칫거리였다. 어느 날 밤 문득 이런 생각이 떠올랐다. 인근 학교들로부터 거절당하는 교육실습 대상자들을 해외 학교로 보내면 어떨까? 해외학교에 나가 4주간의 교육실습도 하고 또 주말을 이용해 그 나라의 문화체험도 시키면 장차 학교현장에서 유용한 교사가 될 수 있을 것이란 생각이 들었다.

이제 우리나라 교사들도 최소한 아시아 문화권과 그 나라 국민들에 대한 이해를 높여가야 할 필요성이 대두되고 있다. 학교 현장에 국제

그치지 않는 비는 없다

결혼을 통한 다문화 가정 자녀들이 늘어나고 있지 않은가. 향후 급진적으로 늘어날 다문화 가정 학생 지도는 특정 교사가 전담할 일이 아니다. 다문화 다인종에 대한 이해와 체험은 과거에는 요구되지 않던 미래교사의 자질이 될 것이다.

교육대학원장 취임 후 처음 시작한 프로그램이 방학을 이용한 '해외교육 문화 탐방' 프로그램이었다. 참가자가 50%, 교육대학원이 50%의 비용을 부담해 실시하는 행사였다. 대학원생들의 반응이 좋았다. 그래서 교육대학원생들의 4주간 교육실습을 해외 한국(국제)학교들을 대상으로 해외 학교에서 실시하는 제도를 도입한 것이다.

첫해의 교육실습은 태국의 방콕한국국제학교와 중국의 베이징한국국제학교에서 실시되었다. 국내 학생들의 해외학교 교육실습이 생소하여 조심스러웠지만, 두 학교의 교장 모두가 국제교육진흥원 원장 재직 시절 함께 근무한 연구사 출신들이기에 쉽사리 추진할 수 있었다. 학생들의 비행기 표는 교육대학원에서 부담해 실습생들이 경제적으로 큰 어려움을 덜 수 있도록 했다. 교육대학원 게시판에 다음과 같은 안내가 나붙었다.

〈 해외교육실습안내 〉

본 교육대학원 2009학년도 해외 교육실습과 관련해 다음과 같이
희망자를 모집합니다. 관심 있는 원생들의 지원을 바랍니다.

- 실습기간: 2009. 4. 6(월) - 5. 2(토) 4주간
- 신청접수: 08. 11. 20(목) - 11. 28(금)
- 신청장소: 교육대학원 행정실
- 신청서류: 해외교육실습신청서(교육대학원 양식), 성적표
- 신청자 면접: 추후 개별 통지

※본 교육대학원에서 왕복 항공료 지급, 현지 생활비는 본인 부담.

국가	지역	실습인원 요청
중국	북경	국어, 영어, 수학, 역사, 화학, 생물, 음악, 미술 8명
	연변	국어, 영어, 수학, 역사, 물리(화학, 생물, 지구과학) *가급적 남자 5명
	연태	국어, 영어, 미술 각 2명씩 6명
일본	오사카 (건국학교)	국어(여) 2명
	오사카 (금강학교)	국어(여) 2명, * 일어 회화 가능자
태국	방콕	영어, 체육(남), 생물, 윤리, 음악(여) 5명
베트남	호치민	영어(영어로수업), 국어, 미술, 역사, 사회, 수학, 음악(관현악) 7명
인도네시아	자카르타	국어, 영어, 수학, 역사 4명
대만	타이빼이	과학, 컴퓨터(남), 음악, 미술(여) 4명
파라과이	파라과이	음악, 미술, 화학 3명 *여학생
사우디아라비아	리야드	국어, 영어, 수학, 체육, 음악, 미술 모두 초등입니다. 6명
러시아	모스크바	초등 교과목 희망자
		총52명

YTN 뉴스

　교육실습이 진행되는 동안 살펴본 결과 교육실습생들은 대만족이었고, 현지에서 지도하는 교사들과 학생들의 반응 또한 뜨거웠다. 건국대학교의 해외 교육실습 제도는 보다 다양한 국가로 확대되었다. 지난해 실습 학교였던 '방콕국제학교'와 '베이징국제학교'는 물론, 베트남의 '호치민한국학교', '중국옌볜한국학교', 인도네시아 '자카르타한국국제학교', 심지어 남미의 '파라과이한국학교'에다가 러시아의 '모스크바한국학교', 사우디의 '리야드한국학교'에서도 건국대학교 교육대학원의 교육실습생 요청이 들어왔다. 내가 해외 교육실습을 시작하자 많은 대학들이 교육인적자원부에 국내 대학의 해외 교육실습이 법적으로 문제가 없는지 문의했다. 그래서 아예 교육인적자원부가 우리 대학 학생들이 해외에서 교육실습을 하는 동안에 전국의 사범대학과 교육대학원에 공문을 보냈다. 다른 개별 대학들도 해외 학교들과 협정서를 작성해 교육실습을 해도 된다는 내용이었다. 해외 교육실습 제도는 2차 연도에 중앙대와 고려대를 비롯한 보다 많은 대학들이 참여하기에 이르렀다.

교육대학원장 재직기간에 꼭 추진하고 싶은 프로그램이 있었다. 가난의 대물림 현상을 끊어야 한다는 사회적 함의合意를 풀 수 있지 않을까 하는 마음에서 시작된 프로젝트였다. 비록 우리사회 일각一角에서 시작하는 작은 날갯짓에 불과할지라도 미국의 기상학자 에드워드 로랜츠가 이야기하는 나비효과Butterfly Effect처럼 정겨운 사람들의 따뜻한 마음들이 모여 점차 널리 퍼지게 된다면 얼마나 좋겠는가. 그러한 기대감을 지니고 2008년 겨울방학을 출발점으로 준비하였던 이 사업은 아쉽게도 누군가의 명령에 의해 임기를 끝내야 하는 보직자의 한계로 인해 중단되고 말았다. '대한민국 희망학교'를 추진할 수 있는 기금까지 확보된 시점에 일을 접어야 하는 아쉬움은 클 수밖에 없었다. 이럴 때마다 내가 나를 위로하는 방법 하나가 있다. '하나님께서 알아서 하실 것이다. 나는 계획을 세울 뿐 이루시는 이는 하나님, 그분의 영역이 아니겠는가. 하늘의 뜻이 있다면 또 다른 기회에 보다 좋은 일을 맡겨주실 것을 나는 믿는다.'

그치지 않는 비는 없다

다양한 직책들이 봇물 터지듯 찾아들다

    교육인적자원부 국제교육진흥원장직을 사임하고, 교육 현장으로 돌아와 건대부고 교장과 건국대학교 교육대학원장으로 활동하는 기간 동안 나에게는 많은 역할들이 주어졌다. 학자로서 전문적 식견이 요구 되는 활동들이었고, 대다수의 역할들 속에서 교육 분야에서 활동하며 쌓아온 관계망의 덕을 보았다.

    국내 200여 개가 넘는 교육대학원 원장들의 연합회인 「전국교육대 학원장협의회」 회장을 맡게 된 후 새로 출범한 한국평가학회의 회장과 서울특별시가 운영하고 있는 「하이서울장학위원회」의 제2대 위원장에 위촉이 되었다. 교육인적자원부로부터 정책자문위원회 부위원장과 지 방교육정책위원장도 맡게 되었고, 서울특별시의 서울시민상 심사위원 회의 위원장 직책을 맡게 되는 등 내 생애 직책과 역할의 홍수시대를 맞이하였다. 뿐만 아니라 대학시절 장학금의 혜택을 받았던 재단법인 정수장학회의 동창회장으로 선임되었다. 대학교수로서 강의하는 수업 시간을 제외하면 수많은 일들로 인해 하루 종일 전화 벨 소리에 시달려야 했던 기간이었다.

해마다 서울시내 고등학생 5,000여 명에게 90억 원의 수업료를 지원해주는 하이서울장학위원회의 위원장 역할과, 대학시절 장학금을 받아 공부한 정수장학생들의 동창회인 상청회의 회장이 된 일은 다른 어떤 활동보다 내게 큰 의미로 다가왔다. 하이서울장학금은 이명박 전 대통령이 서울시장 시절 시작한 것으로, 학교성적보다는 가정형편이 어려운 학생들을 대상으로 지급되는 장학금이다. 선발된 학생들은 수업료 전액과 학교운영비 전액을 매 분기별로 지급받게 되는데 재원은 서울시 산하 SH공사(이전의 서울시도시개발공사)의 아파트 분양 수익금으로 마련된다. SH공사는 매년 100억 원의 기금을 기탁해 오고 있었다. 사실상 하이서울장학회 일은 서울시청 담당부서의 공무원들이 관련 업무를 담당하고 있었기에 위원장이 하는 일은 결재하는 일에 불과했지만, 정수장학회 동창회장은 적지 않은 신경이 쓰이는 일이었다.

오늘날의 정수장학회는 원래 5·16장학회로 시작해, 1963년 국내 대학에 장학금을 지급하기 시작하면서 靑五會란 조직을 만들어 전국 대학에 흩어져 있는 장학생들 간의 연결고리를 만들어 주었다. 2017년 전국 81개 4년제 대학교 400여 명의 장학생으로 구성되었고, 장학금 지급액은 대학별 등록금 고지서 기준 전액을 지급하며 등록금이 저렴한 국

그치지 않는 비는 없다

립대학의 경우엔 연간 100만 원의 도서비를 별도 지급하고 있다. 한편 장학생들이 대학을 졸업하기 시작함에 따라 1966년 12월에 상청회常青會란 조직을 만들어 장학생 동창회가 출범하게 되었다. 1963년에 창립되어 2017년 현재 연인원 1만4천여 명이 동창회 회원으로 등재돼 있는 것으로 파악되고 있다.

이런 배경과 역사를 이어오고 있는 조직에서 회장을 맡게 된 시점은 2010년. 대선을 앞두고 있던 때여서 자칫 오해를 받을 수 있는 상황이기도 했다. 그러나 정치와는 무관하게 오래전부터 나는 어려운 시절 장학금을 받아 공부를 한 사람들은 자신들이 받은 혜택을 다시 되돌려 줘야 하고 그것이 장학회의 핵심적 가치이자 활동의 중심이 되어야 한다고 생각했다. 그렇게 해서 시작된 것이 '되돌림장학금' 운동이었다. 뜻이 있는 전국 회원들의 참여로 가정형편이 어려운 고등학생들에게 장학금 지급이 시작되었다. 지금도 그때 나의 동창회 활동의 중추 사업이 정치적 이해관계와 무관하게 '되돌림장학금'에 초점을 두었던 것은 의미있는 결정이었다는 생각을 한다.

이런 가운데 대학교수 시절부터 교육문제와 관련된 나의 견해와 주장을 꾸준히 신문에 기고해 오던 어느 날, KBS에서 연락이 왔다. 교육 분야 객원 해설위원을 맡아달라는 전화였다. 우리사회의 교육현안 문제가 제기될 경우, KBS-1TV「뉴스광장」과 Radio 8시 뉴스시간에 교육현안문제와 관련하여 해설을 하는 역할이었다. 객원해설위원 제도는 교육 분야뿐만 아니라 우리사회의 주요 분야들마다 전문성을 지닌 인사들을 위축해 해마다 1년 단위로 계약이 갱신되는데, 나의 경우 2003년 첫 방송을 시작한 이후 2012년 송도고등학교로 자리를 옮기기까지 무려 8년의 기간 KBS의 역대 사장들로부터 해마다 재임명이 이뤄졌다. 내 생애 전성기였던 시절이었다. 나는 참 운이 좋았다는 생각이 든다.

Part 5

교수 정년,
그리고
고등학교 교장

우리나라의 1인당 국민소득GNP이 85달러에 불과했던 나의 중학생 시절과는 다르게 지금의 우리사회는 많은 변화와 번영을 이뤄냈다. 그 것도 짧은 기간에 말이다. 대다수 가정들이 냉장고와 에어컨을 사용하게 되었고, 사람들은 저마다 휴대전화를 지니고 살아간다. 꿈만 같았던 자가용 대중화 시대도 이뤄냈다. 한동안 풍요시대에 도취돼 풍진豐 瓍의 나날들을 누려왔다. 그러나 풍요를 향한 사회변화는 자본주의의 냉혹함도 드러내고 있다. 빈부 격차가 날로 커지고 가난한 사람들의 계층 사다리가 끊어져가고, 청년들의 취업 절벽현상은 날로 심각해지고 있다. 연애와 결혼 그리고 출산을 포기한 '삼포세대' 젊은이들이 점차 늘어나고 있다.

대학시절 학자금 대출을 받아 졸업한 젊은이들이 취업을 못하고 대출금 상환 때문에 파산 신청을 한다. 학자금만이 아니다. 금융감독원 자료에 따르면, 대학생들의 생활비를 위한 은행 대출이 2014년 말 6,193억 원에서 2018년 7월말 1조 1,004억 원으로 78%가 증가했고, 같은 기간 대출 연체금액 또한 21억 원에서 55억 원으로 161.9%나 상승한 것으로 나타났다. 대출금보다 연체금 증가율이 두 배 이상 높이 나타나고 있는 것이다.

사면초가四面楚歌에 처한 이 시대 대한민국 젊은이들의 문제는 한 개인의 차원으로 끝나지 않는다. 가정과 나라의 장래도 어둡게 한다. 젊은이들이 사면초가에 빠지게 된 데에는 우리나라 학교교육의 문제점도 원인이었다. 초등학교 시절부터 수능시험이 끝날 때까지 학생도 학부모도 교사도 모두가 대학입시관련 지식내용에만 몰두하였다. 엄청난 사교육비용의 지출에도 불구하고 실질적인 지식 내용의 유용성에는 심각한 반성이 요구되는 처지다.

앨빈 토플러는 이 같은 우리사회의 교육현상에 대해 "한국의 학생들은 하루 15시간을 학교와 학원에서 미래에 필요하지도 않을 내용을 배우느라 시간을 낭비하고 있다."고 했다. 그의 이야기만이 아니다. 영국의 파이낸셜 타임스 서울특파원으로 4년간 가회동 한옥에 거주했던 안나 파이필드 역시 "교육에 모든 걸 바치고도 아무것도 건지지 못하는 딱한 민족"이란 뼈아픈 지적을 한 바 있다. 이들 이야기는 결코 한국 교육에 대한 비아냥거림이 아니다. 시대의 흐름을 가늠하고, 누구보다 미래의 변화에 대한 예지력을 지닌 인물들이자 한국에 대한 애정이 남다른 이들이다. 이들의 지적은 귀담아 들어야 할 내용이다. 왜 우리네 교육은 가정이나 학교들 간의 차별화가 이뤄지질 아니하고 아프리카 들소 떼처럼 하나의 목표만을 위해 돌진하고 있는 것인가. 자녀교육을 향한 학부모들의 뜨거운 열정과 우수한 교사집단의 능력이 미래의 사회변화와 궤를 맞추고 있지 못함은 참으로 아쉬운 일이다.

Global 시대에 우리사회의 일자리가 모자라면 다른 나라 진출을 준비해야 하는 것 아니겠는가. 이런 관점에서 송도고의 국제반 개설과 더불어 학생들을 일본으로, 중국으로, 미국으로, 심지어 베트남으로 유학 갈 수 있는 길을 열어준 것은 의미 있는 시도였다는 생각을 하게 된다.

어느 날 아침의 교장초빙 신문광고

　대학에서 65세 교수정년을 10개월이나 남겨놓고 있던 어느 아침. 집에 배달된 조간신문에 나의 눈을 사로잡은 광고 하나가 있었다. 어느 고등학교에서 교장을 초빙한다는 광고였다. 그날 아침 그 광고가 나의 눈길을 사로잡은 이유는 지원 자격이 65세 이하란 점이었다. 고등학교 교장의 정년은 62세이기에 4년 임기의 교장직 공모에 지원하려면 자격이 58세 이전이어야 함에도 불구하고, 이 학교가 교장초빙을 65세까지로 확대한 이유가 궁금했다. 그날 오후 광고에 게재된 전화번호로 취임 날짜를 문의했는데 내년 2학기, 9월 1일자라는 응답을 받고 참으로 신기하다는 생각이 들었다. 나의 교수 정년이 8월 31일인데 그다음 날 취임한다니. 참으로 우연이 아니란 생각이 들었다. 일반적으로 교장채용은 취임 2개월 정도를 앞두고 초빙공고가 나오는데 유독 이 학교가 10개월 전에 광고를 낸 이유는 또 무엇일까. 만약 이 광고가

　　　　　　　　　그치지 않는 비는 없다

교장 초빙 공고

105년 전통의 명문사학 송도고등학교는 국가의 초석이 될 영재를 양성하며 본교의 교육이념 구현에 유능하고 헌신적인 교장선생님을 초빙합니다

1. 초빙분야 및 인원 수
• 초빙분야 : 송도고등학교 교장선생님   • 초빙인원 : 1명

2. 응시연령
• 만 65세 이하

3. 공모범위
• 전국

4. 제출서류
• 교장공모지원서 / 인사기록카드 사본 / 경력 및 주요 활동 실적 / 자기소개서 학교경영계획서 / 교장공모제 추천서 / 기타 서류
※ 자세한 사항은 송도고 홈페이지 (www.songdo.hs.kr) 를 참조하시기 바랍니다

5. 제출기한
• 2011년 11월 11일 (금요일) 오후 5시

6. 면접 및 합격자 발표
• 면접 : 서류전형 합격자에 한하여 면접 일정 개별 통지함
• 합격자 발표 : 개별 통보

7. 급여 및 대우
• 공무원 보수 규정 및 송도학원 내부지침에 따름

8. 서류제출 및 연락처
• (우)100-718 서울시 중구 소공동 50 OCI빌딩 14층 학교법인 송도학원 사무국
• 전화 02-727-9234, 727-9306, FAX 02-772-9235

학교법인 송도학원 이사장

내년 4월 5일 이후에 발표되었더라면 나는 65세를 넘어 지원 자격이 안 될 것이었고, 만약 교장 취임 날자가 1학기인 3월 초였더라면 교수생활 마지막 학기를 포기할 수 없었기에 지원을 하지 않았을 것이다. 그날 아침의 교장 초빙 신문광고의 내용은 내가 처한 상황에 비추어 보아 절묘한 인연으로 보였다. 무엇보다 대학교수 정년을 마친 다음 날인 9월 1일 취임할 수 있다는 점이 관심을 끌었다. 나의 뇌리 속에서 어쩜 오늘 아침 이 광고가 내 인생의 또 다른 연결고리가 될지도 모른다는 생각이 퍼뜩 스쳐 지나갔다. 아직 하나님께서 내게 시켜야 할 일이 남아있고, 교육학자로서 쌓아온 그간의 경력들을 이용해 현장에 이바지해야 할 필요가 있는 것은 아닐까. 이 광고는 분명 내 삶의 여정에 예정된 직책일지도 모른다는 생각에 며칠 뒤, 지원구비서류를 작성해 우편으로 발송했다.

서류전형을 통과해 면접을 끝내고 몇 달이 지나서야 지원한 학교에서 연락이 왔다. 학교 이사장님과 점심식사를 겸한 상견례 자리를 가졌다. 대학교수 퇴임 2개월을 남겨놓은 시점이기도 했고, 고등학교 교

장 취임을 2개월 남겨놓은 시점이기도 했다.

학교법인 관계자로부터 만남의 요청이 왔다. 법으로 정해진 62세 정년의 고등학교 교장 연한을 넘어 65세가 된 퇴직 교수의 급여는 사립학교 법인이 부담해야 하는데, 나의 급여를 얼마로 정해야 좋을지 의견을 물었다. 잠시의 망설임도 없이 원하는 급여를 제시했다. "저의 희망 급여는 송도고등학교 전체 교직원들 가운데 가장 적은 급여를 받는 사람으로부터 가장 많은 급여를 받는 사람의 중간이면 좋겠는데 어떠신지요?" "아니요, 교장 선생님의 급여를 깎으려는 것이 아니라 많이 드리려는데 얼마가 적정할지를 묻는 것입니다. 대학에서 억대 연봉을 받으셨을 터인데 그에 준한 연봉을 드리는 것이 적정할 것 같다는 생각을 하고 있습니다." "감사합니다만, 저는 대학에서 정년 이후에 연금을 받게 되고 또 고등학교장의 급여도 받게 되는 셈이니 저의 제안을 받아 주셨으면 합니다." 급여를 많이 주겠다는 학교법인과 적게 받기를 희망하는 피고용자와의 이상한(?) 연금협상은 나의 의견을 받아들이는 것으로 마무리 되었다. 고맙게도 학교 측은 서울에서의 출퇴근이 어려운 나를 배려해 송도경제자유구역에 학교장 거처를 마련해 주었다. 거실 3면이 유리로 된 주거용 오피스텔이었는데, 거실에서 인천 바다가 훤히 내려다보였다. 서해바다의 저녁노을은 물론 멀리 인천공항의 비행기가 뜨고 내리는 모습까지도 잘 보이는 곳이었다. 언제나 집을 얻을 때 전망을 중요시하던 나의 주거 취향에 딱 맞았다. 인천에서의 시작은 많은 변화가 따랐다. 낯선 곳이어서 자주 만날 친구들이 없었고, 술을 좋아하지 않는 나이기에 학교 현장 교육에만 열정을 쏟아

그치지 않는 비는 없다

내면 되었다. 때마침 딸이 런던으로 1년간 파견근무를 나가게 되었다. 나의 아내도 손녀딸과 함께 런던으로 동행하였기에 인천에서 나 홀로 지내는 기간은 마치 오래전 대학 건물에서 지낼 때의 자유로움을 떠올리게 하였다. 학교에서 퇴근하면, 커피를 한 잔 뽑아들고는 삼면이 유리로 되어 있는 크나큰 오피스텔 책상 앞에 앉아서 저녁노을 비낀 서해 바다와 인천국제공항에 뜨고 내리는 비행기들을 바라보며 학교 경영을 위한 이런저런 구상을 하였다. 자연스레 집과 학교 두 지점에만 머물 수 있는 여건과 환경이 주어졌음이 내겐 참으로 행복한 기간이었다.

송도경제자유구역 학교장 관사

신임 학교장의 학교경영 구상

본격적인 고등학교 교장직 수행을 시작하게 됨에 따라 무엇부터 시작할 것이며 어떻게 전개할 것이고 현장에서의 활동을 통해 이뤄내고 싶은 것은 무엇인가에 관한 고민이 시작되었다.

건대부고에서 길지 아니한 2년 1개월의 교장 업무를 수행하긴 했지만, 그때는 학교장과 사범대 교수를 겸직하고 있었고 2년 뒤 교육대학원장 보직 발령에 따라 중장기적 일들을 추진하지는 못했다. 하지만 이제는 본격적인 고등학교 교장의 직무를 수행할 준비가 되어 있었다.

2012년 9월, 2학기의 시작과 더불어 학교장 취임식을 가졌다. 전 교직원들과의 첫 상견례 시간에 이야길 했다. 이 학교 교장에 취임한 나의 비전은 대학입시학원들과 경쟁하는 '진학명문학교'로서의 송도고등학교가 아니라, 바람직한 교육적 가치를 추구하는 '교육명문학교'를 지향하는 것이라고.

그치지 않는 비는 없다

　무엇보다 내게 주어진 임무는 100년이 넘는 역사를 가진 고등학교를 시대에 맞도록 개혁하고 국가와 사회가 진정 고등학교에 기대하는 역할을 이뤄내는 것이었다. 송도고등학교의 학교경영 성과로 인해 대한민국 많은 고등학교들이 바람직한 모델을 보고 배울 수 있도록 하기를 바랐다. 그런 점에서 나의 학교경영의 방점은 '칭찬받는 학교', 바로

그것이었다.

학생들과 학부모로부터, 그리고 학교가 위치한 옥련동 사람들로부터 칭찬을 받고, 옥련동이 소재한 연수구 주민들로부터 칭찬을 받고, 해가 거듭될수록 인천지역과 전국의 학교들로부터 교육적 성과에 박수를 받는 그런 학교를 만들어 보자는 목표와 각오를 굳혀가기 시작했다. 100여 년이 넘는 이 학교는 연륜에 비추어 좋은 전통도 존재하지만 상당부분 개혁해야 할 부분과 변화 수용의 장애물 및 역기능적 요소들도 있었다. 그것들을 찾아내어 새로운 조직 문화와 시스템을 구축하는 일은 그리 쉽지 않을 듯했다. 주도면밀한 전략적 접근이 필요했다. 그래서 학교경영과 관련한 신임교장의 학교경영기조에 몇 가지 가이드라인을 설정했다.

● **창조적 파괴**Creative Destruction

100여 년이 넘는 기존의 낡은 틀을 허물고 시대적 상황변화에 따른 새로운 학교경영의 틀 만들기

● **디톡스**Detox **제거**

학교경영에서 비효율적 요소와 장애요인들을 찾아내어 제거하기

● **예지력**Prediction

정보화 시대, 국가의 교육정책과 해외 선진 학교들의 변화 트렌드를 파악해 그에 상응하는 학교경영의 첫발 먼저 내딛기

- **차별화**Different

모방이 아닌, 송도고등학교만의 독창적인 the Only One 전략 추구
하기

- **홍보**Advertisement**와 소통**Communication

홍보활동을 강화해 학생과 학부모, 지역사회와 국내 교육계에 송
도고등학교만의 생소한 교육 프로그램들에 대한 이해를 높이기. 다
양한 활동에 교육적 가치를 스토리로 표현하여 논리보다는 감성으
로 다가가기

「인성교육」을 시작하다

송도고등학교 교정에 들어서면 눈에 들어오는 글귀가 바위에 새겨져 있다. '사람이 먼저 되라' 선대 이회림 이사장께서 남긴 유지이다. 이를 구현하기 위한 프로그램 개발에 착수했다. '인성교육'을 교육의 근간으로 하는 과제였다. 1학년 신입생들부터 정규 교과 시간에 주 3일 인성교육 시간을 편성해 운영하기 시작했다. 인성교육 프로그램을 구현하는 데는 당시 교무부장을 맡고 있던 김연호 부장이 큰 몫을 담당했다. 인성교육 과제장을 만들고, 1년간 정해진 인성교육의 주제를 선정했다. 1학년 14개 모든 학급이 월요일에는 미리 선정된 인성교육 관련 주제의 동영상을 보고, 화요일에는 주제에 관한 집단 토론을 하고, 수요일에는 동영상의 내용과 토론 내용을 바탕으로 개인의 생각을 과제장에 적어나가는 주 3일 수업을 진행토록 했다. 이를 통해 인성중심의 가치관은 물론 토론을 통해 특정 주제에 대한 논술 능력을 동시에 함양할 수 있는 교육이 실현되기를 기대했다. 송도고등학교에 배정을 받은 신입생들이 입학식에 앞서 오리엔테이션 기간에 처음으로 받아들게 되는 것은, 바로 송도고등학교에서 자체 제작한 '인성교육 과제장'이다. 1학년 신입생들은 1년간 1학기와 2학기 모두 7교시에 '인성교육' 시간을 가진다.

1학년 학생들의 인성교육 과제장

그러나 인성교육이 교실 속에서만 끝날 수는 없는 일이었다. 일상생활에서의 실천이 이뤄지도록 배려와 나눔 실천에 힘쓰도록 지도해야 했다.

2012년 연말, 인성교육 프로그램의 실천과 관련해 한 해의 마무리

1단계: 주제에 따른 동영상 시청

2단계: 주제에 관한 토론

3단계: 동영상내용·집단토론을 토대로 개인의 생각 글쓰기

그치지 않는 비는 없다

로 구세군 자선냄비 행사를 시작했다. 학생들의 나눔에 대한 가치관 교육이 목적이었다. 이는 2012년 12월부터 2017년 12월까지 6년간 계속되었다. 해를 거듭하면서 송도고등학교는 구세군뿐만 아니라 월드비전과 적십자사와도 연말행사를 함께하게 되었다. 후에 2017년 연말 행사를 출발점으로 해마다 12월 1일은 송도고등학교의 「감사와 나눔의 날」로 정하기로 했다. 전교생을 대상으로 자신이 기부한 성금이 어려운 이웃들에게 어떻게 도움이 되는지, 아프리카 지역 아동들에 대한 학급별 후원 사업은 가난한 나라의 아동들에게 얼마나 도움이 되고 적십자사와 함께하는 학기별 헌혈행사는 다른 사람의 생명을 구하는 데 얼마나 소중하게 사용되고 있는가를 생각하는 교육적 메시지를 전달하고자 함이었다.

한국일보

| 아 | 침 | 을 | 열 | 며 |

'인성교육정책'이 성공하려면

오성삼 인천 송도고 교장·전 건국대 교육대학원장

우리나라는 감염병의 예방 및 관리를 위해 '국가필수예방접종'이 법률로 정해져 있다. 비록 권장 사항이기는 하지만 예방접종의 종류와 실시 기준 및 방법에 관한 내용을 정해 놓고 있다. 결핵이나 B형간염 등 12개 내외의 질환들이 주요 대상이다. 이처럼 체계화된 순서에 따라 예방접종을 함으로써 우리 자녀들은 각종 질병의 면역력을 높이고 건강을 유지하게 된다. 학교에서 가르치고 있는 국어 영어 수학 등 교과내용 또한 학년에 따라 체계화된 교육과정을 운영하고 있다. 그런데 자녀들의 인성교육은 연령과 학년에 따라 무슨 내용들을 어떻게 가르쳐야 하는지를 체계화 시켜 놓은 연구물이나 교재는 찾아보기 어렵다.

지식교육에 앞서 인성교육이 이뤄져야 한다는 사회적 요구는 오래전부터 제기돼 왔고, 가정 학교 직장 학부모 교사 경영자 여당 야당, 그리고 종파를 초월한 국민 대다수가 한목소리를 내고 있지만 교육현장에서의 '인성교육'은 지지부진해 실효를 거두지 못하고 있다. 정부 예산이 필요한 것도 아니요, 가르칠 교사가 없는 것도 아니건만 인성교육이 학교 교육현장에 뿌리를 내리기는커녕 싹도 틔우지 못하고 있으니 안타까운 노릇이다.

지난 정부 내내 학교 현장엔 '창의'와 '인성'이란 두 개의 키워드가 강조돼 왔다. 그런데 '창조경제'가 새 정부의 핵심 정책이 되면서 '창조경영'이 기업들의 화두가 되고, 각종 언론 매체들엔 '창조' 관련 특집 기사들이 넘쳐나고 있지만 '인성'은 창의에 가려져 시들어 가고 있는 것 같아 안타까움이 크다.

새 정부 출범 전 대통령직 인수위원회 교육분과는 "인성교육을 모든 교육에 선행해야 한다"는 내용의 보고서를 작성한 것으로 전해졌다. 문제는 역대 그 어느 정부도 인성교육의 중요성을 강조하지 않은 교육정책은 없다는 사실이다. 그럼에도 인성교육을 기본으로 하거나 우선하는 정책들이 교육현장에선 실효성을 확보하지 못한 건 왜일까.

무엇보다 초중등교육을 지배하고 있는 대학입시가 인성교육을 반영하지 않기 때문이다. 학부모들이 원하는 것, 학생들이 원하는 것이 온통 대입시뿐인 현실에서 입시에 반영되지 않는 인성교육에 누가 관심을 갖겠는가. 관심은 고사하고 학생도 학부모도 인성교육에 신경 쓰는 학교를 좋아하지 않는다. 지난해 인성교육을 강화하려던 어느 고교 교장실에 학부모들이 몰려들었다. "대입시가 코앞인데 뭔 놈의 인성교육이냐"를 따져 묻는 학부모들의 항의에 교장은 인성교육을 접어야 했다. 인성교육에 대한 우리 사회의 이중성을 말해주는 대목이다. 만약 초등학교에서 고교까지 학년 단계에 따른 체계화된 '국가필수 인성교육표'가 만들어지고, 그 이수여부가 어떤 형태로든 대입시와 취업 등에 필수 권장 사항으로 제도화된다면

학교와 가정에서의 인성교육에 대한 관심은 획기적으로 전환될 것이다. 학교현장에서의 인성교육이 활성화 되지 못함은 결국 교육·사회적인 평가체제가 마련돼 있지 않기 때문이란 판단이다.

무엇보다 대학교육이 나서야 한다. 대학교육은 그 본연의 사명을 구현하기 위해서라도 지적인 능력 못지않게 사람됨의 교육인 인성교육을 대입시에 반드시 반영해 주어야 옳다. 그래야만 초중고의 인성교육이 활성화되고 새 정부가 표방하는 '국민행복'의 토대도 마련될 수 있을 것이다.

대입전형제도가 학력위주의 본고사 외에 바둑, 서예, 의상·미용 등 특기자특별전형과 사회봉사자, 학생회임원 등을 대상으로 하는 대학독자기준도 마련돼 있지만, 3,000여가지가 넘는다는 대입전형가운데 인성교육을 담아내는 제도를 찾아보기 어려운 현실도 아이러니다. '착한 대학입시가 착한 신입생'을 선발하게 된다는 사실을 모르는 것인지.

이제 새 정부의 출범과 더불어 옛 이름을 되찾은 '교육부'가 철학을 갖춘 장관이 주도적으로 나서 '인성교육 최우선 정책'을 학교현장에 뿌리내릴 수 있기를 기대해 본다.

「쉼」과 「여유」가 있는 학사운영

　2012년, 내가 고등학교 현장에서 업무를 시작할 즈음 대한민국의 학교교육으로 제시된 비전은 '꿈과 끼를 키우는 창의 인성교육'이었다. 그러나 고등학교 현장은 나의 학창시절처럼 꿈과 끼를 키워갈 시간적 여유가 없는 곳이었다. 모두가 대학입시를 향한 수능준비와 수시전형을 위한 스펙 쌓기에 혈안이 되어 있을 뿐, 창의교육을 향한 정부의 교육정책은 공허한 슬로건에 불과할 뿐이었다. 아프리카의 들소 떼처럼 대학입시의 커트라인을 넘기 위해 모두들 한 방향을 향해 내달리고 있다는 생각이 들었다.

　학생과 교사들이 잠시 쉬어갈 틈도 없이, 오전 4교시 수업을 마치면 50분의 짧은 점심시간에 이어 오후 정규수업이 이어지고 또다시 짧은 저녁식사 후 소화할 여유도 없이 계속 보충수업, 그리고 자율학습...

　　　　　　　　　　　　　　그치지 않는 비는 없다

마치 적진에 침투할 특공대원을 훈련시키는 것 같은 우리네 고등학교 학사일정을 이제는 개선하기로 마음먹었다.

● 하루의 여유, 80분의 '점심시간'

이전 건대부고 교장시절 경험이 떠올랐다. 점심시간 90분, 그래서 식사시간 30분과 60분의 자유 휴식시간이 이곳 송도고등학교에도 필요했다. 다행히 새롭게 지어진 학교식당이 넓어 급식배급이 빨라 10분을 줄여도 될 것 같았기에 80분의 중식시간을 실시하기로 했다. 하루 일과 가운데 '점심시간'은 단지 신체 에너지 충전을 위한 음식물 섭취 이상의 의미를 지녀야 한다고 생각했다. 대부분의 학생들이 식사가 끝나면 자신이 좋아하는 스포츠, 과학실험, 독서, 음악활동 등으로 자신만의 시간을 보내도록 했다. 80분의 점심시간이 학교생활 가운데 가장 기다려지는 시간, 가장 의미 있는 시간, 가장 유용한 시간으로 자리 매김 되기를 기대했다. 100세 시대 최후의 경쟁력이 「건강과 체력」이란 점을 학생들에게 일깨워주는 교육과정으로서도 어필하기를 바랐다.

● 급식, 잘 먹이고

성장기의 고등학생들에게 양질의 식사는 건강을 유지하고 체력을 다지는 데 필수적인 조건이다. 교장에 취임하고 새 학년도 학부모 총회가 열렸다. 학교 강당을 가득 메운 학부모들에게 급식의 질을 높이자는 이야기를 했다. 100세 시대의 주역으로 살아가게 될 우리 학생들은 양질의 급식을 해야 한다고 말했다. 학생들 상당수가 아침 식사를 거른 채 학교에 등교하는 실정이면서 대다수의 학생들은 점심과 저녁

하루 두 끼니를 학교급식에 의존한다. 이렇게 3년간의 학교생활을 하기에 급식이 아주 중요하다는 점, 그리고 인생 최후의 승자는 대학졸업장보다는 건강한 사람이란 점을 이야기했다. 급식비를 인상하더라도 인생의 긴 여정을 생각하면 의미 있는 투자란 이야기도 했다. 이후 학부모들의 동의를 얻어 급식비가 인상되고, 학교급식의 질과 양이 변해갔다. 학교급식이 없는 토요일과 일요일 학생들이 집 밥에 짜증을 낸다는 점이 학부모들의 걱정이라는 이야길 듣기도 했다. 송도고등학교 학생인 것이 즐거운 이유 가운데 첫 번째가 '좋은 급식' 때문이란 반응이 나오기도 하고, 배식을 받아 식탁에 앉으면 상당수의 학생들은 그날의 급식 내용을 사진 찍어 다른 학교로 진학한 중학교 친구들에게 보내 자랑을 늘어놓는 모습들을 보게 되었다.

급식문제를 풀어나가면서 몇 가지 터득한 내용들이 있었다. 우선은 인간의 만족도 유효기간이 그리 길지 못하다는 점이다. 급식개선 이후 한 학기가 지나고 일 년이 지나면서 만족도가 학년에 따라 달리 나타나고 있었다. 신입생들의 만족도는 하늘을 찌르는 듯했다. 그런데 3학년생들은 1, 2학년 후배들에 비해 만족도가 많이 떨어지고 대신 요구

그치지 않는 비는 없다

시론

학교 급식이 부실해질 수밖에 없는 이유

오성삼
인천 송도고 교장
전 건국대 교육대학원장

> 66
>
> 학생이 낸 급식비로만 운영하고 그중 30%는 인건비 등으로 지출 4000원 내도 2800원짜리 먹게 돼 종사자 인건비는 국가 지원해야
>
> 99

최근 대전의 한 초등학교 학부모들이 소셜네트워크서비스(SNS)에 올린 부실한 학교급식 사진이 언론에 소개되면서 비난의 목소리가 커지고 있다. 학교급식 문제가 여론의 도마에 오르면 언제나 교육청이 나서 해당 학교에 대한 감사를 하고 학교 현장의 누군가를 징계하는 것으로 마무리되곤 한다. 학교급식의 구조적인 문제는 외면한 채 급식현장의 관리책임을 물어 부분적인 상처만 도려내고 봉합하는 것 같아 아쉬움이 남는다. 차제에 학교급식과 관련한 보다 근본적인 문제의 접근과 대책이 요구된다.

학생들의 급식비는 해마다 인상되는데 왜 급식의 질은 개선되지 않는 것일까? 학교급식과 관련해 끊임없이 제기되는 학생과 학부모들의 분노에 찬 질문이다. 그 이유는 간단하고 명료하다. 대다수 학교들의 급식비 인상이 단지 물가 인상률만을 반영한 것이기에 급식의 질은 항상 제자리에 머물 수밖에 없는 것이다. 그런데 부끄러운 이유가 또 존재한다. 급식비 가운데 30% 정도가 급식 종사원들의 인건비와 식당 운영비로 빠져나가고 있다는 점이다.

해당 교육청과 지방자치단체의 지원을 받아 무상급식이 이뤄지는 초등학교와는 달리 학생들의 급식비만으로 자체 운영을 하는 중·고교의 경우는 급식 종사자들의 인건비와 식당 운영비를 모두 급식비로 충당해야 한다. 그래서 학교마다 약간의 차이는 있지만 고등학교의 경우 한 끼에 4000원 내외의 급식비를 받아 인건비와 식당 운영비 30%를 떼고 나면 실제 학생들에게 제공되는 식사는 2800원짜리가 되고 만다. 단순 논리로 2800원짜리 식사를 학생들이 4000원을 내고 사먹는 형국이다.

그러니 학부모나 학생들의 입장에서는 분통이 터질 노릇이다. 이럴 바엔 차라리 학교급식 대신 햄버거 가게로 달려가는 편이 낫겠다는 요구가 커지고 있는 이유가 학

생들이 낸 급식비에서 빠져나가는 인건비 내역을 보면 분통을 넘어 기가 막힐 노릇이다. 급식 종사자들의 급여는 물론 10여 가지가 넘는 각종 수당이 학생들이 낸 급식비에서 빠져나가고 있는 것이다. 위험수당, 교통보조비, 시간외 수당은 기본이고 장기근무 가산금, 자격증 가산금, 기술정보수당, 가족수당, 명절 휴가비, 맞춤형 복지비, 연차수당, 퇴직연금이나 퇴직금, 그리고 고등학생 자녀가 있는 급식 종사자의 경우 그네들의 학자금조차도 학생들이 낸 급식비에서 떼 주어야 한다.

게다가 필자가 재직하고 있는 지역의 학교들은 총전 월 2만원씩 지급하던 영양사 자격증 수당을 8만3500원으로 인상해 주고, 설 명절날과 추석에 지급하는 명절 휴가비를 연 40만원에서 70만원으로 올려주라는 교육청 공문이 얼마 전 날아왔다. 향후 어떤 항목에 얼마만큼의 인상 통지가 또 날아들지 모르는 일이다. 급식비는 학생이 내는데 급여를 포함한 각종 수당의 인상 지침은 교육청이 내린다. 이 또한 기이한(?) 구조가 아니겠는가.

그렇다고 학교급식 종사자들의 실질 급여가 높은 것도 아니다. 아니, 하는 일에 비

해 너무 적다는 표현이 맞다. 그 이유는 학교가 급식 종사자를 선발할 때 고등학생 자녀가 없는 사람, 자격증 수당이 나가지 않고, 장기근속 수당이 붙지 않는 무경험자를 일정 기간 계약직으로 선호하는 경향 때문이기도 하다. 학교급식의 질 관리만큼이나 신경을 써야 하는 부분이 예산 관리다 보니 인건비 절약의 문제가 역기능으로 나타나기도 한다. 정규직과 비정규직, 그리고 영양사와 조리 종사원 간의 실질 임금격차와 보이지 않는 갈등이 촉발되고 이와 같은 갈등이 급식의 조리과정과 배식에 영향을 주기도 한다.

결국 매년 되풀이되는 학교급식의 논란을 잠재우고, 성장기 청소년들에게 질 좋고 맛있는 급식 제공을 위한 핵심 과제는 우리 사회가 급식 종사원들의 인건비 문제를 해결해 주는 데 있다. 성장기 청소년들에게 학교급식 문제만 잘 해결해 주어도 장차 이들이 건강한 군인, 건강한 직장인, 그리고 100세 시대 우리 사회가 부담해야 할 노후 건강보험료를 줄이는 긍정적 효과로 나타날 수 있다. 학생들에게 정부나 지자체가 급식비 지원은 못해 줄망정, 언제까지 우리는 학생들의 급식비를 빼내어 학교식당을 운영해야 하는 것인가.

고등학교까지 무상교육을 실현하겠다던 선거공약은 바라지도 않는다. 제발 학생들의 급식 문제만이라도 개선하려는 노력이 있었으면 좋겠다. 부실대학 구조조정에 퍼주고 있다는 600억원의 교육예산이, 지난해 목표치를 23조2000억원이나 초과해 거둬들였다는 세수(稅收)의 얼마라도 초·중·고교의 급식을 개선하는 데 쓰게 된다면 더 이상 푹석한 볶음밥에 단무지 쪼가리가 놓인 학교급식 사진이 등장하지 않을 것이다. 값싸고 질 좋은 학교급식의 혜택을 누리는 독일에서는 학생들이 맛있는 급식을 먹기 위해 학교 가는 걸 좋아할 정도라고 한다. 이에 비해 우리의 학교급식은 걸핏하면 사회문제가 될 정도로 형편없는 실정이다. 언제까지 한국이 학교급식 후진 국가로 남아야 하는 것인가.

◆외부 필진 칼럼은 본지 편집 방향과 다를 수도 있습니다.

사항이 늘어나고 있었다. 어떤 반찬은 빼고, 어떤 반찬은 늘리고……. 1970년대 초 월남전 때 주월사령관 채명신 장군이 했던 언론과의 인터

뷰 내용이 떠올랐다. 어느 날 사령관이 병사들의 식당을 찾아갔는데 배식을 받아 식탁에 앉은 병사가 사령관이 뒤에 왔는지도 모르고 불평을 늘어놓더란다. "에이 씨, 오늘도 또 고기야? 어떻게 군대 짬밥은 매일 고기만 나오는 거야?" 병사의 불평을 들은 채 사령관은 그의 기나긴 군 생활을 통해 그처럼 행복한 때는 없었다고 말했다. 추위에 꽁꽁 얼어붙은 주먹밥 한 덩어리로 한국전을 치러낸 그였다. 식사시간에 고기 반찬이 나온다고 불평을 늘어놓는 병사를 보며 그가 느낀 감회는 매우 깊었을 것이다. 급식비 인상을 할 때 알게 된 것인데, 주변 학교들의 급식비를 조사한 결과 예외 없이 모든 학교들의 급식비가 평균값으로부터 100원이 싸거나 비쌌다. 왜 이런 현상이 나타난 것인가. 모든 학교들이 평균치를 벗어나려 하지 않으려는 심리기제가 작동하고 있는 것이다. 괜스레 앞서 나가거나 뒤처지다 비난의 화살을 맞지 않으려는 생각이 지배하기 때문이다.

● 다양한 활동의 점심시간

하루의 점심시간, 12:40~14:00까지의 80분 가운데 식사시간을 제외하면 교사와 학생들은 60분의 여유시간이 주어진다. 구성원들마다 다양한 활동이 전개된다. 학생들도 교사들도 운동장으로, 체육관으로, 농구코트로, 족구코트로 모두들 흩어진다. 지하건물에도 탁구를 치는 학생, 그리고 당구 연습을 하는 동아리 학생들이 넘쳐난다. 운동뿐만이 아니다. 악기 연습을 하는 학생, 점심시간을 이용해 연습을 하는 보컬팀, 때로는 학년과 학급대항 축구시합이 며칠을 두고 리그전으로 이어지고 응원하는 함성도 뜨겁다.

그치지 않는 비는 없다

식사 후, 다양한 활동이 시작되는 점심시간

그치지 않는 비는 없다

오래된 학교 기록물을 뒤지다가 흑백사진 한 장이 눈에 띄었다. 1900년에 찍은 송도고등학교 브라스 밴드부 단원들의 사진이었다. 그 사진에 전도대傳道隊로 새겨진 글씨가 선명했다. 짐작컨대 당시 학교 밴드부를 기독교 전도용으로 활용했던 모양이다. 이전 나의 학창시절엔 학교들마다 밴드부가 있었고, 학교관련 행사들도 많았다. 하지만 언제부터인가 학생도 학부모도 학교도 대학입시에 휘말려가 학교 밴드부들이 사라져갔고, 요즘엔 일반 고등학교에 밴드부가 있는 학교를 거의 찾아볼 수 없게 되었다. 그래서 학교에 40인조가 넘는 밴드부를 다시 만들었다. 스포츠와 더불어 음악활동도 장려하기 위한 취지였다. 점심시간 체육관 아래 위치한 음악실에서 다양한 악기들의 연습 소리가 흘러나왔다. 공부만이 아닌, 선진국가의 학교들처럼 학교교육의 기능과 역할을 찾아가기 시작한 것이다.

● 중간고사 이후, 4일간의 「쉬~임」

한 학기의 중간고사는 등산에서의 정상에 비교된다. 하산을 위해 쉼이 필요하듯 학기말을 향하는 학생들에게 중간고사 직후의 쉼은 매우 중요하다. 남은 학기를 향한 쉼이요, 재충전이며 창의적인 발상의 근간을 이루어준다. 그래서 송도고등학교에서는 봄 학기, 가을 학기의 중간고사는 언제나 수요일에 끝나도록 일정을 조정했다. 수요일 오전 중간고사를 끝낸 학생들은 목요일과 금요일 학교재량 휴업을 시작해 토요일과 일요일까지 4일간의 꿀맛 같은 황금연휴를 즐기도록 했다. 대학입시를 향한 학생들의 누적된 피로와 스트레스를 해소하도록 수업이 없는 학기 중간의 쉼을 허락하는 것, 그것이 송도고만의 독자적

선생님과 함께 바닷가를 찾아 여행도 하고….

그치지 않는 비는 없다

인 학사운영이기도 하다.

송도고등학교의 중간고사 이후 「쉼」이 자리를 잡아 가면서 직장생활을 하는 학부모들이 「쉼」의 기간에 맞춰 가족여행을 떠나는 사례가 늘어나기 시작했다. 고등학교 시절, 자녀와 부모 간의 긴장이 팽팽한 때에 며칠간 가족이 함께 여행을 하며 소통할 기회를 갖는다는 것은 여러 가지로 의미 있는 일이 될 것이다.

● 학부모들의 저항과 절충점

교장의 업무를 시작한 지 한 학기가 지날 무렵, 학부모 대표들의 학교장 면담 요청이 들어왔다. 학교장 취임 후 처음 맞이하는 면담자리였다. 학교접견실에 차와 다과를 준비해 놓고 기다렸다. 약속시간이 되자 학부모들이 동시에 접견실로 들어왔다. 그런데 내가 기대하고 예상했던 분위기와는 달리 회의 테이블에 자리한 학부모들의 표정은 냉랭했다. 미리 준비해 놓은 찻잔과 다과는 손도 대지 않고 교장인 나와 눈길도 마주하지 않은 채 침묵시위에 들어간 것이다.

그렇게 거북한 순간이 지나가고 있었다. 차를 권했지만 싸늘한 눈빛만 오갈 뿐 학부모들은 의자에 앉은 채 요지부동이었다. 분명 그들은 학교에 대한 불만, 아니 새로 온 학교장에 대한 불만이 있는데 나의 면전에서 직접 이야기하기를 꺼리고 있는 듯했다. 얼마간의 시간이 더 지나가고 나서 교감 선생님을 불러 학부모들과 이야길 나누도록 부탁하고 회의장을 나왔다. 나중에 교감을 통해 전해들은 학부모들의 불만은 이러했다. 새로 온 교장이 학생들을 다잡아 공부를 더 시킬 생각은 안 하고 놀릴 구상만 하고 있다고. 중간고사를 끝내고 목요일, 금요일, 그리고 연이어 토요일과 일요일…. 도대체 이 학교에서 공부는 언제 시키려 하는지. 이웃한 다른 고등학교들은 대학수학능력시험을 앞두고 촌각을 다투고 있는데, 이 학교는 고등학교 실정을 알지도 못하는 대학교수를 교장으로 앉혀놓고 남의 자식 앞길을 망쳐놓으려 하느냐는 분노에 찬 흥분이 오갔다고 한다.

인성교육 또한 못마땅한 일이었다. 대학엘 가려고 고등학교에 다니는데 대학입시와 무관한 인성교육에 공을 들이고 있으면 우리 애들 입시는 어떻게 책임지려 하느냐는 반발도 대두되었다. 그날 학부모들이 떠난 자리에는 아무도 손을 대지 않은 찻잔과 다과 접시가 교장의 학교 운영방식에 대한 학부모들의 냉랭한 반응을 대변해 주고 있었다. 새로 온 학교장이 오래 가지 못할 것이란 소문이 동네에 퍼져 나가는 데는 그리 오래 걸리지 않았다. 그 후로 한동안 송도고등학교에서 진행되는 일들에 대해 이러저러한 이야기들에 대한 불만이 메아리가 되어 돌아오곤 했다.

그럼에도 내겐 학생들의 반응이 매우 위안이 되었다. 그제나 이제나 내가 교정에서 학생들과 마주칠 때면 건네는 질문이 있다. 오늘 급식은 맛있었는지, 요즘 학교생활은 재미있는지, 그리고 우리학교를 지원하길 잘했다고 생각하는지, 학부모들의 반응과 대조적인 학생들의 뜨거운 반응을 대하며 학교장으로서의 위안과 보람을 쌓아가고 있던 즈음, 학부모 한 분이 학교에 발전기금을 내고 싶다는 전화를 했다. 그분과 전화 통화를 통해 발전기금에 감사인사를 건네며 어떻게 발전 기금을 낼 생각이 드셨는가를 물었다. "우리 애가 송도고등학교에 입학하면서 변했어요. 초등학교와 중학교 시절, 저녁 식사시간에 학교 이야기만 나오면 얼굴이 일그러지던 아들아이가 가족들이 학교 이야길 묻지도 않는데 자주 학교 이야길 꺼내며 즐거워하는 모습을 지켜보며 감사한 마음이 생겨나서 학교에 도움을 주고자 합니다."

학교장으로서 이보다 더 큰 보람이 어디 있겠는가. 나는 그분의 자녀가 1학년생이란 것 이외에 아무 것도 알지 못한다. 하지만 교정에서 표정이 밝은 학생들과 마주칠 때면 혹시 이 학생이 그 아버지의 아들은 아닐는지 떠올려 보곤 한다. 이 글을 쓰고 있는 지금도 어쩜 학교생활을 자랑스럽게 이야기하는 그분의 아들과 같은 아이가 수백 명이 넘을 것이란 생각에 행복하다.

교육과정의 다양화, 「진로·진학중점과정」

　대학에서 교수생활을 하던 시절, 학생들을 지도하며 항상 아쉽게 생각하던 우리나라 교육의 문제점 가운데 하나는 '진로교육'이었다. 해마다 대학의 문에 들어서는 학생들의 상당수가 자신이 선택한 전공에 적응을 못해서 고민과 갈등을 하며 대학 생활의 상당 기간을 보내게 된다. 그 원인 중 하나는 대학을 지원하는 많은 학생들이 자신의 꿈과 적성을 무시한 채 합격만을 최우선 목표로 두고 공부했기 때문이다. 보다 근원적인 문제는 고등학교 교육 자체를 대학합격에만 중점을 두고 시행하고 있기 때문이라고 할 수 있다. 진로교육을 소홀히 하고 있는 것이다. 평소 고등학생들에겐 대학입시와 더불어 전공분야별 진학지도가 필요함을 크게 느끼고 있었다. 그렇기에 학생들의 대학진학과 관련한 전공분야 선택에 관련된 가이드와 생애진로 탐색의 기회를 제공하기 위한 시도가 자연스레 이루어지게 되었다.

　　　　　　　　　　　그치지 않는 비는 없다

다행히도 송도고등학교는 내가 교장에 취임하기 전부터 과학 분야의 중점과정을 운영하고 있었다. 전국적으로 100개 고등학교에서 운영되고 있는 과학중점과정에 대한 평가는 상당히 좋은 편이다. 과학을 진흥하고자 하는 국가의 정책과도, 시대적 사회분위기나 학생 학부모의 관심사와도 잘 맞는 상황이었기에 우수학생들의 관심사가 되었고 정부 유관부처의 지원금도 풍족하게 확보될 수 있었다. 그러나 어느 한 분야가 흥하면 나머지 분야는 상대적 박탈감을 느끼게 되는 법. 자연과학분야의 학생, 학부모, 교사들이 활기를 찾아가고 있음에 비해 인문사회과학분야 구성원들의 볼멘소리가 새어나가고 있었다. 평준화 지역 일반계 고등학교들의 공통 특징은, 다양한 학생들이 뒤섞여 있고 성적의 분포도 평균값의 높낮이를 기준으로 정규분포를 이루고 있다는 점이다. 때문에 성적의 흩어짐이 심하고 그에 따라 학생들의 관심사 또한 다양하다. 그러므로 과학뿐만 아니라 다른 분야에 관심을 갖고 있는 학생들이 자신의 관심분야에서 주도적 학습과 활동을 할 수 있도록 중점과정을 다양화할 필요가 있었다. 그에 따라 교장 취임 반 학기가 지난 시점인 2013학년도에 국제반 프로그램을 시작하게 되었다. 이어 2014학년도에는 사회과학반과 군사·경찰반을 시작하기에 이르렀고, 2015학년도에는 체육중점과정을 시작했다. 학생들이 자신의 흥미와 관심분야를 충족시키고 대학진학 시에 선택할 관련 전공 학문을 접하는 길을 열어주고자 했다.

송도고등학교에 입학한 신입생들의 학급 편성은 학생 개개인의 대학 진학 희망 학문 분야와 장래 진로 희망 분야를 고려해 이루어지고 있다. 일부 사람들은 송도고의 『진로·진학집중과정』에 따른 학급편성이 우열반 편성이 아니냐 하는 의구심을 나타내기도 하지만 반편성은 학생의 성적과는 관계없이 이뤄진다. 학생·학부모가 희망하면 희망자 수요만큼의 학급이 편성되기 때문에 해마다 집중과정의 학급수가 달라지기도 한다. 1학년 초부터 진로·진학 집중과정을 원하지 않는 학생의 경우, 학문분야의 통합추세에 맞춰 인문과정과 자연과정을 아우르는 '융합교육학급'에 편성되도록 운영하고 있다. 다양한 진로진학 중점과정의 운영은 1학년에서는 진로진학 탐색과정, 2학년은 집중과정, 3학년은 도전과정으로 학년별 취지와 특성에 맞게 이루어지고 있다.

이들 집중과정과 관련해 특별히 의미가 있었던 과정이 '대안학급'이다. 송도고등학교는 신입생을 선발하는 학교가 아니다. 이른바 교육청이 학생들을 배정해주는 일반계 평준화 고등학교다. 일반계 평준화 고등학교들이 당면하는 문제 가운데 하나가 재학생 집단이 특정분야, 특정수준의 동질집단 학생들로 구성되는 것이 아니라 다양한 수준과 다양

한 욕구를 지닌 학생들과 3년을 함께한다는 점일 것이다. 1천여 명이 넘는 학생들을 정상분포 곡선에 대응할 때는 아웃라이어Outlier들이 생겨나기 마련이다. 이들 가운데는 기존의 틀에 박힌 학교 분위기가 자신의 기질과 맞지 않거나 학교의 교육과정이 욕구나 희망을 충족해 주지 못해서 부적응 학생으로 낙인이 찍혀 중도 탈락하는 경우가 있다. 본교는 이와 같은 학생들에게 교육적 관심을 갖고, 1학년 과정에서 발견된 다양한 부적응 학생들이 2학년으로 올라간 후 적응할 수 있도록 대안학급을 운영하고 있다. 학생들의 요구를 반영해 유연하고 활동중심의 교육과정을 운영하고 있는 대안학급 학생들은 3학년으로 진급하면서 대다수가 위탁교육과정을 통해 자동차 정비, 커피 바리스타, 패션분야, 전산관련 기술 등의 다양한 진로준비를 하게 된다.

대안학급 학생들의 꿈꾸는 자서전

대안학급 학생들의 위풍당당!

대안학급 학생들의 경우 한 학년이 끝나는 시점에 지난 1년간 교사의 지도하에 작성해온 자기 성찰의 보고서를 책자로 발행하는 전통이 이어지고 있다. 고등학교 입학 전까지 학교에서 보낸 생활에 대한 회고와 향후 고등학교 졸업 이후의 개인적인 '꿈', 진로계획을 써 내려간 내용이다. 이를 위해 학교는 글쓰기 전문가를 외부 강사로 채용했고 대안학급 수료식 날 각자가 저술한 책을 전달하는 시간을 가졌다. 개인의 '프라이버시'와 무관하게, 대안학급 학생들은 친구들 그리고 후배들이 읽어도 좋다는 생각으로 자신의 이야기를 당당하게 내놓아 학교 도서관에 기증한다.

한국일보

2013년 04월 26일 금요일 A31면 오피니언

| 아 | 침 | 을 | 열 | 며 |

학교에 '대안학급'을 만들자

오성삼 인천 송도고 교장·전 건국대 교육대학원장

정부가 발표한 2010년 학업중단학생은 7만 6,589명에 달한다. 한국교육개발원의 2011년 '교육정책분야별 통계자료집'에 따르면 하루 평균 209명의 학생들이 학교를 중퇴하는 것으로 나타났다. 이처럼 상당수의 학생들이 학교를 떠나고 있는 건 단지 일선학교들만의 문제로 끝나는 게 아니라는 점에 심각성이 존재한다. 자퇴생들이 교문 밖을 나서는 순간, 이들의 문제는 사회적인 문제로 직결된다. 불행히도 우리 사회는 중도탈락 학생들을 연계할 프로그램도 수용할 시설도 제대로 마련되어 있지 못한 실정이다. 물론 학교를 떠나는 일부 학생들은 스스로 검정고시를 준비하거나, 대안학교로 옮겨가는 경우가 있을 수 있다. 하지만 상당수의 학생들은 배움의 기회를 포기한 채 인터넷 중독이나 각종 범죄의 유혹에 빠져 든다. 지난해 경찰에 입건 된 전체 소년 범죄자 8만8,776명 가운데 24%에 해당하는 2만1,143명이 초중고 교 중퇴자이거나 상급학교를 진학하지 않은 18세 미만의 소년들로 밝혀졌다. 더욱 심각한 건 이들 중퇴생들의 범죄증가율이 지난 5년 사이 2배로 늘어났다는 점이다.

학교가 재미없고, 교과내용이 어려워 따라가지 못하는, 이미 짜여진 시간표에 따라 운영되는 경직된 학교생활이 지루하고 따분하다고 말하는 학생들의 수가 날로 늘어나고 있다. 이전에 비하면 학교 현장의 교육과정이 다양해졌다고 말할 수도 있겠지만, 하루가 다르게 변화하는 청소년들의 다양한 욕구를 충족시켜 주기에는 현격한 한계가 따른다.

미국에서도 초중고교의 가장 큰 관심사 가운데 하나가 학생들의 중도 탈락 문제다. 그래서 학교 평가와 관련해 결석생과 중도탈락률이 비중 있게 다뤄지고 있는 것이다. 성적은 그 다음의 일이다. 핵가족 맞벌이가 주류를 이루고 있는 현대 사회에서는 학교가 단순히 학생들에게 교과내용을 가르치는 기능만이 아니라 청소년들을 돌보는 보호기능도 무시할 수 없게 되었다. 미국에서는 오래전부터 교육청의 규제 없이 학부모, 교사, 지역단체 등이 자치적으로 운영하는 차터스쿨이 확산되고 있다. 이들 학교는 1980년대 말 '학교 안의 학교'로 시작된 공립형자율학교들로 오늘날에는 전국적으로 1,200여개를 넘어섰다. 뿐만 아니다. 2015년까지 미국은 전국적으로 공립학교의 15%까지 차터스쿨을 확대해 나갈 것이라 한다.

우리나라도 이와 유사한 '자율형공·사립고' 제도가 운영되고 있다. 그러나 일반고에 비해 등록금이 3배 정도가 비싸고 지원자격 또한 중상위권 학생들로 제한하고 있다. 일선학교 현장에 교육과정의 편성권과 운영의 자율성이 주어진다는 점은 미국의 차터스쿨과 같은 개념이지만, 우리나라의 자퇴생 상당수가 교과성적 중하위권이란 점을 감안한다면 하루 평균 209명, 연간 7만 명 이상의 중도 탈락학생들의 문제를 해결하기 위한 별도의 방안이 서둘러 마련돼야 한다. 그 해결 방안의 하나로 일반 초중고에 대안학급을 접목시키는 '대안학급'을 만들어 주는 것이 어떨까 싶다. 해마다 정규학교 대신에 대안학교 진학이나 전학을 희망하는 학생들의 수가 늘어나고 있지만, 대부분의 대안학교들이 신촌지역에 위치해 있다 보니 그곳으로 자녀를 진학시키거나 전학시키는 일이 생각처럼 쉽지 않아 고민하는 가정들도 늘어나고 있다. 이런 상황을 고려해 도심지 학교들에 학력인정 대안학교들처럼 '국민공통필수교과' 만을 의무화 시키고 나머지 교과목들은 학부모와 교사 그리고 외부 전문가들에 의해 학교상황과 지역적 요구에 맞도록 자율적인 교육과정을 운영할 수 있도록 길을 터 주어 자퇴생들의 숫자를 줄여나가는 방안을 마련할 필요가 있다. 대한민국의 교육정책이 지향하는 '창의·인성 교육'을 활성화 시키기 위해서라도 일선 학교 현장에 대안교육의 이념과 가치를 적극 도입할 때가 됐다.

그치지 않는 비는 없다

「교육국제화」를 위한 출발과 활동

현재의 고등학생들이 살아가게 될 가까운 미래사회의 특징 가운데 빼놓을 수 없는 것이 국제화일 것이다. 따라서 미래사회의 주역이 될 학생들을 위해 학교경영의 정점에 교육국제화를 시도하기 시작했다.

● 국제화 기반구축, 해외교육기관들과의 NetWork 형성

교육국제화 기반구축을 위해 미국을 비롯한 일본, 중국, 인도네시아, 베트남 등 세계 여러 나라의 교육기관들과 MOU 체결을 하고 협력 체제를 구축하기 시작했다.

<해외 교육기관과의 MOU 체결>

국 가	기관명	MOU 체결일자
미국	MACLAY SCHOOL (Florida)	2013. 04. 24
	STATE UNIVERSITY OF NEW YORK (Korea)	2013. 04.09
	FEDERAL WAY HIGH SCHOOL (Seattle)	2014. 01.21
	TEXAS A&M UNIVERSITY, (Commerce)	2016. 11.09
일본	도쿠야마대학교	2012. 10.13
	카시와라고등학교	2014. 05.28
	관서학원대학교	2015. 07.15
	야마나시학원대학	2017. 03.20
중국	상해한국국제고등학교	2013. 06.17
	남경외국어고등학교	2014. 12.26
	중국남경재경대학	2015. 12.30
인도네시아	자카르타한국국제학교	2012. 11.26
베트남	호치민 국립 사범대학	2017. 03.28

그치지 않는 비는 없다

1년간의 협의를 거쳐 얻어낸 관서학원대학 학교장 추천자격

이공계열 세계 100대 명문대학 관서학원대학과
1년간의 협의와 심의를 거쳐 얻어 낸 송도고 학교장 추천입학

● 원어민 교사의 확보

국제반 운영에 필요한 원어민 교사의 확보를 위해 자매결연을 체결한 일본의 도쿠야마 대학을 방문했다. 이사장과 협의를 통해 해당 대학의 재정지원을 조건으로 일본어 원어민 교사를 파견 받게 되었다. 2013년부터 2018년 현재에 이르기까지 일본인 교사가 송도고 학생들의 일본어 회화를 지도하고 있다. 이후 2015년에는 중국정부에서 파견된 원어민교사를 채용해 학생들의 중국어 회화 수업을 이루게 했다. 영어회화의 경우 방과 후에 인근 초등학교의 교사에게 지원을 받아 운영해 오던 중 2017학년도부터 송도고 재단의 지원을 받아 Full Time 영어 원어민 교사를 확보하게 되었다.

한편, 본교는 베트남 대학과도 교류 물꼬를 트고 희망학생들을 대상으로 수능시험 제2외국어 선택교과인 「베트남어」강좌를 개설했다. 매주 수요일 방과 후 과정으로 2시간씩 강의를 진행하고 있으며 국내 일반계 고등학교로는 최초의 사례이다. 베트남과 베트남어에 대한 교육을 시행키로 한 이유는, 그동안 여러 차례의 베트남 방문을 통해 베트남의 미래를 보게 되어서도 있고, 학교 성적이 우수하지 않은 학생이라도 나름대로의 블루오션(Blue Ocean)을 찾아 자신만의 독보적인 진로를 찾아가는 데 도움을 주기 위해서였다. 베트남 국립대학들은 외국인 유학생의 1년 등록금이 우리 돈 300만 원이라 국내 등록금의 약 1/3 수준이다. 베트남어를 수강한 지 한 학기가 된 학생들이 2017학년도 겨울방학을 이용해 베트남을 찾아 문화체험을 하는 겸 본교와 MOU를 체결한 「호치민시립사범대학교」를 방문하고 돌아오기도 했다.

해외탐방 프로그램을 시작하다

송도고등학교가 2012년 겨울부터 시작한 동계 해외탐방 프로그램이 6년째를 맞이하고 있다. 학교장 임기 종료를 앞둔 시점까지 계속 되어온 셈이다. 1, 2학년 중심의 해외 탐방 프로그램은 주로 미국과 일본, 그리고 중국을 중심으로 해마다 진행되고 있으며 여름방학 동경과학박람회 탐방, 인도네시아 원시림과 화산지역 탐방 등 지식탐방을 장려하기 위한 해외탐방 프로그램 역시 이어져 왔다.

해외탐방 지원학생 수도 끊임없이 증가하고 있어 2017년 미국방문 지원 학생이 42명, 일본 도쿠야마 대학 16명, 중국 북경지역에 15명의 학생들이 겨울방학 보충수업이 끝나는 1월 13일 출국 길에 올랐다. 해외탐방 프로그램은 주로 송도고와 자매결연을 체결한 각국의 교육기관들을 중심으로 해당지역의 기업들을 방문하며 다양한 문화체험을 경험할 수 있는 내용으로 진행하고 있다.

● 미국대학 탐방

처음 이 프로그램을 계획할 때 나의 유학지였던 Florida를 생각했다. Orlando에 가면 단순한 흥미와 관광을 넘어 볼거리가 풍부한 Disney World가 있고, 미국 항공우주 발사대와 NASA가 있어 좋을 것 같았다. 그곳의 고등학교와 자매결연도 체결했지만, 미국 최남단에 가까운 지역이어서 항공료가 만만치 않았다. 그래서 학생들의 항공료 부담을 덜어주기 위해 서부지역 Seattle을 선택하기로 했다. Seattle에서 출발해 San Francisco 그리고 LA까지 경유하는 코스 안에는 미국 내 명문대학들뿐만 아니라 Microsoft, Apple, Google, Intel 그리고 Boeing 항공사 같은 세계적 기업들까지 소재하고 있다.

UC-Berkley & Stanford 대학 탐방

그치지 않는 비는 없다

해외기업탐방 모음

● 일본대학 탐방

일본 탐방 프로그램은 우연찮게 전광석화처럼 이뤄진 해외탐방 프로그램이었다. 일본의 도쿠야마대학과의 MOU 체결 이후, 일본대학 관계자 세 사람이 교장실을 찾아왔다. 향후 발전관계를 이야기하던 중, 우리 고등학교 학생들이 방학기간에 일본대학 체험을 할 수 있도록 초청 프로그램을 마련해 주었으면 좋겠다는 제안을 했다. 일본 측 관계자 한 분이 일본으로 전화를 걸어 승낙을 얻었다. 우리 학생들은 왕복 항공료를 부담하고, 일본에서의 체재비는 일본대학이 부담한다는 내용으로 성사되었다. 그 즈음 송도고등학교는 연수구의 교육국제화 사업에 편승해 학생들의 해외여행 지원금을 확보해 놓은 상태여서, 항공료조차도 일부 보조를 받아 떠날 수 있게 되었다. 이와 같은 일본대학과의 관계가 활성화 된 데에는 일본어 교사 한세환 선생님의 긍정적이고 적극적인 사고와 활동이 큰 몫을 차지했음을 밝혀두고자 한다.

일본 자매학교 방문

그치지 않는 비는 없다

● 중국대학 탐방: 남경대학 및 남경국제고등학교

2014년 12월 25일 크리스마스. 송도고 1, 2학년 16명과 중국어 담당 교사, 그리고 학교장이 함께 자매결연을 위해 중국 대륙의 옛 수도인 난징南京의 국제고등학교를 방문했다. 참가 학생들 가운데 상당수가 중국어를 공부하고 있어서 중국 학생들과의 Home Stay를 통해 언어실력도 향상하고 중국 가정도 체험할 수 있는 소중한 기회였다. 뿐만 아니라 남경 재경대학과의 MOU체결을 통해 사회과학중점과정 학생들의 해외 대학 체험 거점을 확보하게 되었다.

● 베트남 대학 탐방: 호치민 사범대학

2017학년도 2학기를 시작한 베트남어 수강생 5명이 겨울방학을 이용해 자매결연을 체결한 호치민 사범대학 한국어과를 방문하고 베트남 문화체험을 겸한 프로그램을 시작했다.

● 여름방학 「국제 과학캠프」

송도고의 여름방학 「국제과학캠프」는 미국 캘리포니아 과학고등학교California Institute of Mathematics & Science의 과학교사와 학생들, 그리고 Seattle에 위치한 Digipen 대학교가 파견하는 러시아 과학자가 함께 참여하여 이루어진다. 캠프의 전 일정은 통역 없이 영어로 진행한다. 송도고의 학생들뿐만 아니라 인근 지역 영어수업이 가능한 중학생들도 함께 참여하는 프로그램이다. 로봇Robotics을 중심으로 소프트웨어에 대한 강의와 실습이 이어지고 캠프 마지막 날에는 성남에 위치한 「OCI중앙연구소」를 방문하여 박사급 과학자들과의 집단 대화를 통해 과학과 관련한 학생들의 평소 궁금증을 풀어나가기도 한다.

그치지 않는 비는 없다

미식축구팀의 창단과 스포츠의 국제교류

국제반을 시작하고 중간고사가 끝난 즈음 1학년 학생 몇 명이 교장실을 찾아왔다. "선생님, 저희 학교에 미식축구부 만들면 안 될까요?" 학생들의 건의는 참으로 뜻밖이었다. "럭비 말이니?" 나는 그네들이 럭비를 미식축구와 혼동하는 줄로 알았다. "아니요, 미식축구 말입니다." "그러면 코치는 누가 할 수 있을까? 우리 체육 선생님들 미식축구 경험이 전혀 없을 터인데…." 학생들이 어깨가 축 처져서 돌아가고 3일이 지났을 때, 그들이 다시 교장실을 찾아왔다. 신바람이 난 모습이었다. "교장 선생님, 미식축구 코치를 구했습니다." 학생들은 그 사이 사방팔방 수소문 끝에 한국미식축구협회에 전화를 걸어 "우리 교장선생님이 코치 선생님을 찾아내면 미식 축구부를 만들어 주신다 했어요. 송도고에 코치 선생님을 좀 보내주세요."라고 했다는 것이다. 당돌한 녀석들이었다. 며칠 뒤 협회에서 관계자 몇 분이 교장실을 방문했다. 학생들의 요청이 너무 간절해서 찾아왔다고 한다. 그렇게 해서 시작된 송도고의 미식 축구팀 창단 과정에서 주변의 많은 사람들이 걱정을 했다. 운동이 너무 과격해서 학생들의 부상을 우려했다. 우려하는 주변 사람들을 만날 때마다 나는 이렇게 이야길 하곤 했다. "우리 학생들 절대로 다치지 않습니다. 염려 마세요. 왜냐하면 우리나라 고등학교들에 미식축구 팀이 없어 시합을 못 할 테니까요."

그런 나의 호언장담은 한 학기를 넘기지 못했다. 가을이 되자 학생들이 경기를 할 상대팀을 발견해 냈다. 용산의 미 8군기지 내에 있는 SEOUL AMERICAN HIGH SCHOOL과 접촉해서 친선경기를 하도록 한 것이다. 송도고 미식축구부와 미국 고등학교의 경기가 열리는 날 미8군 미식축구장으로 갔다. 경기 시작 전에 애국가가 울려 퍼졌다. 지나가던 병사들이 동작을 멈추고 국기에 대한 경례를 하고 있었다. 첫 번째 경기, 우리 학생들은 정말로 열심히 했음에도 불구하고 12대 0으로 패했다.

첫 패배가 자극이 되었을까. 학생들이 선수 선발을 보강하고 주말을 이용해 경기력을 향상시켜 나갔다. 무엇보다 미식축구에서 중요한 Quarter back과 Guard 의 역량이 막강해졌다. 1년 후 가을, 두 번째 친선 경기가 동일한 장소에서 열리게 되었다. 놀랍게도 경기 결과는 전년도와 동일한 점수로 송도고의 역전 승리였다. 경기 종료 후 미국인 코치가 내게 와서 우리선수들의 경기력 향상에 칭찬을 연발했다.

이후 송도고 미식축구 선수들의 활동 범위가 넓어지게 되었다. 서울

대학교 미식축구팀의 초청도 받았고, 멀리 진해에 있는 해군사관학교 미식축구팀의 초청도 받아 경기를 하게 되었다.

그해 송도고의 미식축구 팀이 가는 곳마다 승리의 함성이 울려 퍼졌다. 그로부터 송도고는 해마다 가을이 되면 평택 미군 기지에서 SEOUL AMERICAN HIGH SCHOOL 및 HUMPHREY HIGH SCHOOL과 더불어 정기 미식축구 리그전을 갖고 있다. 초창기 미식축구팀을 만들고 창단 멤버로 활동한 국제반의 3총사들을 잊을 수가 없다. 경기력도 뛰어났지만 송도고 미식축구의 기틀을 잡는데 1, 2학년 과정에서 남다른 열정을 지녔던 그들이었다. 이들 가운데 공부보다는 미식축구에 푹 빠져 있던 김성민 군은 송도고를 중퇴하고 미국으로 유학을 떠나 그가 꿈꾸던 체육학과에 진학을 했고, 조준영 군은 인하대학교 중국어과에 그리고 이주석 군은 국내에 남아 한국외국어대학에 진학했다.

송도고의 미식 축구팀은 학생들의 자발적인 요구에 의해 창단된 학습과 스포츠를 겸한 동아리 활동으로, 스포츠를 통해 미국 또래 학생들과의 친선 교류도 하게 되었으니 그 의미가 매우 깊다고 할 수 있겠다.

그치지 않는 비는 없다

강인함이 절실한 교육

　미국의 백 달러짜리 지폐에 얼굴사진이 실린 '벤자민 프랭클린'의 기록물에 나오는 이야기다. 1744년 버지니아 주정부와 6개 인디언부족사이에 체결된 랭카스터 조약을 마치고 나서 버지니아 대표들이 인디언 부족장들에게 호의적인 제언을 했다. 만약 당신들이 원한다면 인디언 청년들을 백인대학에서 교육을 시켜주고 그에 필요한 재정 지원을 해 주겠다는 것이다. 그러자 인디언 대표가 대답했다. "당신네들의 호의적인 제안은 감사하게 생각하지만 과거 경험에 비추어 볼 때 백인들이 가르치는 대학교육을 마친 우리 인디언 젊은이들은 말을 타고 달릴 줄도 모르고, 숲에서 생활하는 방법도 다 잊어버린 채 추위와 배고픔을 참아내는 인내심마저 사라져 버린 나약하기 그지없는 낙오자가되어 돌아왔습니다. 통나무로 집 짓는 방법도, 사슴을 잡는 방법도, 그리고 적의 습격에 대응하는 용기도 모두 잃어버린 채 한낱 무기력한 젊은이가 되고 말았습니다. 만약 당신네 백인들의 자녀를 우리 인디언 마을에 보내 준다면 우리는 그들에게 생존에 필요한 내용들을 교육시켜 보내 드리겠습니다."

교육현장에서 학생들을 대할 때면 요즘 학생들은 이전의 학생들에 비해 도전정신과 생활 속 자신의 문제를 스스로 해결하려는 의지가 많이 약해졌다는 생각이 든다. 학교현장에서 자기주도 학습이 강조되지만 정작 자기 삶의 문제를 주도적으로 해결하려는 몸부림은 찾아보기 어렵다. 학교급식에서 생선조림이 나오는 날이면 상당수의 학생들이 생선가시를 발라내는 성가심 때문에 먹던 밥을 남기고 식탁을 떠난다. 가정에서 생선가시를 발라 주는 어머니의 보살핌이 만들어 놓은 결과다. 가난 속에서 단련받은 이전의 학생들과는 달리 요즘 학생들은 교실의 더위와 추위를 좀처럼 참아 내질 못한다. 쾌적한 아파트 주거생활이 가져다 준 나약함이다.

고등학생들만의 문제가 아니다. 대학에 신입생 수련회가 있는 날이면 학과 사무실 조교들은 할아버지들로부터 많은 전화를 받게 된다. 대학생 손자 손녀의 행선지와 일정을 챙기는 문의 전화인 것이다. 매 학기 수강신청 기간에 수많은 대학생 엄마들이 인터넷을 통해 자녀의 수강신청을 대신해 주는 현상은 이제 일상사가 돼 버렸다. 엄마가 대신해준 수강신청 과목이 무엇인지 자녀들에게 알려 주는 것을 까먹어 출석부에 이름이 올라 있는 학생이 2,3주가 지나도록 강의실에 나타나지 않는 경우도 있다. 할아버지의 경제력과, 엄마의 정보력, 그리고 아

버지의 무관심. 이들 3대 조건을 통해 대학문을 통과한 세대들의 자화
상인 것이다.

그렇게 학교생활을 해 가던 젊은이들을 모아 병영생활과 군사훈련
을 시켜야 하는 군 관계자들은 병사들의 과다 체지방과 약한 근육을 우
려하고, 상관의 명령보다는 엄마의 명령에 길들여진 마마보이들이 유사
시 적과의 대치를 제대로 이뤄낼 수 있을 것인지 걱정하고 있다.

영국의 과학자 알프레드 윌리스의 참나무산누에나방이 고치를 뚫
고 나오는 모습을 관찰한 이야기는 널리 회자되고 있다. 나방이 안에
서 바늘 구멍만한 구멍하나를 뚫고 그 틈으로 몸 전체가 나오기 위해
꼬박 한나절을 애쓰고 있었다. 그는 나방이 힘들게 작은 구멍을 빠져
나오는 모습이 안쓰러운 나머지 예리한 가위로 구멍을 잘라 넓혀 주었
다. 그런데 스스로의 힘으로 한나절이나 걸려 누에고치를 빠져나온 나
방은 예쁜 색깔로 변해 훨훨 날아가는 것에 반해 도움을 받아 편하게
구멍을 빠져나온 그 나방은 무늬도 볼품없고 몇 번 날개를 퍼덕이다
곧 죽어 버렸다.

교육현장에서 나약할 대로 나약해져 가고 있는 우리네 학생들을 지
켜보면 산란의 꿈을 실현하기 위해 세찬 물살과 소용돌이를 거슬러 장
벽과 폭포도 뛰어넘는 연어의 힘찬 도전과 험한 산 바위 중턱에 둥우
리를 짓고 새끼를 낳아 훈련시키는 독수리의 교육 방식이 가지는 교훈
을 떠올리게 된다. 지금 우리네 자녀 교육은 도전하는 연어를 어항 속

금붕어로 만들어 가고, 용맹한 독수리를 병아리로 키워 내고 있는 것
은 아닌지.

한국일보

2013년 7월 19일 (금)
23면 오피니언

| 아 | 침 | 을 | 열 | 며 |

학교교육, 그 나약함에 대하여

오성삼 인천 송도고 교장·전 건국대 교육대학원장

미국의 100달러짜리 지폐에 얼굴 사진이 실린 '벤자민 프랭클린'의 기록물에 나오는 이야기다. 1744년 버지니아 주정부와 6개 인디언 부족 사이에 체결된 랭카스터 조약에서 버지니아 대표 위원들이 인디언 부족장들에게 호의적인 제안을 내놓았다. 만약 6개 부족의 추장들이 그들의 아들을 백인 대학에 보내길 원한다면 정부는 그들이 백인의 학문을 전부 배울 수 있도록 길을 열어주고 재정 지원을 아끼지 않을 것이라고 했다. 그러자 인디언 대표가 대답했다. "당신네들의 호의적인 제안은 감사하게 생각하지만, 과거 경험에 비추어볼 때 백인들이 가르치는 대학 교육을 받은 우리 젊은 인디언들은 말타는 법도 미숙하고 숲에서 생활하는 방법도 다 잊어버리고 추위와 배고픔을 참아내는 인내심마저 사라진 나약하기 그지없는 낙오자가 되어 돌아 왔습니다. 통나무로 집짓는 방법도, 사슴을 잡는 방법도, 그리고 적의 습격에 대응하는 용기도 모두 잃어버린 한낮 무기력한 젊은이가 된 것입니다. 만약 당신네 백인들의 자녀를 우리 인디언 마을로 보내준다면 우리는 그들의 교육을 책임질 것이며 우리가 아는 모든 것을 가르쳐 어른으로 키워주겠습니다."

교육현장에서 학생들을 대할 때면 요즘 학생들은 이전의 학생들에 비해 도전정신과 생활 속 자신의 문제를 스스로 해결하려는 의지가 많이 떨어져 있음을 보게 된다. 대학 입시에 종속된 학교 교육이 자기주도적 학습은 강조해도 정작 학생들의 자기주도적 생활 지도에는 한계를 드러낸다. 학교 급식에서 생선 조림이 나오는 날이면 상당수의 학생들이 생선 가시를 발라내는 성가심 때문에 먹던 밥을 남기고 식탁을 떠난다. 가정에서 생선 가시를 발라주는 어머니의 보살핌이 만들어 놓은 결과다. 가난 속에서 단련 받은 이전의 학생들과는 달리 요즘 학생들은 교실의 더위와 추위를 좀처럼 참아내질 못한다. 쾌적한 아파트 주거생활이 가져다 준 나약함이 아니겠는가.

고등학생들만의 문제가 아니다. 대학에 신입생 수련회가 있는 날이면 학과 사무실 조교들은 할 아버지들로부터 많은 전화를 받게 된다. 대학생 손자 손녀의 행선지와 일정을 챙기는 문의 전화인 것이다. 매학기 수강신청 기간이 되면 수많은 대학생 엄마들이 인터넷을 통한 자녀 수강 신청을 대신해 주는 현상은 이제 일상사가 돼버렸다. 엄마가 대신해준 수강 신청 과목을 자녀들에게 알려주는 것을 까먹어 출석부에 이름이 올라있는 학생이 2, 3주가 지나도록 강의실에 나타나지 않는 경우도 있다. 할아버지의 경제력과, 엄마의 정보력, 그리고 아버지의 무관심. 이들 3대 조건을 통해 대학문을 통과한 세대들의 모습이다.

그렇게 학교 생활을 해 가면 젊은이들을 모아 병영 생활과 군사 훈련을 시켜야 하는 군 관계자들은 병사들의 과다 체지방과 약한 근육을 우려하고, 상관의 명령보다는 엄마의 명령에 길들여진 '마마보이'들을 데리고 유사시 적과의 대치를 해야 할 판이다.

한때 영국의 과학자 알프레드 윌리스가 참나무산 누애나방이 고치를 뚫고 나오는 과정을 관찰하게 되었다. 나방이는 누애고치 안에서 작은 구멍 하나를 뚫고 그틈을 빠져 나오기 위한 고통을 한나절이나 참아내야 했다. 작은 구멍을 빠져 나오는 나방이의 모습이 너무 안쓰러워 과학자 알프레드는 예리한 가위로 누애고치의 구멍을 넓혀 주기도 했다. 그런데 스스로의 힘으로 고치를 빠져나온 나방의 경우는 예쁜 색깔로 변해 훨훨 날아가는 것과는 달리, 도움을 받아 편하게 구멍을 빠져나온 그 나방은 몇 번의 날개를 펴마어다 날지 못하고 죽어 버렸다.

요즘 점차 나약해져가는 학생들을 보고 있노라면 산란의 꿈을 안고 세찬 물살을 거슬러 올라가는 연어들의 힘찬 도전, 위험을 무릅쓴 독수리의 새끼훈련 방식을 떠 올리게 된다.

지금 우리네 가정에서의 자녀 교육 방식이나 학교에서 제공하는 교육 내용이 도전하는 연어 보다는 어항 속 금붕어를 기르고, 용맹한 독수리 대신 병아리를 키워내고 있는 것은 아닐까. 교육의 우선순위를 다시 생각해야 한다.

그치지 않는 비는 없다

네버엔딩 스토리, 제2연평해전

　미국 명문대학 가운데 하나인 예일대 교정에는 한 젊은이의 동상이
서 있다. 예일대 재학생으로 미국 독립전쟁에 자원입대했던 나단 헤일
이란 청년의 동상이다. 그는 전투에서 국가정보를 다루는 업무를 담
당하고 있었는데 불행하게도 영국군의 포로가 되었다. 적군은 그에게
주요 기밀을 빼내기 위해 혹독한 고문과 함께 목숨을 살려 주겠다는 회
유까지 했지만 결국 그가 선택한 것은 자신의 목숨이 아닌 조국이었다.
1776년 그는 교수형에 처해졌고, 전쟁이 끝난 후 예일대는 그의 숭고
한 애국정신을 기리고자 대학 캠퍼스 내에 동상을 세웠다. 그의 동상
받침대엔 오늘도 이런 글귀가 남아 있다. '나는 내 조국을 위해 바칠 목
숨이 단 하나뿐임이 안타까울 뿐이다.' 손이 묶이고 발에 사슬이 채워
진 채 서 있는 젊은 애국자의 동상은 '하나님을 위하여, 조국을 위하여,
그리고 예일을 위하여'란 그 대학의 건학정신을 오늘도 묵묵히 후배 학

생들에게 전해 주고 있다.

 필자가 재직하고 있는 인천 송도고 교정에도 군복차림의 한 젊은이 동상이 세워져 있다. 서해안 제2연평해전에서 전사한 72회 졸업생 고 윤영하 소령의 동상이다. 2002년 한일 월드컵 3,4위전이 있었던 토요일 오전 10시쯤, 서해 북방한계선NLL을 침범한 북한군 고속정 2척 '등산곶 383호'와 '등산곶 684호'에 의해 우리 해군 '참수리 357호'가 기습공격을 당해 장병 6명이 전사하고 18명이 부상했다.

 그래서 해마다 6월 29일이 되면 송도고 교정에서는 고 윤영하 소령에 대한 추모행사가 열린다. 벌써 11년째다. 교정 한쪽에 위치한 윤 소령 동상 앞에서 아들을 가슴에 묻고 살아가는 그의 부모님과 함께 해군관계자 및 해군군악대가 참여하며 1,500여 학생, 교직원, 동문들이 추모행사를 갖는다.

 금년부터는 교육적 차원에서 학생들에게 올바른 국가관을 심어 주고 우리가 지켜 나가야 할 대한민국 영토의 소중함을 일깨워 주기 위한 행사를 계획했다. 서해 5도 지역을 포함하는 인천지역 중고생들의 '제2연평해전 용사 추모 문예글짓기 대회'가 마련되고, 추모행사에 이어 강당에서 학생들을 대상으로 해군제독의 특강이 이어진다.

 요 며칠 사이 가슴이 먹먹해지는 일들이 있었다. 윤 소령의 부친이 학교 선생님들에게 나눠 줄 떡 바구니를 들고 학교를 찾아 주었고, 윤

그치지 않는 비는 없다

| 아 | 침 | 을 | 열 | 며 |

'네버엔딩 스토리' 제2연평해전

오성삼 인천 송도고 교장·전 건국대 교육대학원장

미국의 명문대학 가운데 하나인 예일대 교정에는 한 젊은이의 동상이 서있다. 예일대 재학생으로 미국 독립전쟁에 자원입대했던 나단 헤일이란 청년의 동상이다. 그는 전투에서 국가정보를 다루는 업무를 담당하고 있었는데 불행하게도 영국군의 포로가 되었다. 적군은 그에게서 주요 기밀을 빼내기 위해 혹독한 고문을 했고, 목숨을 살려 주겠다는 회유를 했지만 결국 그가 선택한 것은 자신의 목숨이 아닌 조국이었다. 1776년 그는 교수형에 처형됐고, 전쟁이 끝난 후 예일대는 그의 숭고한 애국정신을 기리고자 대학 캠퍼스 내에 동상을 세운 것이다. 그의 동상 받침대엔 오늘도 이런 글귀가 남아 있다. '나는 내 조국을 위해 바칠 목숨이 단 하나뿐임이 안타까울 뿐이여.' 손이 뒤로 묶이고 발에 사슬이 채워진 채 서 있는 젊은 애국자의 동상은 '하나님을 위하여, 조국을 위하여, 그리고 예일을 위하여'란 그 대학의 건학정신을 오늘도 묵묵히 후배 학생들에게 전해 주고 있는 것이다.

필자가 재직하고 있는 인천 송도고 교정에도 군 복지럼의 한 젊은이 동상이 세워져 있다. 서해안 제2연평해전에서 전사한 72회 졸업생 고 윤영하 소령의 동상이다. 2002년 한일 월드컵 3, 4위전이 있던 그 토요일 오전 10시쯤, 서해 북방한계선(NLL)을 침범한 북한군 고속정 2척 '등산곶 383호'와 '등산곶 684호'에 의해 우리 해군 참수리 357호가 기습 공격을 당해 장병 6명이 전사하고 18명이 부상했다.

그래서 해마다 6월 29일이 되면 송도고 교정에서는 고 윤영하 소령에 대한 추모행사가 열린다. 벌써 11년째다. 교정 한쪽에 위치한 윤 소령 동상

앞에서 아들을 가슴에 묻고 살아가는 그의 부모님과 해군관계자 및 해군군악대가 참여해 1,500여 학생, 교직원, 동문들과 함께 추모행사를 갖는다.

금년부터는 교육적 차원에서 학생들에게 올바른 국가관을 심어 주고 우리가 지켜 나가야 할 대한민국 영토의 소중함을 일깨워 주기 위한 추모행사를 계획했다. 서해 5도 지역을 포함하는 인천지역 중고생들의 '제2연평해전 용사 추모 문예글짓기 대회'가 마련되고, 추모행사에 이어 강당에서는 학생들을 대상으로 하는 해군제독의 특강이 이어진다.

요 며칠사이 가슴이 먹먹해지는 일들이 있었다. 윤 소령의 부친이 학교 선생님들에게 나눠 줄 떡 바구니를 들고 학교를 찾아 주었고, 윤 소령의 해군사관학교 50기 동기생들이 퇴근길에 윤 소령의 후배학생들에게 전해 달라며 장학금을 들고 온 것이다. 뿐만이 아니다. 학생들이 중심이 돼 시작된 성금 모금 캠페인이 6,000만원을 넘어섰다. 학생들의 참여를 학부모들이 격려해 주었고, 송도학원 재단이 큰 기부를 해 준 것이다. 이 성금은 현재 제작 중에 있는 영화 'NLL- 연평해전'의 제작비 후원금으로 전달될 예정이다. 지난 10여년

넘게 모진 비바람 맞아가며 모교의 교정 한쪽에 동상으로 서있는 선배를 영화로나마 부활되기를 염원하는 후배학생들의 모습이 참으로 대견하고 눈물겹다.

영국 국민들은 '워털루' 전투에서 영국군이 나폴레옹의 대군을 물리칠 수 있었던 힘의 근원이 워털루대전을 지휘한 '웰링턴' 장군의 모교인 이튼스쿨 운동장에서 길러진 것이라 말한다.

지금 우리가 위협받고 있는 대한민국의 영토가 어디 서해 NLL과 휴전선 서부장지대 뿐이겠는가. 이웃하고 있는 일본은 어떻고 또 중국은 어떠한가. 우리가 지켜 내야 할 이 나라 대한민국의 영토, 영해, 영공이 온통 외부의 위협적인 상황에 처해 있다는 사실을 자라나는 세대들에게 가르쳐 알게 해야 한다. 6·25가 남침인지 북침인지, 그리고 현충일이 무슨 날인지조차 제대로 알지 못하는 청소년들의 문제는 결국 오랜기간 이념논쟁에 사로잡혀 온 정치권과 기성세대들의 책임이 크다는 생각이 든다.

부디 'NLL- 연평해전'의 이야기가 나라사랑의 소중함을 일깨워 주는 우리사회의 교과서가 되기를 기대한다.

소령의 해군사관학교 50기 동기생들이 후배학생들에게 전해 달라며 장학금을 들고 온 것이다. 뿐만 아니다. 학생들이 중심이 돼 시작된 성금 모금 캠페인이 6,000만 원을 넘어섰다. 학부모들은 학생들의 참여를 격려해 주었고, 송도학원 재단이 큰 기부를 해 주었다. 이 성금은 현재 제작 중에 있는 영화 'NLL-연평해전'의 제작비 후원금으로 전달될 예정이다. 지난 10여 년 넘게 모진 비바람을 맞아 가며 모교의 교정 한쪽에 동상으로 서 있는 선배가 영화로나마 부활되기를 염원하는 후배학생들의 모습이 참으로 대견하고 눈물겹다.

영국 국민들은 '워털루' 전투에서 영국군이 나폴레옹의 대군을 물리칠 수 있었던 힘의 근원은 워털루대전을 지휘한 '웰링턴' 장군의 모교인 이튼스쿨 운동장에서 길러졌다고 말한다. 지금 우리가 위협받고 있는 대한민국의 영토가 어디 서해 NLL과 휴전선 비무장지대뿐이겠는가. 이웃하고 있는 일본은 어떻고 또 중국은 어떠한가. 우리가 지켜 내야 할 이 나라 대한민국의 영토, 영해, 영공이 온통 외부의 위협적인 상황에 처해 있다는 사실을 자라나는 세대들에게 가르쳐 알게 해야 한다. 6.25가 남침인지 북침인지, 그리고 현충일이 무슨 날인지조차 제대로 알지 못하는 청소년들의 문제는 결국 오랜 기간 이념논쟁에 사로잡혀 온 정치권과 기성세대들의 책임이 크다는 생각이 든다.

부디 'NLL-연평해전'의 이야기가 나라사랑의 소중함을 일깨워 주는 우리사회의 교과서가 되기를 기대한다.

송도고 교정의 윤영하 소령 동상

그치지 않는 비는 없다

고등학교 「Junior ROTC」를 추진하다

고등학교 교장으로 취임한 후 1년 반이 지나도록 나의 생각을 사로잡은 것은 이 시대의 고등학생 대다수가 참으로 나약하다는 점이었다. 이전 세대의 학생들에 비해 학력은 향상되었는지 몰라도 체력과 정신력에 있어 강인함이 필요했고 학생들의 강인함을 키워 줄 수 있는 교육이 절실하다는 생각이 이어졌다. 그래서 추진하기 시작한 것이 송도 고등학교의 Junior ROTC 프로그램이었다. "그래 바로 이것이야." 학교장으로서 걱정하던 나약한 고등학생들의 정신력과 체력을 좀 더 강하고 절도 있게, 그리고 예절바르게 키우고, 엄마의 치마폭에서 벗어나지 못한 채 흐느적거리는 학생들을 자립심이 강한 청년의 모습으로 탈바꿈해야겠다는 생각을 하게 된 것이다. 이를 통해 청년기의 고등학생들이 올바른 국가관과 역사관에 기초한 시민정신Citizenship과 지도자적 자질Leadership을 함양할 수 있게 되기를 바랐다.

미국 고등학교에서의 Junior ROTC 제도는 100여 년의 역사를 지닌다. 그동안 이 제도를 통해 3,000여 개의 고등학교가 학생들의 리더십 Leadership을 함양함은 물론이고 보다 나은 민주시민Better Citizen 양성에 기여했다는 다양한 정책보고서가 나왔다. 우리사회가 청소년들의 비행과 일탈행위로 심각한 고민에 빠져 있는 지금, 송도고등학교가 학생들의 생활지도 차원에서 미국의 Junior ROTC 제도를 실시한다면 큰 성과가 있을 것이라 여겼다. 이를 통해 건전한 정신과 건강한 신체의 조화는 물론, 지식중심의 교육과정에 치우쳐 있는 고등학교 교육현장에 비교과 영역의 내용과 활동을 강화코자 했다. 청소년기 학생들이 바른 인성을 기반으로 올바른 국가관을 지닌 시민이 되고 미래 지도자로서의 역량을 키워나가도록 하는 취지를 반영하고자 염원했다.

국가가 나서서 미국의 Senior ROTC 제도를 우리나라 대학들에 도입한 시점은 1961년의 일이다. 고등학교에 Junior ROTC 제도를 도입하는 일은 인천의 송도고등학교가 처음이었다. 그래서 준비과정자체도 생소했고, 주변 많은 사람들의 궁금증이 이어졌다. 고등학교의 ROTC 제도가 군 입대와 어떤 관계가 있는지, 혹여 과거 시행되던 교련의 부활은 아닌지, 군사훈련은 얼마나 시키는지 등등 학생은 물론 학부모와 교사들의 궁금증이 뒤따랐다. 교장 한사람의 생각으로 추진해 나가기에는 실로 어려운 일이었다. 그래서 용산 미8군 영내에 있는 Seoul American High School의 ROTC 교관과 생도들을 우리 학교로 초청하기로 하였다. 이를 통해 학생과 교사들을 대상으로 시범활동과 질의응답 시간을 마련했다. 모두가 생소한 이 제도의 이해와 궁금증을 해소

그치지 않는 비는 없다

해 주기 위함이었다.

미국 고등학교 Junior ROTC 학생들의 시범과 설명회를 통해, 송도 고등학교 학생들의 ROTC 관심이 일기 시작했다. 이와 때를 같이 하여 Junior ROTC 창단의 취지와 운영방안을 나름대로 개발하기 시작했다.

생소한 고등학교 Junior ROTC를 창단함에 있어 협조를 구해야 할 기관들 및 최초 창단에 필요한 지지가 절실하기도 했다. 창단과정이 그만큼 버거운 과제였기 때문에 준비과정에 해군의 협조를 구했고, '해군사관학교'를 방문해 창단과 관련한 의견을 나누기도 했다. 창단을 앞둔 시점에서는 '대한민국 ROTC 중앙회'와 '한국교총'의 협조와 지원을 요청해 든든한 버팀목을 확보하게 되었다.

이후 창단에 뜻을 같이하는 학생과 학부모의 자발적인 신청을 받아 대다수 1학년생과 소수의 2학년생을 합해 106명의 학생들을 선발하게 되었다. 창단식을 거행하려면 지원 학생들의 제식훈련을 비롯한 Junior ROTC 생도로서의 기초 훈련이 필요했다. 인천해역방어 사령부

에 협조 요청을 통해 훈련 교관들의 지원이 이뤄졌다.

드디어 2015년 6월29일, 고故 윤영하 소령의 14주기 추모일 행사에 맞춰 송도고등학교의 Junior ROTC 창단 행사가 거행되었다. 때마침 상영되기 시작한 영화 '연평해전'의 사회적 분위기로 인해 '해군 Junior ROTC' 창단은 사회적 관심과 탄력을 받게 되었다. 무엇보다 해군과 국가보훈처 그리고 대한민국 ROTC 중앙회, 한국교총의 격려는 큰 힘이 되었고, 창단식 당일 참가해준 해군군악대와 해병대 의장대의 축하 시범은 많은 사람들의 탄성을 자아내기에 충분했다.

이날 창단식에는 이수영 송도고등학교 이사장, 윤영하 소령의 부친, 박상은 국회의원, 박승춘 국가보훈처장, 김성일 전 공군참모총장, 이범림 해군참모차장, 송도고 출신 장경욱 전 기무사령관, 변남석 인천해역방어사령관, 최용도 대한민국 ROTC 중앙회장, 안양옥 한국교총회장, David Levy 주한 이스라엘 대리대사, 김시명 대한민국 순국선열유족회장 등 다수의 인사들이 참석하여 격려를 해 주었다.

학교 교정에서 거행된 창단식 행사

대한민국 해병대 군악대 및 의장대 축하공연

● Junior ROTC의 활동과 확산

　창단식이 끝나고 정규 교육 및 활동이 시작되었다. Junior ROTC 생도가 된 학생들은 다른 학생들과는 달리 매주 수요일에 유니폼을 착용하고 등교하여 그들만의 조회로 하루 일과가 시작되며, 하루 종일 유니폼을 착용한 채로 학교생활을 한다.

매주 수요일, 제복의 날(Uniform Day)

　　　　　　　　　　　　　　　　　그치지 않는 비는 없다

수업이 끝나면 이들은 학교 중강당에 모여 Junior ROTC 단장으로부터 청소년 정신교육과 군대예절 그리고 리더십에 관한 강의 중심의 교육을 받곤 한다. 뿐만 아니라 인공심폐소생술과 같은 위기대처 능력, 독도법은 물론 금연교육과 마약의 위험성 등에 관한 교육도 받는다. 이들 교육과정에는 실로 다양한 분야에서 많은 분들이 강의에 참여해 주고 있다.

송도고등학교에 Junior ROTC가 창단되고 2015 대한민국 해군 창설 70주년 행사의 관함식에 초청을 받아 부산을 다녀오게 되었다. 이날 행사에 우리 학생들도 해군참모 총장의 초청을 받아 독도함에 승선하는 기회를 얻은 것은 매우 뜻깊은 일이 아닐 수 없었다. 행사에 가기 위해 해군이 마련해 준 버스가 학교 교정에서 출발을 하게 되었는데, 인솔 장교로 해군에 근무 중인 송도고등학교 출신 장교를 선발해 보내준 배려는 참으로 고마웠다.

부산 앞바다에서 열린 <해군창설 70주년 관함식> 참석

송도고등학교의 Junior ROTC는 한여름 옥수수 알갱이가 영글어가듯 교내외적으로 자리를 잡아 가고 있었다. 이듬해 서울의 건대부고와 경희 고등학교에서도 Junior ROTC를 창단하게 되었다. 이즈음 인천해역방어 사령부와의 자매결연을 통해 송도고등학교의 해군 주니어 ROTC의 위상을 높이고 활동을 넓혀 나가기 위한 지평을 개척하였다.

2016년 2학기가 시작되면서 인천상륙작전 기념일이 다가왔다. 국내 고등학교들뿐만 아니라 용산과 평택의 미군기지 내 고등학교들까지 참여하여 인천상륙작전 기념행사를 추진하면 좋겠다는 생각이 들었다. 하여 국가보훈처에 행사지원 요청을 했고, 인천해역방어사령부에 당일 행사 참가 학생들을 위한 군함승선 협조를 요청했다. 행사준비에 많은 사람들이 힘은 들었지만, 송도고 초대 Junior ROTC 단장을 맡아 수고하고 있는 박충헌 해병 대령(예비역)의 역량으로 성대하고 만족스럽게 끝이 날 수 있었고, 그 다음해에도 이 행사는 연례행사로 이어져 갔다.

고등학교 Junior ROTC 생도들이 함께하는

『인천상륙작전』 기념행사

◎ 일 시 : 2016. 9. 10 (토) 오전 11시

◎ 장 소 : 인천상륙작전 기념관

◎ 주 관 : 송도고등학교 해군 Junic

◎ 후 원 : 국가보훈처, 인천광역시   해역방어사령부

◎ 참가학교 : 건국대 사범대 부속고등
경희고등학교
송도고등학교
한민고등학교

해군 함정 승선체험

　해를 거듭할수록 전국 곳곳에 Junior ROTC 프로그램을 도입하는 학교들이 생겨나고 있었다. 건국대학교사범대학 부속고등학교, 경희고등학교, 한민고등학교, 통진고등학교, 삼랑고등학교, 신홍고등학교, 연수여자고등학교, 한서고등학교, 경원고등학교, 제물포고등학교 및, 경상북도 교육청이 예산을 편성해 지원해 주고 있는 영주고등학교, 영광고등학교, 구미고등학교, 율곡고등학교 등이 창단하게 되었다. 뿐만 아니라 나의 교장 마지막 학기에 접어들면서 미국령 괌에 소재한 John F. Kennedy High School Junior ROTC로부터 송도고등학교를 방문하고 싶다는 요청이 들어와 4박5일의 행사를 진행하기도 하였다.

그치지 않는 비는 없다

괌 JOHN F. KENNEDY 고등학교와의 양교 협력 체결

또 다른 형태의 교사 연수, 제주도를 탐探하다

2016년 1학기가 끝나갈 무렵, 여름방학을 앞두고 교직원들을 위한 휴식의 시간을 마련코자 했다. 송도고등학교의 변화가 이들의 많은 노력 때문임을 잘 알고 있었기에 보답하고 싶었다. 교육부, 인천 교육청, 연수구청, 그리고 다양한 기관들로부터 학교 프로그램 운영을 위한 3억 5천만 원 정도의 예산도 몇 년째 확보하고 있는 시점이었다. 학교재단의 이사장님께서도 휴식을 가지는 취지에 공감하셨기에 교직원 연수 비용의 상당 부분을 지원해 주셔서 수월하게 행사를 진행할 수 있었다.

어떤 형태의 휴식을 제공할 것인가 고민 끝에 전 교직원 제주도 여행을 추진하기로 했다. 모든 구성원들이 비행기로 이동하며 갖는 공항의 설렘도 좋을 것 같았고, 가족과 함께라면 더 좋을 것 같았다. 가족 동반을 원하는 경우 최소한의 비용만을 부담토록 하여 배우자와 아동

그치지 않는 비는 없다

들이 참가할 수 있도록 진행키로 했다. 전체 교직원 회의 시간에 제주도 연수 계획을 이야기했다. "여름방학을 시작하는 날, 오전 수업만 실시하고 방학식은 최대한 간소하게 주관해 12시까지 끝내도록 합니다. 각자가 알아서 김포공항 출국장에 도착합니다. 학교에서 연수에 참가하는 사람들에게 김포-제주 간 왕복 항공권을 제공합니다. 제주도 공항에 도착하면 숙소까지 또 각자가 알아서 찾아오도록 합니다. 모든 참가자들이 명심해야 할 사항은 김포공항을 떠나는 순간부터 돌아올 때까지 교장과 교감을 찾지 않는 것입니다. 아니, 아는 체도 하지 않았으면 좋겠습니다. 2박3일의 기간은 정해져 있지만, 학교는 구성원들에게 모이라는 이야기를 하지 않습니다. 아침에 눈을 뜨면 각자가 인근에 예약해 놓은 식당에 가서 사인을 하고 식사를 하면 됩니다. 자신이 원하는 곳을 찾아가 구경하다 그곳에서 원하는 메뉴를 골라 알아서 식사를 해도 됩니다. 식사를 끝낸 사람들은 각자가 알아서 가고 싶은 곳으로 떠나도록 합니다. 저녁은 숙소 뜰에서 학교가 제공하는 바다 생선회와 바비큐를 즐길 수 있지만, 이 또한 의무사항이 아니기에 원하는 사람들만 자유롭게 참가하면 됩니다. 다시 한번 이야기하지만, 이번 연수는 송도고 교직원 각자가 가족과 함께, 동료들과 함께 원하는 활동을 하도록 기획된 것입니다." 이와 같은 취지의 설명이 끝난 후 저마다 제주도에 렌터카를 예약하고, 가 보고 싶은 곳에 대한 자료를 수집하고, 함께하고 싶은 동료들끼리의 모임을 짜는 일들을 시작했다. 한라산 등반을 계획하는 팀, 산악자전거 팀, 둘레길 걷기 팀, 골프 팀, 바다낚시 팀, 그리고 가족단위 아동중심의 놀이터 방문 팀 등 다양한 계획들이 추진되었다. 2박3일의 짧은 기간이긴 했지만 이와 같은 여름방학 연수가 끝이 났을 때 모두가 오랜 기간의 교직생활 가운데 정말 멋진 연수 경험이었다는 긍정적인 반응을 보였다. 좋은 일은 소문이 퍼져 나가기 마련이다. 이와 같은 이야기가 다른 학교에 전해져 다음 해에 인근 학교가 동일한 방식의 교직원 연수를 실시하기도 했다. 교육현장의 선생님들이 진정 원하는 것은 큰 보상보다는 자신이 하는 수고를 윗사람들이 헤아려 주는 것이란 사실도 확인할 수 있는 계기가 되었다. 이렇게 직무 만족도가 향상되고 자신이 속한 학교에 자긍심을 지니게 된다. 전 교직원이 참여하는 제주도 행사가 적은 비용은 아니었지만, 구성원들이 체험하게 된 심리적 보상에 비하면 매우 유용했다는 생각이 든다. 학교재단이 학교장을 간섭하지 않고, 교장이 구성원들을 간섭하지 않아도 각자가 자신의 능력과 소신에 따라 학교생활을 이어 가게 된다면 어찌 창의적인 발상이 싹트질 않겠는가. 언젠가 교직원회의 시간에 '곽탁타'란 인물의 이야기를 구성원들에게 들려준 적이 있다.

중국 고문진보에 '곽탁타'란 인물이 소개되고 있다. 곽씨 성을 가진 그가 곱사병으로 등이 볼록한 낙타를 닮았다 해서 붙여진 이름이라고 한다. 그가 하는 일은 이 집 저 집 다니며 정원에 관상수나 과수원의 나무들을 심어 주는 일이었다. 그런데 그에겐 남다른 재주 하나가 있었다. 그가 심어 주는 나무마다 죽는 법이 없고, 과일 나무들은 크고 무성하여 많은 열매를 맺곤 하는 것이다. 그의 이야기가 널리 알려지면서 그를 벤치마킹하려는 사람들이 찾아와 나무 심는 노하우를 알려 달라 했다. 그런데 그의 대답은 의외로 간단했다. "저는 나무를 심고 가꾸는 특별한 기술을 가지고 있는 것이 아닙니다. 단지 나무가 지니고 있는 본성을 따를 뿐입니다. 아시는 대로 옮겨 심은 나무의 본성은 뿌리를 내리고자 하는 것이요, 구덩이를 파고 묻은 흙은 이전과 같이 조밀한 상태로 돌아가고자 함이니, 심을 때 자식과 같이하여 심고, 그 후엔 돌아보지 말고 심은 나무가 제대로 자랄 것을 믿는 일이 저의 나무를 심고 가꾸는 비법입니다. 대부분의 사람들은 나무를 너무 과잉보호한 나머지, 아침에 살피고 저녁에 어루만지며, 심고 난 후에도 다시 돌아보고 껍질에 손톱자국을 내서 살았는지 죽었는지 시험해 보고 뿌리를 흔들어 성근지 빽빽한지 살피기 때문에 나무가 잘 자랄 수 없는 것입니다." 이 말을 전해들은 마을의 관리가 그를 찾아와 물었다. 당신의 나무 심고 가꾸는 방식을 백성들을 다스림에 적용하려면 어떻게 해야 되겠습니까? 곽탁타의 대답은 이러했다. "나무나 가꾸며 살아가는 제가 정치를 뭐 알겠습니까마는 관리들을 보면 명령을 번거롭게 내리기를 좋아하여, 마치 심히 가련하게 여기는 성 싶다가 끝내는 화를 끼치고, 아침, 저녁으로 부르짖어 명하기를, 밭 갈기를 재촉하고, 수확을 독려하고, 빨리 빨리 고치를 켜서 실을 뽑으라 하며, 닭과 돼지를 빨리 키우라고 하니 어찌 백성들의 그 본성을 편하게 할 수 있겠습니까. 관리들이 이처럼 간섭하니 오히려 백성들이 병을 핑계로 게으름을 피우고 있는 것이 아닌지요."

나는 '곽탁타'의 교훈을 오래전부터 지니고 살아왔다. 내가 남으로부터 간섭 받기를 싫어하듯 나 역시도 남들에 대해 간섭하기를 싫어한다. 내가 제일로 좋아하는 단어는 '알아서'이다. 모든 구성원들이 자신에게 주어진 업무를 '알아서' 해 주게 된다면 얼마나 좋겠는가. 대학원에서 교육행정을 공부할 때 '자유방임형 리더십'의 단점을 배웠지만, 나의 기질과 경험에 비추어 볼 때 구성원들이 성숙한 책임감을 가지고 있다면 이 같은 리더십이 오히려 자율과 창의, 그리고 상호존중의 조직 풍토를 형성함에 유용하리라는 생각을 하게 된다.

그치지 않는 비는 없다

송도고에서의 마지막 학기, 가치관교육

2017년 9월. 송도고에서의 5년간의 시간이 지나갔다. 이제 내게 남은 6개월의 기간은 송도고에서 뿐만이 아니라 내 남은 삶의 마지막 학기가 될 것이며 지난 5년간의 교장 활동을 정리하는 동시에 후임자에게 인계절차를 밟을 기간이 된다. 그러나 이 같은 업무는 행정적인 절차일 뿐 교육자가 이루어 낼 본질은 아니다. 그래서 시작한 것이 인성교육 과정에 있는 1학년을 대상으로 격주 수요일 7,8교시에 하는 '가치관교육' 프로그램이었다. 학교장 주도의 교육 프로그램으로 1학년 13학급 학생들을 둘로 나누어 중강당에서 가치관 형성 교육을 받도록 하는 내용이었다. 학교 현장에서 한평생을 보낸 교직자로서의 마지막 가르침의 본능이 발동한 연유다. 교장선생이 학생들 앞에서 훈화를 통해 교육을 하는 방식 대신에 학생들과 함께 선정한 영화를 관람하는 방식을 택했다. 150명 좌석의 중강당에 모여서 9월 학기 초에는 더위를 식힐 수 있도록 에어컨을 가동하고, 11월에 접어들면서는 난방기를 최대한 가동시켜 학생들이 쾌적함을 느끼는 공간이 되도록 신경을 썼다. 첫 시간 중강당에 모인 1학년 학생들에게 '가치관교육'의 취지를 설명했다. 그리고 주의 사항을 넘어선 준수 사항 한 가지를 요구했다.

"이제부터 120분간 함께 영화를 관람하고자 합니다. 영화 시작과 함께 중강당의 조명을 끌 것입니다. 영화가 재미없거나 피곤한 학생들은 잠을 청해도 괜찮습니다. 단 한 가지 옆 사람에게 방해가 되어서는 안 됩니다. 이야기를 해서도 안 되고, 코를 골아서도 안 됩니다. 남을 섬기고, 자신의 것을 나누기에 앞서 옆 사람에게 방해가 되지 않는 행동, 이것이 바로 배려의 첫 걸음입니다. 꼭 지켜주기 바랍니다."

처음 몇 주간 관람한 동영상은 EBS 글로벌 프로젝트 '나눔'이었다. 월드비전과 함께 제작한, 아프리카 지역의 열악한 환경 속에서 처절하게 살아가는 아동들의 삶을 담은 것이었다. 나의 학교장 시작과 더불어 송도고 40개 학급은 월드비전 사업 '한 학급 한 생명 살리기'에 동참하고 있었다. 모든 학급 출입문에는 후원 아동의 사진 액자가 걸리고, 학급마다 모금을 담당하는 대표 학생이 있어 한 달에 3만 원의 후원금을 모아 월드비전으로 보내는 프로젝트가 지난 5년간 진행되고 있었다. 때문에 학생들에게 그들이 후원하는 성금이 지구상 다른 나라 아동들에게 얼마나 큰 도움이 되고 있는지 직접 보여 주고 나눔의 가치를 일깨워 주고 싶었다.

그치지 않는 비는 없다

이런 나의 생각과는 달리 중강당의 밝은 불이 꺼지고 영상이 시작되니 많은 학생들이 눈을 감고 고개를 숙여 깊은 잠에 빠져들었다. 요즘 청소년들, 특히 부모들로부터 등 떠밀려 공부하며 하루하루의 학교생활이 지겹게 느껴지는 학생들에게 '가치관교육'은 그냥 간섭받지 않고 여름철에는 시원하게 겨울철에는 따뜻하게 잠을 잘 수 있는 행복한 시간 이상의 의미가 없는 것 같아 보였다. 학생들과 함께하는 가치관교육 영화가 내게는 Sad Movie란 느낌이 들곤 했다. 모든 학생들의 잠이 달아나고 눈이 초롱초롱해지는 순간도 있었지만 영화가 끝나고 중강당을 빠져나갈 때 나누어 주는 과자봉지를 받을 때의 짧은 시간뿐이었다.

송도고에는 다양한 기탁금 가운데 이 학교 졸업생인 주정빈 박사란 분의 기탁금이 오래전부터 예치되어 있다. 정형외과 의사였던 그분은 송도중학교와 고등학교를 졸업하고 의과대학까지 진학을 한 인물이다. 당시 기독교 신앙을 중심으로 한 미션스쿨Mission School이었던 송도학교에서 6년간의 학교생활을 하며 기독교 신앙을 접하신 분이다. 그는 훗날 서울 정동감리교회의 장로가 되었고, 의사생활을 은퇴하며 모교인 송도고등학교에 선교후원금을 기탁해 해마다 기금의 이자를 사용하도록 해 놓고 세상을 떠나셨다. 그가 생전에 마련해 준 기금의 이자로 학생 예배 참석자들과 가치관교육 대상자들에게 가끔 과자 봉지를 나누어 주곤 했다.

다행히 가치관교육이 몇 차례 진행되며 점차 학생들의 관심이 커져 갔다. 영화가 주는 감동의 크기만큼 학생들의 집중도와 만족도가 비례

하고 있었다. 학생들에게 깊은 감동을 전해 줄 수 있도록 영화를 선정하는 일에 신경을 쓰기 시작했다. 가치관의 개념은 폭이 넓기에 학교 교훈이 지닌 '섬김'과 더불어 '나눔'에 초점을 두기로 했다. 본래 송도고의 교훈인 봉사奉事는 이 학교 설립자 윤치호 선생께서 신약성경 마태복음 23장11~12절의 메시지를 담은 것으로 '낮은 자세로 남을 섬기는 인물' 양성을 지향한다. 그렇게 해서 선정한 영화가 이태석 신부의 이야기를 다룬 '울지마 톤즈', 시리아 내전과 시리아 난민의 문제를 다룬 '시리아의 비가(원제:Cries from Syria)', 그리고 한국의 슈바이처로 불리는 송도고 졸업생 장기려 박사의 삶을 조명한 다큐멘터리 영화 '끝나지 않은 사랑의 기적' 등이었다. 장기려 박사 관련 영화는 인성교육 대상자인 1학년 학생들뿐만 아니라 전체 학생들은 물론 교직원 모두가 함께 관람한 특별한 영화로, 송도고 구성원 모두가 지녀야 할 학교 교훈의 가치와 의미를 생각하게 해 주는 영화였다. 참으로 많은 감동의 메시지를 담은 영화다. 나뿐만 아니라 600명이 넘는 1, 2학년 학생들이 체육관에 모여 숨죽여 가며 집중해 관람하였다.

교학상장敎學相長이라고 했던가. 가르치고 배우는 과정을 통해 서로가 성장해 가는 것처럼 학생들과 함께 장기려 박사의 영화를 보면서 떠오른 생각이 있었다. 송도고가 개설해 운영하고 있는 과학중점과정, 사회과학중점과정, 국제화과정, 군사경찰과정, 체육중점과정 이외에 '의과학중점과정'을 개설해 슈바이처처럼, 장기려 박사처럼, 그리고 이태석 신부처럼 의사들의 손길이 미치지 않는 곳에 섬김의 자세로 가난한 환자들을 치료해 주는 의료인들을 키워낼 수 있었으면 좋겠다는 생

그치지 않는 비는 없다

각이었다. 장차 의사를 꿈꾸는 인천지역 신입생들을 송도고 '의과학중점과정'에 받아들여 인성교육과 가치관 교육을 바탕으로 가르쳐 지극한 섬김의 의료인을 양성할 수 있다면 얼마나 보람된 일이 될 것인가.

나의 고등학교 교장 임기를 두 달 남짓 남겨 놓고 있던 12월. 고등학교 3학년 학생이 교장실에 찾아왔다. 평소 Junior ROTC 대대장 직책을 맡고 있던 학생이었고, 제1회 서해수호의 날 선포식 행사에 전국 고등학생 대표로 참가했던 학생이었다. "교장 선생님, 대학진학 상담과 관련해 담임선생님이 교장 선생님을 만나 보는 게 좋겠다고 해서 왔습니다." 나는 그가 오래전부터 간호학과 지망을 준비하고 있다는 이야길 들었다. "남학생이 왜 간호학과엘 가려고 하는가?" 70이 넘은 학교장의 편견과 고정관념이 묻어나는 질문이었다. 나는 그가 의과대학엘 진학해 송도고 출신 장기려 박사와 같은 인물이 되었으면 좋겠다는 기대감을 이야기해 주었다. "저는 오래전부터 가난한 나라에 가서 질병으로 고통받는 사람들을 도와주는 꿈을 지녀왔습니다. 물론 질병을 치료해 주는 의사가 되는 것도 좋겠지요. 하지만 의사가 되려면 10년 이상을 준비해야 하지 않겠습니까. 그런데 간호사가 되는 과정은 그리 길지 않아도 되잖아요. 더구나 가난한 나라의 환자들을 돌보는 데 간호사의 역할이 결코 의사들의 활동 못지않게 중요하다는 사실을 알게 되었습니다. 저는 가난한 환자들을 섬김에 의사, 간호사, 간호보조원, 그리고 자원봉사자 그 누구의 역할이 더 중요하다고는 생각지 않습니다." 고등학교 졸업을 앞둔 남학생의 생각이 아름다웠고 전공학문에 대한 가치관이 뚜렷한 그에게 감동했다. 결국 그는 서울대학교 간호학과로 진학을 했고 나는 그에게 장기려 박사의 생애를 다룬 영화 한 편을 선물했다. 무엇보다도 교장으로 감사한 일은 학생들이 송도고등학교가 지향하는 '섬김의 지도자 양성' 교육에 충실한 학교생활을 마치고 학교를 떠나는 모습이다.

나는 내신성적과 수능시험만 신경 쓰고 스펙에 필요한 봉사활동 기록만을 만들어 내는 학교교육이 변화하길 바란다. 우리사회와 국제사회에 유용한 역할을 할 수 있는 인재들을 양성하는 일이 학교에서 이뤄지기를 기대해 본다. 교과지식도 중요하겠지만 학생들의 가치관교육이 얼마나 소중한지 다시 생각해 보았으면 한다. 왜 진작 학생들의 가치관교육에 좀 더 적극적으로 대처하지 못했는가, 후회가 남기도 한다. 올바른 가치관이 결여된 행동이 어떤 부작용을 낳고 있는지 우리사회 도처에서 보면서 말이다.

1학년 학생 대상의 가치관 교육

그치지 않는 비는 없다

5년 6개월의 변화와 결실을 남기고 떠나다

　2012년 9월부터 2018년 2월까지 5년 6개월의 교장 재직기간. 인천 지역 중산층 가정이 주류를 이루는 옥련동. 이곳의 '일반계 평준화 고등학교'에 어떤 변화가 일어났는가를 회고하며 주요 결실들을 정리해 본다. 물론 이 모든 변화와 결실은 어느 한 사람의 노력에 의한 것이 아니다. 이는 송도고등학교의 모든 선생님과 직원 분들, 그리고 모교를 사랑하는 동문들의 관심과 후원, 학교를 신뢰하고 참여해 준 학부모님들의 힘이 결집해 이루어졌다. 지역사회와 연계한 연수구청의 도움도 컸다.

　학교장의 역할은 변화를 촉진하기 위한 끊임없는 자극자Stimulator에 불과하다. 또 학교법인 송도학원 이사장의 역할도 매우 컸음을 확신한다. 모든 구성원들이 학교 안과 밖에서 협력하여 만들어 낸 학교의 변화와 결실로 인해, 평준화 고등학교의 성공 모델로 소문이 나면서 최근 국내 수많은 고등학교들의 벤치마킹을 위한 방문이 이뤄지고 있다는 사실도 송도고의 자긍심이다.

1. 교육부와 인성교육범국민실천연합의 우수인성교육프로그램학교 인증

2. 2017학년도 대학진학

대학입시 결과와 관련해 2017학년도 대학수학능력시험이 6년 만에 가장 어려웠다는 언론의 발표를 접한다. 서울대학교 수시 합격자 발표 결과에 따르면, 남학생들의 서울대 합격자 수가 예년에 비해 줄었고, 일반계 합격자 수도 자사고나 특목고에 비해 줄어들었다고 한다. 별은 밤이 어두워질수록 빛난다고 했던가. 수능이 어려웠다는 금년도에 일반계 고등학교이고 남학교인 송도고등학교 수험생들은 빛났다. 세칭 SKY 대학으로 구분되는 서울대(10명), 연세대(14명), 고려대(20명) 합격생들이 무려 44명이나 되었다. 국제화 과정을 밟은 다수의 학생은 일본 중상위권 대학에 진학을 하게 되었다.

3. 동아일보 일반계 고등학교(송도고) 평가결과

송도고등학교가 2013학년도 1년간 학생·교사·학부모 및 지역사회와 연계해 함께 이뤄낸 객관적 성과는 해마다 실시되는 동아일보사의 「일반계 고등학교 평가」 결과와 인천시 교육청이 주관하는 「일반고 사업성과」 결과를 통해 확인할 수 있는데, 송도고는 동아일보평가 결과에서 인천지역 1위, 교육청 평가에서 우수교로 평가되었다. 동아일보가 해마다 전국 일반계 고등학교를 평가함에 있어 사용하고 있는 평가분야 및 평가지표는 아래와 같다. 동아일보의 「일반계 고등학교 평가」는 전국의 학교들을 서열화한다는 거센 비판과 더불어 2016학년도 평가를 마지막으로 종료했다.

동아일보 전국 고등학교 평가 기준

구 분	항 목		배점
학력수준 (60점)	수능	최상위권 5개년도 성적	16
		중상위권 5개년도 성적	16
		향상도	8
	학업성취도	성적	10
		향상도	5
	진학률	4년제 진학률	5
교육환경 (30점)	교육환경	교사 1인당 학생수	3
		학업 중단률	3
		학교 폭력 발생 실태	6
		비교과 활동	8
	시설재정	학교시설	7
		학교발전기금	3
학교평판 (10점)	학부모 설문		4
	순유입 학생 수		1
	학교별 학생·학부모 만족도		5

동아일보 『일반계 고등학교 평가』결과 (해마다 연말에 발표되던 동아일보 평가자료)

평가년도	평가점수	인천지역순위	전국순위	전년대비
2016	83.60	1		
2015	88.40	1	9위	6위 상승
2014	86.40	1	15위	9위 상승
2013	86.20	1	24위	20위 상승
2012	82.30	2	44위	32위 상승
2011	79.30	6	76위	시작년도

그치지 않는 비는 없다

4. 2015년 대한민국 100대 교육과정 선정

교육부가 해마다 전국의 초, 중, 고등학교를 대상으로 선정하는 전국 100대 교육과정 우수학교에 송도고등학교가 제13회(2016년) 우수학교로 선정되었다. 국가 교육과정을 바탕으로 학교 교육과정을 혁신적으로 개선하고 특색 있게 운영한 우수사례를 발굴하는 사업으로 전국의 초, 중, 고등학교 가운데 초등학교 40교, 중학교 30교, 일반 고등학교 23교, 특성화고등학교 7교 등 총 100개 학교를 선정하는 데 뽑힌 것이다.

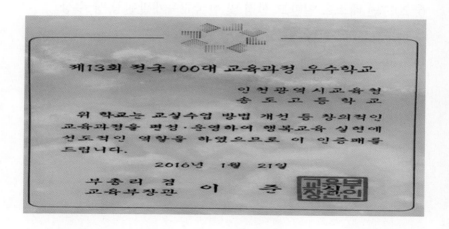

5. 2016년 교육부 선정 과학중점 최우수학교

교육부가 해마다 실시하는 전국의 과학중점과정학교 운영평가에서 본교가 2016학년도 최우수교로 선정되었다.

6. 2017년 베스트 일반고 선정 및 한국교육개발원장 상 수상

　한국교육개발원과 중앙일보가 공동주관한 '잘 가르치는 베스트 일반고 발굴프로젝트'를 통해 전국 11개 고등학교가 최종 선정되었다. 송도고를 선정한 이유는 국제화, 군사경찰 등 특색 있는 집중교육과정 운영 및 학생 위주 연구 수업 운영에 대한 결과가 높은 평가를 받았기 때문이다.

●송도고에서 마지막 졸업식

2018년 2월 7일 오전 11시 송도고등학교 졸업식이 시작되었다. 나의 교장 임기 마지막 졸업식이었다. 졸업생들의 초록색 가운은 2013년 영국을 방문했을 때 런던의 한 고등학교 졸업식 장면에서 아이디어를 얻은 것으로 송도고에서는 2015년 2월 5일 졸업식부터 착용하게 되었다.

교수 정년, 그리고 고등학교 교장

내 생애 귀인貴人을 만나다

성공이든 실패든 어떤 일의 결과에는 인과관계가 존재하기 마련이다. 추진한 일이 성공을 했으면 성공의 원인이 존재하고, 반대로 실패한 경우라면 그 또한 패인敗因이 존재한다. 나의 송도고등학교에서의 5년 6개월의 교장 임기를 돌이켜 보면, 성공보다는 많은 실패가 있었다. 나 자신의 능력부족과 부덕함 때문이다. 반면 괄목할 만한 변화와 성과 또한 있었다. 이는 학교에 든든한 버팀목이 되어 준 사립학교 이사장의 학교를 사랑하는 마음과 큰 후원이 있었기에 가능한 일이었다.

내가 OCI주식회사의 회장이자 학교법인 송도학원의 이수영 이사장님을 처음 뵈었을 때는 교장 채용 면접과정에서였다. 그는 훤칠한 키에 영국신사의 기품이 묻어나는 분이셨는데, 서울 어느 대형교회의 장로님(?) 같은 느낌이 들었다. 나중에 알게 된 사실이지만, 그는 기독교 신앙의 소유자는 아니었다. 연세대학교를 졸업하고 미국 아이오와 주립대학교 경영대학원에 유학을 한 엘리트 기업인이었다. 한때 한국경영자총연합회(경총) 회장을 지냈고, 경기고등학교 총동창회 회장도 지낸 인물이었다. OCI주식회사는 태양광발전의 원료가 되는 폴리실리콘 생산량 국내 1위, 세계 3위를 기록한 기업이란 사실도 나중에 알게 되었다.

그와 나의 두 번째 만남은 학교장 면접을 끝내고 몇 달이 지난 후였다. 어느 날 점심을 함께하자는 연락이 왔다. 약속장소에서 만난 그분은 내게 악수를 청하며 지난해 면접을 끝내고 너무 오래 기다리게 해서 미안하다는 인사와 함께 앞으로 송도고등학교를 잘 부탁한다는 말을 건넸다. 사실 나는 최종 면접을 끝내고 몇 달이 지나도록 연락이 없어 학교장에 대한 기대가 거의 사라진 시점이었다. 식사가 끝나 갈 무렵 그가 내게 물었다. "서울에서 인천까지 출퇴근하기에는 거리가 너무 멀지 않겠어요?" 사실 나 역시 고민하던 문제였다. 그로부터 며칠 뒤 교장 관사용으로 송도 신도시에 거처를 마련해 주겠다는 연락이 왔다. 신임 교장의 직무를 시작하는 단계부터 고마운 배려였다.

그렇게 시작된 나의 학교장 5년 6개월의 기간은 내 생애 귀인을 만나 많은 것을 느끼고, 배우고, 감사하는 날들의 연속이었다. 이사장님은 외부에서 공개모집을 통해 채용된 교장이 주인 의식을 갖고 소신껏 일할 수 있도록 간섭은 배제한 채 자율적인 권한을 최대한 보장해 주었다. 이사장께서 그리했던 것처럼 나 또한 교사들에 대한 간섭 대신에 자율

그치지 않는 비는 없다

을 존중하는 교장이 되고자 노력했다. 학교 현장 교직원들의 자기 주도적 업무수행과 창의적인 활동을 장려한 결과로 송도고 학생들은 학력은 물론 다양한 비교과非敎科 활동분야에서 두각을 나타내게 되었다.

국내는 물론 세계 주요 국가들에서 자회사를 경영하고 있는 대기업의 총수로서 얼마나 신경을 써야 할 일들이 많았겠는가. 그럼에도 그는 학교 일이라면 바쁜 일정을 쪼개서라도 학교장을 만나주곤 했다. 내가 소공동에 위치한 OCI 본사 회장실을 찾을 때면, 그분은 사내 전화기를 들고 그 시각 집무실에 있는 중역들을 불렀다. "교장 선생님이 오셨어요. 와서 차 한잔 같이 합시다!" 대기업 총수 입장에서 보면 어린애들 소꿉장난 같은 학교 이야기였음에도 불구하고 그는 학교의 변화에 큰 관심을 보였다. 학교 이사장으로서 '교육에 대한 투자의 가치와 결과의 보람'을 인식하고 있음을 그의 표정에서 읽을 수 있었다. 회장님, 아니 학교의 이사장님과 이야기를 마치고 나올 때면 학교법인의 업무를 함께 맡고 있는 윤희일 상무가 승강기 타는 곳까지 배웅하며 들려주던 말이 있다. "교장 선생님, 자주 좀 들러 주세요. 교장 선생님이 오시면 회장님 방에서 웃음소리가 흘러나오고 회장님 표정이 바뀌세요." 그러나 그것이 어찌 나의 방문 때문이었겠는가. 기업총수의 무거운 일상 업무 가운데 옹달샘 같은 학교 이야기의 내용 때문일 것이고, 평소 학교교육에 남다른 애정을 갖고 계신 때문이란 생각이 든다. 아무튼 학교장이 다녀간 다음 날 아침이면, 회사 내 모든 직원들에게 송도고등학교의 근황이 전달되도록 지시하시곤 했다. 그로 인해 학교장과 회사 중역들과의 교분이 형성되는 계기가 되었다.

이수영 이사장님의 학교에 대한 관심은 참으로 대단했다. 태풍이 지나가거나 장마철 폭우가 쏟아질 때면 학교에 별일 없는지를 확인하곤 했는데, 어느 해 여름 방학을 앞둔 시점에 송도고등학교 운동장 경사면이 가팔라 자칫 학생들이 장난하다 사고가 날 위험이 있다는 이야길 듣고는 회사의 전문가를 학교로 보내 수억 원이나 들어가는 안전공사를 진행해 주셨다. 이와 같은 조치는 단지 그가 대기업 총수이기에 가능했던 것이 아니었다. 기업의 총수라고 해서 회사 자금을 마음대로 학교에 전용할 수는 없는 노릇 아니겠는가. 학교에 대한 애정, 교육에 대한 가치를 소중히 여기는 사람만이 취할 수 있는 조치였다.

몇 년 전 생선비늘 같은 함박눈이 학교 운동장에 펄펄 흩날리던 겨울방학 기간에 이사장께서 학교를 찾아오셨다. 다른 일로 인천엘 왔는데 차 한 잔 하고 가시겠다 했다. 학교를 방문할 때면 그는 언제나 믹스 커피 한잔을 주문했다. 방학기간이어서 교무실에 선생님들도 별로 없는 날이었다. 그럼에도 직접 교무실엘 들러 몇몇 선생님들의 건의 사항을 경청하고 가셨다. 며칠 뒤 교무실 인테리어 공사가 시작되었다. 새 학기가 시작되기 전에 공사를 마감해 선생님들의 불편을 해소토록 조치한 것이다. 이 같은 배려 때문에 학교장인 나는 사소한 보고조차 조심스러울 때가 있었다.

한번은 1층 체육부 교무실 창틀 받침대에서 시멘트 덩어리가 부서져 화단에 떨어진 일이 있었다. 이 이야기를 전해 들은 이사장께서는 교실 사고의 예방을 위해 해당 교실뿐만 아니라 교내 창틀을 모두 교체하는 공사를 지시했다. 공사를 한 번 할 때마다 적지 않은 공사비가

그치지 않는 비는 없다

학교재단에서 지출되곤 했다. 학교 자체 예산으로는 꿈도 꿀 수가 없는 규모의 공사들이었다. 학생들의 급식실 신축 공사가 암반 난공사로 수년간 지체되면서 상당한 예산이 투입되었음에도, 이사장께서는 교사들의 사기 진작을 위해 수년에 걸쳐 선생님들의 해외연수를 지원했다. 대한민국 어느 사학재단이 이토록 학교와 그 구성원들을 애지중지할 수 있을까. 나는 참 운이 좋은 교장이었다.

간혹 시간적 여유가 있는 토요일이면 그와 나는 주말의 한나절, 학교와 관련한 이야기들을 주고받았다. 그중에서도 장학금제도와 관련해 여러 차례 이야기를 나누었다.

송도고등학교는 내가 교장에 취임하기 이전부터 서울대와 연세대 그리고 고려대를 통칭하는 소위 SKY대학 진학자들에게 한 학기에 400만 원 범위에서 매 학기 등록금을 졸업 시까지 지급해 주는 제도가 있었다. 나의 교장 취임 첫해인 2013학년도 대학입시에서 7명의 SKY대학 합격자가 배출되었는데, 이후 해를 거듭할수록 이들 대학의 합격생 수가 급격하게 늘어나기 시작했다. 2017학년도에 이르러서는 44명의 학생들이 SKY 대학에 합격(서울대 10명, 연세대 14명, 고려대 20명)했다. 그해 조선일보 집계에 따르면 전국 일반계 고등학교 1,556개교 가운데 송도고등학교가 서울대 합격자 배출 순위 17위를 기록했다 한다. 더구나 17위 이내의 학교들 대부분이 비평준화 학교로, 학교가 신입생을 선발하는 학교들이거나 강남 8학군처럼 교육여건이 좋은 곳에 위치한 학교들이었다. 이와는 대조적으로 송도고등학교는 인천의 전형적인 중산층 동네인 옥련동 산 중턱에 자리한 학교일 뿐 아니라 신입생들 역시 교육청에서 배정해 주는 학생들을 받아 교육시키는 일반 평준화 고등학교였다. 송도고 선생님들의 남다른 열정과 세심한 학생지도의 결과였다. 해마다 늘어나는 대학진학률에 교내 구성원들은 물론 학교 밖의 사람들도 고무되기 시작하고 송도고의 평판이 높아지면서 전국의 많은 고등학교에서 송도고 벤치마킹을 위한 방문이 이뤄졌다. 멀리 제주도에서는 도내 고등학교들마다 진학지도 교사 1명씩을 선발해 수십 명의 교사들이 교육청이 마련해 준 항공권을 가지고 한나절 동안 송도고등학교를 방문한 적도 있었다. 이후 교육부가 주관하는 학교장 연수나 인천 교육청을 비롯한 전국 여러 곳의 시도교육청으로부터도 송도고등학교 사례발표 요청이 빈번했다. 평소 이수영 이사장께서 꿈꾸던 '시름에 빠진 대한민국 평준화 고등학교 성공모델'의 모습이 드러나기 시작한 것이다.

그러나 '내 생애 귀인을 만났다'는 것은 단순히 이 같은 학교업무와 관련한 공적인 지원 때문만은 아니다. 사적인 이야기지만 내가 송도고등학교에 오지 않았더라면 그리고 그분을 만나지 못했더라면 대학교수 정년 이후의 5년 6개월의 삶이 이토록 감격스러울 수는 없었을 것이다.

내가 교장으로 취임해 세 번째 맞이하는 여름방학 때의 일이었다. 정지할 줄 모르고 달려가던 나의 체력에 한계가 느껴졌고 정신적 피로감이 누적되어 쉼이 필요했다. 송도고등학교만의 해군 Junior ROTC

그치지 않는 비는 없다

창단식을 끝낸 직후여서 더욱 그러했다. 결국 이사장님께 허가를 얻어 집사람과 여름방학 한 달간을 태국 치앙마이에서 쉬기로 했다. 출국을 앞두고 이사장님께서 점심 초대를 해 주었다. 조선호텔 일식당에서 둘만의 점심 식사를 마친 후 회장님께서 식탁 위로 봉투에 들어 있는 신용카드 한 장을 건네주시며 치앙마이 가서 지내는 동안 사용하라신다. 그뿐만이 아니었다. 치앙마이로 출국하기 전날 학교법인의 감사께서 연락이 왔다. "교장 선생님, 내일 출국하시죠? 제가 인천엘 잠깐 다녀오려 합니다. 회장님께서 교장선생님을 만나고 오라 하시네요?" 무슨 일인지 궁금했다. 혹시 학교에 긴급히 처리해야 할 일이 생긴 것은 아닐까? 이런 나의 우려와는 달리 저녁 무렵 나를 만난 감사께서 또 다른 봉투 하나를 건네주었다. 회장님께서 치앙마이에 가면 카드를 받지 않는 곳들이 많을 것 같아 현금을 준비해 주신 것이라 한다. 세상에…. 돈의 액수보다도 대기업 총수께서 그 바쁜 와중에 학교장 휴가에 이토록 신경을 써 주시다니. 그 여름 여행길을 떠나며 이사장님께서 마련해 준 카드는 나의 책상 서랍안에 남겨졌고 그 속에서 1개월을 지낸 카드는 후에 회사에 반환되었다.

그런데 여름 방학이 끝나고 9월 학기가 시작되면서 또다시 놀라운 일이 생겨났다. 교사들의 월급날인 9월 17일, 나의 급여 통장에 차질이 생겼다. 다른 사람의 급여가 나의 급여와 합산이 돼서 입금이 된 것 같았다. 회계 담당자의 실수라 생각해 다음 날 행정실로 갔다. 담당 주무관에게 이번 달 급여 정산에 문제가 발생되지 않았느냐 물었다. 그때까지만 해도 나는 전산 입력 착오로 많은 돈이 내 통장에 입금됐다고 생각했다. 그런데 그 급여 담당자는 싱글싱글 웃고만 있는 게 아닌가. "이사장님께서 교장선생님이 해외에 나가 있는 동안 급여를 100% 올려놓으셨어요." 맙소사…….

앞서 말했듯이 교장 취임을 앞둔 시점에 학교법인과 신임교장의 급여를 책정하는 과정에서 내가 요구한 급여 액수는 송도고등학교 '모든 선생님들의 급여 가운데 가장 낮은 급여와 가장 높은 급여액의 중간'이었다. 그때 나는 전 교직원의 중간 금액이면 학교장 월급으로 충분하다고 생각했지만, 지난 2년의 기간, 이사장님께서는 학교장의 급여 액수에 불편함을 지니고 계셨던 모양이다.

2017년 10월, 한여름의 막바지에서 학교현안과 관련해 이사장님과의 약속이 잡혔다. 나는 평소처럼 소공동에 위치한 OCI 본사 회장실을 찾았다. 그런데 회장님께서 30분 정도 늦어질 것이란 연락이 왔다. 출근길 서울대 병원에 잠시 들렀다 오신다는 내용이었다. 그로부터 30분 후, 또다시 연락이 왔다. 1시간 정도 더 늦어질 것 같으니 회사주변에 있는 조선호텔 중식당에서 기다려 달라는 것이다. 늦은 점심을 함께하기로 하고 OCI 회사의 고문이자 학교법인의 감사일을 맡고 계신 분과 함께 식당으로 자리를 옮겨 기다리고 있는데, 이사장님께서 들어오셨다. 그는 기스면을 시켰고, 우리는 OCI 자장면이란 걸 주문했다. 조선호텔 중식당에 가면 지금도 OCI 자장면이 있다. 회사 설립자인 이회림 회장께서 평소 자장면을 좋아하셔서 생겨난 메뉴라 한다. 자장면은 담백했고 양이 좀 많다는 것 이외에 별다름은 없었다. 그날 이사장님은 주문한 기스면을 반 밖에는 들지 못한 채 식사를 끝냈다. 식사가 끝나고 우리 세 사람은 걸어서 회사로 갔다. 회사에 도착해 건물로 들어가는데 이사장님께서 물었다. "교장 선생님, 우리 회사에 오면 주차를 어디에 하나요?" 나는 당연히 지하 주차장에 차를 놓아둔다고 대답했다. "다음부터는 이곳에 올 때 저기 지상 주차장에 주차를 하세요." 그는 회사 중역들이 건물을 들어가고 나올 때 승용차들이 잠시 대기하는 주차장에 나의 차를 주차하라고 내게 일러주었다. 그런 분이었다. 상대방에 대한 자상한 배려가 몸에 배인 분.

나는 그날 워낙 많은 시간이 지체되어 학교 현안관련 이야기를 짧게 끝낼 생각이었다. 그럼에도 불구하고, 학교 현안 보고가 5분 정도 지나자 이사장님께서 오늘은 그만하고 다음에 다시 날을 잡았으면 좋겠다고 하셨다. 안색이 안 좋아 보였다. 매우 피곤해 보이기도 했다.

학교로 돌아온 나는 이사장님께 못다 한 보고 내용을 전자 우편으로 보내 드렸다. 그런데 여느 때와는 달리 이사장님께 보내 드린 메일은 며칠째 열어 보지도 않은 상태로 남아 있었다. 이사장님께서는 그날 이후 병원에 입원을 하셨고, 몇 주 뒤 세상을 떠나셨다. 보고사항이 중단된 그날이 나와의 마지막 날이 될 줄이야. 송도학원이 새로운 이정표를 마련하고 비상의 나래를 펴고 있는 시점에 그의 생이 마감된 것은 나뿐만 아니라 학교발전을 지켜보던 많은 사람들에게 너무 큰 충격이 아닐 수 없었다. 그의 예기치 못한 갑작스런 서거逝去는 내가 학교장 임기 중 받았던 그 많은 도움에 대한 감사 인사의 기회조차 앗아가 버렸다. 한 학기만 지나면 "그동안 너무 너무 감사했습니다."란 진심 어린 퇴임 인사를 드릴 수가 있었는데 이제는 감사의 마음을 빚으로 안고 살아가게 된 것이다.

평소 타인의 감사 인사를 겸연쩍어 하시던 그분은 내게도 인사드릴 기회를 허락하지 않은 채 그리도 홀연히 떠나가셨다. 나는 이제 고인이 되어 버린 그분, 송도고등학교 이사장님의 명복을 빌 뿐이다. 그는 실로 내 생애 귀인貴人이셨다.

그치지 않는 비는 없다

Part 6

그치지 않는
비는
없습니다

2018년 2월 28일. 송도고등학교에서 5년 반의 기간을 교장으로 일하고 내 나이 72세에 은퇴란 걸 하게 되었다. 대학 동기들 상당수가 50대 나이에 IMF를 맞아 구조 조정되었고, 교수직을 유지하던 친구들 또한 65세 나이로 현직을 떠났지만 하늘은 내 인생에 보너스를 내려 주셨다. 2012년 8월31일 대학교수 정년을 끝내고 다음 날 9월 1일자로 고등학교 교장에 취임하게 된 것이다. 그것도 4년 임기를 1년 반이나 연장해 5년 반의 기간 동안 교육현장에 몰입할 기회가 주어졌다. 돌이켜 보면 나의 하나님은 크고 작은 나의 기도를 오랫동안 잊지 아니하고 기억해 두셨다가 꼭 필요한 시점에 해야 할 일과 가야 할 길로 인도해 주셨다.

내 생애 가장 큰 충격은 대학 졸업과 더불어 찾아온 늑막염이란 질병이었다. 대학시절 열악한 경제적 여건의 후유증이었다. 삶의 과정에서 한 번의 뒤틀림은 오랜 파장을 낳았다. ROTC 임관 탈락은 뒤늦은 군 입대로 이어졌고, 2년 3개월의 장교복무 기간도 어긋나 34개월의 사병생활로 이어졌다. 대학원 공부도 늦어졌고 미국 유학도 늦어졌다. 그래서 직장 생활 기간도 남들보다 짧을 수밖에 없었다. 그토록 어렵

그치지 않는 비는 없다

사리 이뤄 낸 나의 준비과정이 65세에 마감되다니……. 하나님 좀 억울하네요. 목사님들은 70세에 정년을 한다던데……. 종종 중얼거리며 투정하던 나의 직장생활의 아쉬움을 송도고등학교를 통해 해결해 주셨다. 전혀 예기치 못했던 일이었다. 그래서 나는 하나님에 대한 그 감사의 마음을 월드비전을 통해 돌려주기로 마음먹었다.

72세 정년을 마치고 은퇴한 지금, 지난날 내 삶의 과정에서 궁금했던 질문들을 떠올려 본다. 그리고 퍼즐과 같은 삶의 조각들을 하나씩 빈자리에 맞춰 보며 끄덕여지는 깨달음을 희미하게나마 발견하게 된다. 뒤늦은 정년은 내게 감사와 감격이 넘쳐나는 나날들을 열어 주었다. "그때 만약 그런 일이 생겨나지 않았더라면, 훗날 나는 어찌 되었을 것인가?" 은퇴자의 추론인 것이다.

Rainy Days Never Stay

고등학교 교장으로 근무하고 있던 2015년 5월 중순경에 전화가 왔다. 한국 월드비전이 주최하는 포럼에 아시아 각국의 월드비전 회장단과 미국 본부의 회장단이 참석하는데, 월드비전과 관련한 나의 이야기를 들려주었으면 좋겠다는 부탁이었다. 그래서 나는 월드비전의 도움을 받아 영어 원고와 발표용 화면을 준비해 여러 나라에서 참석한 월드비전 관계자들을 대상으로 이야기를 시작했다.

저는 오늘 이 자리에 모인 여러분께 월드비전의 도움이 제 인생의
삶을 어떻게 바꾸어 놓았는지에 관한 이야기를 나누고자 합니다. 먼저
화면에 보이는 미화 1,000달러짜리 수표를 봐 주시기 바랍니다. 사진
속 이 수표는 1985년 6월11일 미국 월드비전 본부가 제게 발행해 주었
던 수표입니다.

이 수표의 지급대상은 플로리다, 탈라하시에 살고 있는 저, 오성삼
으로 되어 있습니다. 당시 저는 플로리다 주립대학에서 박사학위과정
마지막 학기를 남겨 두고, 대학의 연구소에서 조교 일을 하며 매달 생
활비 일부와 등록금을 면제받아 공부하고 있었습니다. 그런데 마지막
학기를 앞둔 시점에 대학의 정책이 바뀌게 되었습니다. 외국인 조교들
에게 등록금의 일부, 즉 Florida주 거주 학생들이 내는 액수in-state fee만
큼의 등록금을 징수하도록 하는 규정Matriculation Act이 생겼습니다. 그
로 인해 뜻하지 않게 $1,000의 마지막 학기 등록금을 내야 했지만 갑
작스런 결정에 등록금을 마련할 방법이 없었습니다. 그 시절 100달러
마련도 어렵던 상황에서 1,000달러는 외국인 유학생에게 실로 큰돈이

었습니다. 며칠을 고민하던 나는 Pasadena, California에 있는 World Vision 본부에 편지를 쓰게 되었습니다.

며칠 뒤, 대학기숙사로 편지 한 통이 배달되었습니다. 월드비전으로부터 온 편지였습니다. 그 편지 속에는 무니햄 월드비전 회장 사모님께서 남편을 대신해 격려편지와 더불어 동봉한 1,000달러의 수표가 들어 있었습니다. "오! 하나님, 너무 너무 감사합니다." 그날이 제가 등록금을 내야 하는 마지막 날로 기억합니다. 편지 속의 수표를 들고 등록금 내는 장소로 달려갔습니다. 임시로 마련된 대학 체육관의 등록금 수납 장소에는 등록을 하려는 많은 학생들의 줄이 길게 이어져 있었습니다. 등록금 대열에서 순서를 기다리던 저는 순간 떠오르는 생각이 있었습니다. 지금 이 순간의 감사한 마음이 세월이 지남에 따라 나의 기억 속에서 점차 사라져 갈지도 모른다는 생각이었습니다. 그래서 기다리던 줄에서 빠져나와 복사기가 있는 학생회관으로 달려갔습니다. 그리고는 그 수표를 몇 장이나 복사했습니다. 그날 복사해 놓은 1,000달러 수표가 오늘 제가 여러분에게 보여 주고 있는 이 수표입니다. 1985년 6월 11일 발행된 사진 속 수표의 이야기를 30년이 지난 오늘 2015년 6월3일 서울에서 월드비전 관계자 여러분들에게 들려주리라곤 생각지 못했습니다. 이 시간 그날의 감회를 여러분과 함께 나눌 수 있도록 해 주신 하나님께 감사를 드립니다.

그 수표의 도움으로 인해 제가 박사과정 마지막 학기 등록을 할 수 있었고, 박사학위를 취득해 한국으로 돌아올 수 있었습니다. 그리고

그치지 않는 비는 없다

꿈에 그리던 대학교수가 되었습
니다. 어린 시절부터 고난의 연속
이었던 내 삶에 참으로 감격스런
순간이 찾아온 것입니다. 대학시
절 잘 곳이 없어 강의실과 옥상을
전전하며 지내던 그곳에 내가 교
수가 되어 돌아온 것입니다. 그리
고 대학시절 끼니를 거르고 잠자

리를 찾아 대학 건물을 전전했던 그 청년은 훗날 그 대학에서 3번에 걸
친 교육대학원장을 지내며 전국 200여 개가 넘는 '전국교육대학원장협
의회'의 회장을 맡게 됩니다.

　하루하루가 벅찬 감동의 나날들이 지나가고 있었습니다. 그러던 어
느 날, 책상서랍 속에 들어 있던 복사된 1,000달러 수표를 꺼내 들게 되
었습니다.

　이제는 월드비전에 빚을 갚아야 할 때가 되었다고 생각했습니다.
그러나 얼마를 돌려주어야 하는지 고민이 생겼습니다. 월드비전에 내
가 받았던 도움을 되돌려 주리란 마음은 오래전부터 갖고 있었지만 얼
마를 갚아야 할 것인가를 생각해 본 적이 없었습니다. 얼마? 얼마를 갚
아 주어야 하는가. 그때 받았던 천 달러의 도움을 배로 늘려 2천 달러
를 갚아 주면 되지 않을까? 아니지, 그때의 도움 때문에 내가 오늘날
교수가 되었는데 단지 2배로 되돌려 준다면 내가 너무 인색한 것 아니

겠는가. 내가 나를 질책하고 있었습니다. 잠시 동안 정답 찾기에 갈등을 느끼다가 찾아낸 답은 내가 받았던 도움의 일곱 배, 7천 달러였습니다. 이유는 논리적이거나 산술적인 것이 아니라 성경에 자주 언급되는 7이란 숫자가 정답일 것만 같다는 생각이 들었기 때문입니다. 하나님께서 정답을 찾지 못해 이런 생각 저런 생각을 하고 있던 내게 가르쳐 주신 명쾌한 금액이란 생각이 들었습니다.

그래서 한국 월드비전에 전화를 걸었습니다. '제가 미국 유학시절, 아주 어려웠을 때 미국 월드비전으로부터 도움을 받은 적이 있습니다. 오늘 그 마음의 빚을 갚으려 합니다. 7천 달러를 월드비전으로 보낼 것이니 그중 2천 달러는 미국 월드비전에 보내 주시고, 나머지 5천 달러는 한국 월드비전에서 가난한 학생들의 장학금으로 사용하시기 바랍니다.' 그날 오후 월드비전 직원이 나의 사무실을 방문해 돈을 수령해 갔습니다. 그때 7천 달러의 돈은 내가 전셋집을 마련하기 위해 모아둔 소중한 돈의 일부였습니다. 하지만 큰맘 먹고 마음의 빚을 덜어내니 무거웠던 마음이 홀가분한 느낌이 들었습니다.

그로부터 얼마 뒤, 월드비전의 빚을 갚았으니 이제부터는 나도 어려움에 처한 다른 나라의 어린이들을 도와야겠다는 생각이 들었습니다. 그래서 3명의 아동을 후원하기 시작했습니다. 그리고 시간이 지나며 후원 아동들이 5명, 7명, 10명, 그리고 마침내 13명으로 늘어났습니다. 그 아동들을 후원하며 20년의 세월이 흘렀을 즈음, 저의 대학교수 65세 정년이 다가오고 있었습니다. 대학교수 정년퇴직을 3개월 앞둔 어느 날, 월드비전 Korea에 전화를 걸었습니다. 이제 내가 퇴직을 하게 되었고, 다달이 연금으로 생활해야 하기에 3개월 후부터는 아동 후원을 중단할 수밖에 없다고 했습니다. 그때까지 제가 월드비전을 후원한 누적금액이 4,451만 원이었습니다. 지난 20여 년을 한 달도 거르지 않고 후원한 총액이었습니다. 그때부터 또 다른 고민이 생겼습니다. 나의 교수생활 정년으로 후원금이 끊어질 13명의 아동들은 어찌될 것인가. 교수 정년이 아쉬운 것이 아니라 후원하는 아동들이 향후 어떻게 될 것인가에 대한 마음이 더 무거웠습니다. 그런데 놀라운 일이 생겼습니다.

2012년 8월31일 내가 대학교수로 정년을 하고 다음 날인 9월1일부터 고등학교 교장에 채용된 것입니다. 오래전 교수정년을 10개월 정도 남겨 놓고 있던 어느 날, 조간신문에 게재된 어느 고등학교 교장 초빙 광고를 보고 지원한 일이 있었는데 오랫동안 소식이 없던 그 일이 뒤늦게 전해진 것이었습니다. 그래서 월드비전 후원 담당자에게 다시 전화를 걸었습니다. 그리고 제가 후원을 계속할 수 있게 되었다는 이야길 전해 주었습니다.

마침내 제가 고등학교 교장으로 첫 출근을 하던 날 아침, 나의 도움을 계속 받게 된 13명의 각기 다른 나라 아동들이 제게 축하 노래를 불러 주고 있는 것 같은 생각이 들었습니다. "그것 보세요. 보호자님의 도움이 계속되도록 간절히 바라는 우리의 기도를 하나님께서 들어주셨잖아요!" 그날 아침 나는 이런 생각을 하게 되었습니다. 내가 13명의 아동들을 후원하는 것이 아니고, 피부색이 다른 13명의 천사들이 나를 후원하고 있다는 생각. 이야기는 여기서 끝이 나질 않습니다. 고등학교 교장의 임기 4년 가운데 만 3년이 지난 시점이었습니다. 마지막 1년의 임기가 시작되는 달, 저의 급여통장을 보고 놀랐습니다. 급여 담당직원의 착오로 저의 통장에 많은 금액이 잘못 입금되었다는 생각에 담당직원에게 통장을 가지고 가서 계산이 잘못된 사실을 알려 주었습니다.

저의 이야기를 듣던 담당직원이 싱글싱글 웃고 있었습니다. "교장선생님 급여는 정확하게 지급된 것입니다. 재단 이사장님께서 이번 달부터 급여를 100%나 인상하셨습니다."

저는 처음 교장으로 임용될 때 우리학교에서 가장 적게 받는 교사의 급여와 가장 많이 받는 교사급여의 중간 액수를 저의 급여로 책정해 줄 것을 요청했습니다. 재정이 튼튼한 국내 대기업 회장이 이사장인 고등학교여서 학교장 급여를 더 주겠다는 제안에도 불구하고 처음 저의 제안을 고집해 그리 많지 않은 급여를 받고 있었습니다. 그런데 여름방학 태국 치앙마이에서 한 달을 지내고 돌아와 보니 저도 모르게 급여를 인상해 놓은 것이었습니다. 전혀 예기치 못했던 뜻밖의 일이었습니다. 요구한 적도 없는 나의 급여를 그것도 100%나 전격 인상해 준 재단 이사장님께 감사한 마음도 컸지만, 좀 더 최선을 다하지 못한 저의 무능함에 죄송스런 마음도 컸습니다.

급여가 인상된 즉시 월드비전에 연락해 후원 아동들을 23명으로 늘렸습니다. 그렇게 한 학기가 지났습니다. 이사회에서 나의 학교장 임

그치지 않는 비는 없다

기 4년을 1년 6개월 더 연장하기로 의결하였습니다. 정말이지 그만 임기를 마치고 싶었습니다. 초등학교에 입학해 고등학교를 졸업할 때까지 충분히 놀았지만, 대학에 진학한 이후 교수가 되기까지, 그리고 65세 정년을 마칠 때까지, 게다가 고등학교 교장으로 재직하는 기간이 내겐 너무 버거운 생활의 연속이었기에 70세를 마지막으로 임기를 끝내고 싶었습니다. 그러나 어찌하겠습니까. 아마도 지구상 어디엔가 내가 도움을 주어야 할 아동들이 있어 하나님께서 그리하셨나 보다 생각하고 후원 아동들의 수를 62명으로 늘렸습니다. 왜 62명이었냐고요? 그렇게 하면 나의 교장 임기가 끝나는 2018년 2월에 나의 후원금액 누적 액수가 1억 원을 돌파하기 때문이었습니다. 내가 어려웠을 때 월드비전으로부터 받았던 도움을 그 정도는 돌려주는 것이 은혜를 받은 자의 도리란 생각이 들었기 때문이기도 했고, 넘치는 하나님의 축복에 대한 감사의 마음이기도 했습니다.

친애하는 월드비전 관계자 여러분!

제게 주어진 제한된 시간에 많은 이야길 할 수는 없습니다. 그러나 그치지 않는 비가 없는 것처럼 오랫동안 비가 내리던 나의 유년시절과 대학시절 그리고 미국 유학시절이 끝이 났고 저는 조국인 한국으로 돌아오게 되었습니다. 이스라엘 민족이 광야생활 40년을 마치고 가나안 땅에 돌아온 것처럼, 내 나이 40이 되는 해 내가 그리도 오랜 기간 꿈꾸던 대학교수가 되어 돌아온 것입니다. 하나님의 인도하심이 훗날 우리 가족 모두에게 넘치는 축복으로 되돌아왔습니다. 시카고 시절 아이스크림 반쪽 때문에 울고 있던 딸아이의 눈물을 보고 계셨던 하나님은 훗날 그에게 배움의 기회를 허락해 주어 미국 Boston College와 George Town University에서 법학을 공부하도록 하였고, 미국변호사가 되어 현재 영국의 세계적인 기업에 법률담당 이사로 일을 할 수 있도록 하였습니다. 이제 성실한 변호사 남편을 만나 두 딸아이의 엄마이기도 한 그녀는 더 이상 아이스크림 때문에 눈물을 흘리지 않아도 되는 축복을 받은 것입니다.

그리고 누나의 눈물을 쳐다보던 아들아이는 오래전 대학을 졸업하

싱가폴에서 아들과의 저녁식사

그치지 않는 비는 없다

고 한국 내 대기업에 입사해 현재 해외 주재원으로 나가 일하고 있습니다.

호주머니에 아이스크림 값이 없어 가슴 아파하던 저의 아내는 건강이 그리 좋지는 않지만 하나님의 놀라운 축복과 은혜에 감사하며 새벽마다 교회에 나가 기도를 드리고 있습니다. 그리고 매주 월요일에는 월드비전이 운영하는 복지관에 나가 설거지 봉사를 하고 있습니다.

이제 저의 이야기를 마무리하겠습니다. 오늘 이 자리에 참석해 주신 아시아지역 월드비전 관계자 여러분께 감사드립니다. 그리고 여러분이 하시는 사역 위에 하나님의 크신 은총이 함께하시기를 기원합니다.

I was very honored to be here and spoke before the Board & Advisory Council Chairs, Board members, and National Directors of World Vision Partnership, especially Mr. Josef Stiegler, the International Board Chair and Mr. Kevin Jenkins, the President & CEO of World Vision International. Thank You and God Bless all of you.

아직도 갚아야 할 마음의 빚

　내겐 갚아야 할 빚이 참으로 많다. 더러는 갚았고 더러는 갚아 가고 있지만, 앞으로 갚아야 할 빚이 훨씬 더 많게 느껴진다. 일부 빚을 갚았다고 감히 말하는 것은 어쩌면 무례하고 잘못된 표현일 수도 있다. 내가 갚아야 할 빚은 돈으로 환산할 수 없는 '마음의 빚'이기 때문이다. 아무리 갚아도 날마다 이자가 불어나는 마음의 빚. 삶을 마감하기 전 자신이 받았던 도움을 모두 돌려주고 홀가분하게 떠날 수 있는 사람이 과연 몇이나 될까. 참으로 쉽지 않은 일이다. 그렇다고 잊어버리거나 포기할 일도 아니다. 누군가의 도움 없이 홀로 성장한 자 누가 있겠는가.

　그렇게 살다 가서야 되겠는가. 주변 사람들의 은혜를 입어 열매를 얻었다면 그 열매를 나누어야 하지 않겠는가. 그것이 사람 사는 도리요, 의미요, 보람일 것이다. 언제 어디서건 내가 이전에 받은 도움을 돌려

주려는 노력을 해 보았지만 너무 미약함을 느낀다. 그 많은 도움이 있었건만 나의 무능함과 노력 부족으로 충분히 나눠줄 만큼 열매를 거두지 못했기 때문이기도 하고, 물질과는 거리가 먼 교직에 종사해 왔기 때문일 수도 있다.

나의 교장 퇴임을 앞둔 2018년 2월 6일. 송도고등학교에서의 마지막 졸업식을 끝낸 그날 내가 찾아간 곳은 학교주변에 있는 은행 수납 창구였다. 월드비전에 마지막 후원금을 입금했다. 지난 22년 6개월간의 마지막 해외 아동 후원금을 입금한 것이다. 그것은 나 자신과의 약속을 마무리하는 순간이기도 했다. 사실 그동안 여러 차례 흔들리기도 했다. 교수생활을 하면서도 집을 장만하기 위해 은행에서 빌린 융자금의 과도한 이자를 갚아 나가느라 힘겨운 순간들이 있었고 후원을 중단하려고 몇 번이나 생각하기도 했었다. 그럼에도 불구하고 내가 나에게 약속한 목표액을 달성할 수 있었던 것은 어려움의 순간 내가 받은 은혜가 너무 컸기 때문일 것이다. 도저히 중단할 수가 없었고 그 흔들림의 순간 내가 중단을 했더라면 아마도 그 후회는 나의 삶이 다하는 그 순간까지 남아 있었을 것이다. 고맙게도 책상서랍 속의 1,000달러 수표 복사본이 항상 나의 삶 속에 펄럭이고 있었고, 이제는 고인이 된 서예가 김창환 선생께서 내게 남겨 준 액자 속의 긍지보은矜持報恩의 교훈이 나의 흔들림을 잡아 주곤 했다.

얼마 뒤 월드비전으로부터 그동안 후원한 1억 원의 영수증 한 장이
우편으로 배달돼 왔다. 그 영수증을 받아든 순간, 나는 내 자신에게 홀
로 박수를 보냈고 나에게 칭찬을 해 주었다. "그래 잘했어 오성삼! 지

그치지 않는 비는 없다

난날 어려운 고비마다 네가 받았던 그 은혜에 보답하기 위해 참으로 애썼어. 너는 그동안 너 자신과의 약속을 지켜나가기 위해 많이 지치고 힘들었겠지. 이제 내가 너를 위로해 줄게. 고마워 고마워 ^.^"

대학 시절, 정수장학금(이전 5·16장학금)의 도움은 내게 4년이란 험난한 강을 포기하지 않고 건널 수 있도록 해준 다리Like a Bridge Over Troubled Water와 같은 것이었고 내 삶의 에너지 역할을 해 주었다. 2010년 연말, 아내와 함께 큰마음을 먹었다. 60년대 대학시절, 매 학기 받았던 10만 원 내외의 장학금을 어려운 후학들을 위해 이자를 후하게 붙여 돌려주기로 한 것이다. 그 돈은 정수장학동창회의 '되돌림 장학금'으로 가난한 집안 고등학생들에게 돌아갔고, 뜻을 같이하는 정수장학회 동창회원들이 참여해 보다 큰 액수로 불어나기도 했다.

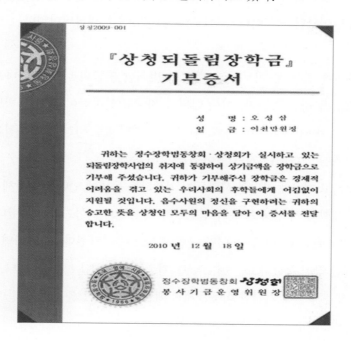

연일 30도를 넘어서는 여름의 정점에서 엉뚱하게도 내 생애 가장 추웠던 겨울밤이 떠올랐다. 대학 건물을 전전하며 잠을 자던 나의 대학 생활 가운데, 1968년 1월 23일 새벽은 유난히 지워지지 않는다. 지금은 그 자리에 생활문화대학 건물이 들어섰지만, 그 시절엔 높지 않은 학생회관 건물이 자리했고, 그 안에 대학방송실이 있었다. 겨울방학 기간 그곳에서 잠을 자며 생활하고 있을 때였다. 지난밤 연탄 한 장을 구해 난로를 피우고 잠이 들었는데, 새벽녘 추워서 깨어 보니 연탄은 다 타고 난로 속엔 하얀 연탄재만 남아 있었다. 정말로 추운 겨울 새벽이었다. 겨울 새벽 난롯불 꺼진 대학 건물 안에서 더 이상 잠을 청하는 일은 부질없는 일인 것 같았다. 군용 담요를 뒤집어쓴 채 몇 시간을 떨다가 아침 햇살이 퍼질 무렵 건물 밖으로 나오니 사람들의 웅성거리는 소리가 들려왔다. 북한에서 무장공비가 청와대를 습격하기 위해 서울까지 넘어왔다는 것이다. 김신조 일당이 넘어온 새벽녘이었다.

추위에 잠을 못 이루던 그 생활을 벗어난 지금의 나는 얼마나 감사한 생활을 하고 있는가. 이 무더위가 지나고 찬바람이 불면 새벽녘 꺼진 난로 속이나 아궁이 속의 다 타버린 연탄재를 바라보며 아침이 밝아 오기를 기다리는 가난한 이웃들이 떠올랐다.

그리고 지난해 가난한 사람들이 거주하는 동네에 연탄을 배달해 주던 우리 대학 봉사 활동 동아리 '컴브렐라' 학생들의 이야기가 떠올랐다. 며칠 뒤 마련된 1천만 원을 연탄 구입 기금으로 기탁했다. 이 돈이면 지난해 연탄 값이 올랐다고는 해도 금년 겨울 장당 500원 정도 할 테니, 연탄 2만 장을 구입해 가난한 이웃들에게 배달해 줄 수 있을 것이라 한다. 이

그치지 않는 비는 없다

전 어머니가 바느질로 버신 하루 수입으로 쌀 한 됫박, 연탄 몇 장을 사곤 하던 그 시절 우리 가정을 떠올리면 2만 장의 연탄이 내게는 엄청난 것이다.

이 더운 날 어떻게 연탄 살 생각을 했느냐며 집사람조차 의아해한다. 추위가 시작될 때까지 기다렸다가 연탄 구입 기금을 전해도 된다는 것을 나도 잘 알고 있다. 그런데도 미루지 않은 이유는 내가 나를 믿을 수가 없었기 때문이다. 무더운 계절에 떠올린 나의 결심이 추위가 시작될 때까지 변치 않으리란 장담을 할 수 없었고, 예기치 않은 상황이라도 생겨난다면 그때의 결심을 평생 후회로 안고 살아갈 것이란 생각 때문이었다.

연탄 구입 기금을 전했으니 가을의 끝자락에서 찬바람 불면 마음씨 착한 우리 대학생들이 그 돈으로 연탄을 구입해 어려운 이웃을 찾아갈 것이다. 나는 이제 그 많은 연탄을 배달하기엔 너무 나이가 들었다. 자원봉사를 생활화하는 젊은이들이 나를 대신해 준다는 것은 얼마나 고마운 일인가. 초저녁 피워 놓은 연탄이 다 타버려 새벽녘 추위에 잠을 설치는 우리네 이웃들이 줄어들기를 바랄 뿐이다. 그런데 내가 기탁한 연탄배달 후원금이 2년이 지나도록 집행되지 않고 있었다. 몇 차례 독촉을 했지만, 해당 부서에서 이러저런 이유로 집행이 늦어지고 있다는 이야기만 돌아왔고 그 사이 담당직원도 바뀌었다.

그렇게 추운 겨울이 두 번이나 지나가고 어느 주일 아침. 예배가 시작되면서 목사님께서 긴급 광고를 했다. 우리교회가 돕고 있는 북한 함경북도 지역 고아원에 식량이 떨어져 아동들이 굶고 있다는 긴급 구호요청이 왔다는 것이다. 도움이 절실한 상황이라 했다. 어린 시절 안흥리 38번지, 그곳의 고아원이 떠올랐다. 그러나 자수성가한 대학 교수에게 남을 도울 만큼 재산이 넉넉할 리 없다. 그런데도 정년을 3년 남겨 놓은 지금 시기를 놓치면 오래전부터 지녀온 마음의 빚을 덜어낼 기회조차 잃을 것이란 생각이 나의 마음을 무겁게 누르고 있었다. 순간 2년 전 대학에 기탁했지만 아직도 집행하지 못하고 있는 연탄구입 기탁금이 떠올랐다. "그래, 대학이 아직도 집행하지 않고 있는 나의 연탄 기탁금 1,000만 원을 반환해 달라고 해서 그 돈을 위기상황에 내몰린 북한의 고아원 식량구입비로 보내자."

다음 날 학교에 출근을 해서 기금을 접수한 부서에 전화를 했다. 2년 전에 기탁한 나의 기부금이 몇 차례의 요청에도 불구하고 아직도 집행되고 있지 않음으로 반환을 요청한다는 내용이었다. 그 기부금의 용처를 바꾸어 북한 고아원 식량구입비로 쓰고자 한다는 이야기를 전했다. 담당직원은 나의 기탁금을 2년이 지나도록 집행하지 못해 미안하다는 이야기와 더불어 이제껏 접수된 기부금이 반환된 사례가 없었기에 부서장과 협의하여 알려 주겠다고 했다.

며칠 뒤 담당직원으로부터 전화가 왔다. 2년 전 내가 기부한 금액이 그해 기부금 집계 내역에 결재가 되어 되돌려 주는 것이 어렵다는 내용이었다. 그러나 내가 집행하려는 북한 고아원 지원 내역과 집행 영수증을 제출해 준다면 반환 사유와 영수증을 첨부해 추후 기부금 감사

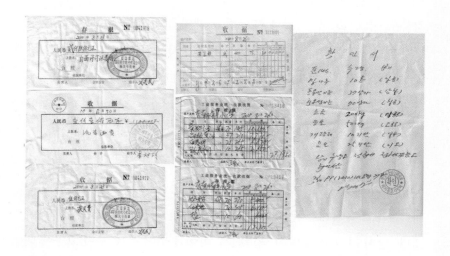

를 받도록 하겠다는 것이다. 이렇게 해서 반환받은 천만 원을 북한 고아원 식량구입비로 보내며 구입영수증과 더불어 해당 기관에서 수령하였다는 영수증을 받아 학교에 제출해 주었다.

중국 단둥에서 구입한 밀가루와 빵을 만들기 위한 재료들은 대형트럭에 잔뜩 실려 중국과 북한을 잇는 단둥의 다리를 통과해 도착했다. 보내 준 물품을 잘 받았다는 함경북도 인민위원회 해외동포사업처의 인수증을 받아 2010. 09. 24일자로 대학에 제출했다. 보내준 식량은 밀가루 10톤 이외에 동물성 기름 37상자, 식물성 기름 70상자, 소금 200kg, 유분 500kg, 그리고 효소 등 천만 원어치의 물품이었다. 이 물품이면 함경북도 소재 고아원 아동 2천여 명에게 오전과 오후로 나누어 두 달간 매일 빵 두 개씩을 먹일 수 있는 분량이라고 했다. 나는 지금도 종종 10톤의 밀가루를 잔뜩 실은 커다란 트럭이 힘겨운 엔진 소리를 내며 중국 단둥의 다리를 건너 북한으로 들어가는 모습을 상상해 보곤 한다. 함경북도 어느 고아원 마당에 도달했을 때의 그곳 모습을 난 어느 누구보다 잘 알 수가 있다. 내 어린 시절 미군 병사들이 트럭에 오렌지를 잔뜩 싣고 와서 고아원 마당에 부려 놓았을 때처럼, 그리고 동두천 초등학교 운동장 한쪽에 그 많은 몽당연필을 트럭으로 싣고 와 쏟아 놓았을 때처럼….

마음의 빚을 갚아야 할 곳이 또 있었다. 정말로 꼭 갚아야 할 곳이었다. 시카고 유학시절 우리 애들을 돌봐 주던 시카고 한인봉사회 탁아소다. 당시 가장 큰 부담이 되었던 두 아이를 맡아 돌봐 주던 그곳에 대한 고마운 마음을 잊고 덮어 버릴 수가 없었다. 큰 기여가 되지는 않겠지만, 더 이상 아스팔트 바닥에 녹아내린 아이스크림을 바라보며 눈물 흘리는 딸아이, 명찰을 달아 자식을 한국으로 돌려보낼 수밖에 없는 유학생 가정이 생겨나지 않기를 바라는 마음으로 기부하기로 했다. 그러나 내가 국제전화를 통해 시카고 한인회에 전화를 했을 때, 아쉽게도 그곳 탁아소는 이미 오래전 폐쇄되었다고 한다.

물을 마실 때 그 물의 근원이 어디에서 온 것인지 생각하는 마음을 '음수사원(飲水思源)'이라 했던가. 남에게 받은 도움, 그것은 언젠가는 환원해야 할 마음의 빚이란 생각이 든다. 자신이 가진 것을 필요한 사람과 나누고 홀가분한 마음으로 세상을 떠날 수만 있다면 우리는 얼마나 평온하게 삶을 마감할 수 있을까. '얻어먹을 힘만 있어도 그것은 주님의 은총입니다'라는 꽃동네 이야기를 떠올리며, 험난했다고 생각한 나의 학창 시절은 차라리 풍성한 축복의 나날이었음에 감사한다.

그치지 않는 비는 없다

Mother of Mine, 김정녀金正女 권사님

2018년 2월 14일. 구정 명절을 앞두고 어머니가 93세의 나이로 세상을 떠나셨다. 나의 송도고등학교 교장 퇴임 14일을 남겨 놓은 시점이었다. 어머니는 젊디젊은 나이 31살에 홀로되셨고 그 후로 길고 험난한 인생 여정을 살아 내신 분이었다.

어머니의 생애 마지막 가을이 찾아왔다.

병색이 짙어진 어머니를 모시고 막내 동생과 함께 한탄강 드라이브를 다녀왔다. 세상 뜨시기 전 어머니와의 대화 그리고 추억을 간직하고 싶은 마음에서였다. 나뭇잎들이 예쁘게 물들고 늦가을 바람에 한 잎 두 잎 떨어져 수북이 쌓인 그곳 벤치에 앉아 이북에서 피란 나오던 이야기를 하며 지난 세월 살아온 이런저런 이야길 나누다 내가 궁금했던 질문을 드렸다.

"어머니는 하늘나라에 가면, 제일 먼저 만나고 싶은 사람이 누구예요?"

그는 잠시의 망설임도 없이 "엄마"를 떠올렸다. 모든 사람들의 고향인 '엄마'.

"그 다음은요?"

"언니, 북한에 두고 온 큰 언니. 인물도 좋고 서글서글해서 나에게 무척 잘해 주었었는데…."

어머니의 두 번째 대답은 뜻밖이었다. 동생과 내가 어머니를 응시하며 물었다.

"아버지는요? 아버지는 보고 싶지 않으세요?"

조금 전 엄마와 언니를 이야기할 때와는 달리 잠시 머뭇거리는 시간이 흘렀다. 그리고는, "난 너희 아버지 별로야~"

저녁노을 비낀 한탄강 너머 허공을 향한 어머니의 대답은 참으로 뜻밖이었다.

한 번도 이야길 한 적은 없었지만 삶을 마감하는 순간에 그간의 아버지에 대한 섭섭한 응어리가 표출되는 순간이었다. 어린 아들 3형제를 남겨 놓고 먼저 세상을 떠나 버린 남편, 그 무거운 짐을 홀로 떠안고 살아온 세월의 야속함을 확인하는 순간이기도 했다.

어머니는 참으로 긍정적인 생각, 도전적인 삶을 살아오신 분이다. 참으로 겁이 없으셨다. 80이 넘은 나이에 온 가족이 함께하는 미국 여행을 제외하고 두 번의 해외여행을 안내자 없이 혼자 다녀오셨다. 조지아 주 사바나Savannah엘 다녀오실 때의 일이었다. 애틀랜타 공항에

그치지 않는 비는 없다

서 비행기를 갈아타기 위해 오랜 시간 대기해야 했단다. 시장기가 들자 어머니는 공항 대합실에 있는 햄버거 가게로 갔다. 그곳에서 줄을 서서 기다리다 어머니 차례가 되었다. 주문을 받는 종업원에게 손가락을 통해 "이거 저거" 음식을 주문했다. 그리고 돈을 내려는 순간, 돈지갑을 짐 보따리 속에 넣어 항공편으로 부친 사실을 뒤늦게 알게 된 것이다. 그 당황스런 순간에 어머니는 유창한(?) 한국말로 종업원에게 이야길 시작했다.

"이봐, 아가씨. 내가 말이야 돈지갑을 짐 보따리 속에 넣은 것을 잊고 주문을 했거든! 내가 한국으로 돌아갈 때 여기 들러서 돈을 지불하고 갈 테니 영수증을 같이 줘, 내 꼭 갚아 줄게." 어머니는 이북분이어서 이야기할 때 사투리가 배어나던 분이었다. "내래 거져~ 에미나래 글지 말라우~"

그 순간 서울 표준말을 써도, 이북 사투리를 써도 그 미국인 종업원이 못 알아듣기는 마찬가지였을 것이다. 공항 대합실에서 햄버거를 주문하기 위해 사람들이 길게 늘어선 상황에서 난감한 일이 벌어진 것이다. 애써 상황을 설명하는 이북 사투리의 한국 할머니와 그 설명을 알아들을 수 없는 미국인 종업원 아가씨 간의 일방적인 불통의 대화가 많은 사람들의 구경거리가 되었을 법한 상황이었다. 그런데 어머니 뒤에 줄을 섰던 미국인 청년이 이 딱한 상황을 지켜보다 돈을 대신 지불해 준 것이다. 그 순간 어머니는 돈을 대신 내어 준 미국인 청년이 너무 고마웠다. 그래서 한 손에 햄버거를 거머쥐고, 다른 한 손으로 고마운 미국인 청년의 엉덩이를 두서너 번 두드려 주었단다. "고마워 젊은이, 복 받을 겨!" 미국 여행을 마치고 돌아온 할머니 이야기를 듣고 있던 고등학생 손녀딸이 놀라며 이야길 했다. "할머니 남의 엉덩이를 치는 게 아냐. 더구나 남자 엉덩이를. 그거 성희롱 죄로 잡혀가. 이번엔 운이 좋았어. 앞으론 절대 그러지 마~"

어머니는 그런 분이셨다. 매사 긍정적이고 적극적이어서 삶의 숱한 어려움이 다가올 때면 주눅 들지 않고 거침없는 하이 킥으로 문제를 헤쳐 나가신 분이다. 어머니의 당돌한 행동은 그가 캐나다 공항에서 뉴욕행 비행기를 탈 때도 마찬가지였다. 일제치하에서 초등학교밖에 나오지 못한 어머니는 재봉 바느질을 하던 시절 미군 병사의 명찰을 바로 달아야 할지 반대로 달아야 할지를 고민하던 분이었기에 비행기 탑승권을 보고 탑승구를 찾을 수가 없었다. 잠시 망설이는데, 유니폼을 입은 조종사가 지나가더란다. 기회를 놓칠세라 그에게 다가갔다. "이봐 조종사 양반, 내가 뉴욕엘 가야 하는데 어디서 비행기를 타야 하는가?" 어리둥절한 조종사에게 탑승권을 코밑까지 들이밀었다. 그러고는 해외 여행할 때마다 통역기로 사용하는 손가락을 가동했다. 손가락 방향을 이쪽? 저쪽? 가리키며 길을 물었는데, 재치 있는 그 조종사가 자신의 손가락을 펴서 방향을 알려 준 것이다. 한국인 할머니와 미국인 조종사의 수화手話가 소통된 것이다. 다행히도 손녀딸의 충고를 떠올려 조종사 아저씨의 엉덩이는 두드리지 않았다고 한다. 그 일이 있은 후부터 어머니는 해외여행에 자신감을 갖게 되었다. 손가락 두 개만 있으면 지구상 어디라도 다녀올 어머니였다.

그치지 않는 비는 없다

어머니의 그 같은 긍정적 사고와 적극적 행동의 유전 인자를 가장 많이 물려받은 자손은 아마도 나와 손녀딸이 아닐까 싶다. 음력설이나 추석이 되면 우리 아들 삼형제의 온 가족은 어머니를 모시고 설악산 오색그린야드호텔에 가서 며칠을 보내곤 했다. 서울에서 출발하는 시점부터 어머니와 동행하는 동안 이야기가 끊이질 아니했다. 기억력이 유난히 좋으신 어머니는 지난 삶의 순간순간들을 역사 강의하듯 들려주곤 하셨다. 어머니의 기억력은 참으로 대단하셨다. 임종이 가까워졌을 때였다. 막내아들이 그간의 사진들을 컴퓨터 자료 화면으로 편집하여 어머니 병실을 방문한 적이 있다. 색이 바란 오래전 흑백 사진들을 한 장 한 장 넘기며 화면 속 인물들 한 사람 한 사람과의 추억을 쏟아 내는 어머니의 기억력에 간병인도 놀라워했다.

93세의 어머니는 그렇게 세상에서의 추억들을 잊지 않고 고이 간직한 채 하늘나라로 떠나셨다. 평생을 다니시던 동두천 안흥교회의 성도들이 음력 설날임에도 불구하고 교회에 나와 어머니의 장례예배를 드렸다. 결국 어머니는 별로라 하던 나의 아버지 곁에 묻히시게 되었다.

어머니가 겪어야 했던 혹독하고 험난한 생의 여정 가운데 가장 큰 좌절의 순간이 있었다. 아들이 대학을 졸업하던 때, 늑막염으로 ROTC 장교임관이 좌절되었을 때였다. 대학 4년의 기간을 고생고생하며 버티어 오던 큰 아들이 대학생활을 마무리하며 생각지 못한 늑막염으로 인해 장교 임관대열에서 탈락한 것이다. 병상생활이 시작되면서 어머니는 대학 4년간 아들 뒷바라지를 제대로 해 주지 못한 죄책감과 더불어 먼저 세상을 떠난 아버지에 대한 섭섭함이 컸던 것 같았다. 함께 ROTC 훈련을 받아 동두천 지역에 부대 배치를 받은 친구가 종종 병석에 있는 나를 찾아오던 날에는 아쉬움에 찬 깊고 깊은 한숨을 내쉬곤 하셨다. 남의 집 자식들은 저리도 멀쩡한데 하필 왜 내 자식만 병상에 누워 지내고 있는가. 하루 두 끼니만 먹을 수 있었어도, 엄동설한 바람 막아줄 쪽방 한 칸만 있었어도 이리 되지 않았을 것을…. 어머니는 나의 병상 기간 자책하고 또 자책하며 깊은 시름의 나날을 보내고 계셨다. 그 기간이 어머니에겐 남편의 죽음보다 더 큰 절망감이 찾아왔을 기간이었다.

항상 성경을 읽고 기도하고 하늘나라를 소망하며 한평생을 살아오신 어머니셨다.

70을 앞에 두고 있던 그 연세에 무려 3년에 걸쳐 신구약 성경을 시작에서 끝까지 매일 새벽 노트에 옮겨 적으셨다. 그가 남겨놓은 신구약 성경 필사본은 나의 박사학위 논문과는 비교가 되지 않을 만큼 각고의 노력이 담겨있는 큰 유산이었고, 그의 기도 내 삶에 든든한 버팀목이 돼 주었거늘….

어머니는 살아생전에 누구도 따라갈 수 없는 열렬한 나의 팬이었다.

　　　　　　　그치지 않는 비는 없다

새벽녘 KBS 뉴스광장에 내가 해설하는 시간이면 어김없이 시청을 하시곤 전화를 주셨다. "내 아들 수고했어. 텔레비전 잘 봤다." 방송이 있기 전날 저녁, 녹화를 끝내고 방송국 현관 계단을 내려올 때면 나는 전화기를 꺼내 어머니께 내일 새벽 방송이 있음을 알려드리곤 했다. 그런 날 밤이면 어머니는 내일 새벽 방송 시청을 고대하며 편한 잠을 주무셨을 것이다. 신문에 기고하는 글이나 심지어 나의 저서인 교육학 관련 대학 교재조차도 모두 읽곤 해서 나를 놀라게 했다. "어머니 그 책 내용이 어렵지 않으세요?" 나의 질문에 언제나 어머니의 대답은 "나는 책 내용을 읽고 있는 게 아냐. 우리 아들이 이 책을 쓰면서 얼마나 고생 했을까 하는 아들의 모습을 읽는 거란다." 지식이 아니라 지혜로운 분이었다.

어머니는 악성 림프종으로 2개월간 병상 생활을 하다 세상을 떠나셨다. 그가 떠나던 날 자정이 넘은 시간에 같은 병실의 사람들을 깨워 함께 기도하자 하시고 평소 자신이 좋아하던 찬송을 홀로 부르신 후 새벽녘 운명하셨다. 소나무처럼 푸름을 잃지 않고 사신 분. 어려운 생활 속에서도 궁시랑 대지 않고 깔끔하게 사시다 하늘나라로 떠나신 분이다. 머슴아들만 3형제를 키워 오신 어머니. 어찌 섭섭함이 없었겠는가. 어머니는 돌아가시는 순간까지 동두천 집에 홀로 지내셨다. 평생 신앙의 근거지였던 그곳 교회와 친구 분들을 떠나려 하지 않으셨다. 그래서 간혹 자식들이 살고 있는 아파트에 오시면, 답답함을 호소하시며 마당이 있는 동두천 집으로 서둘러 돌아가곤 하셨다.

임종을 20여 일 남겨 놓은 어느 날 병실로 며느리 셋을 불러 평소 그가 아껴 모아 놓은 통장에서 150만 원을 인출해 50만 원씩 마지막 선물로 나누어 주고 가셨다. 아니 그건 선물이라기보다 살아생전 자식들과 며느리들에 대한 섭섭함을 용서와 화해로 마감하려는 뜻이었을 것이다. 예수님께서 죽음 직전, 제자들의 발을 씻겨 주셨던 것처럼….

어머니, 하늘나라에서 당신이 그토록 그리워하던 '엄마'와 '큰 언니'를 만나 행복한 나날 보내시길 바라요. 그리고 이 나라에 하나님의 뜻이 있어 남북통일이 이루어진다면, 어머니 고향에 가서 기독교 신앙에 기초한 학교를 만들어 주고 싶어요. 그것이 교육학자인 큰 아들의 마지막 소원이고 사명이란 생각을 하고 있습니다. 부디 하늘에서도 저의 소원을 기억해 주세요.

"당신을 정말로 사랑하고 존경했어요."

Jimmy Osmond의 노래 'Mother of Mine'의 가사가 귓가에 맴돌다 나의 가슴을 파고든다.

그치지 않는 비는 없다

내 삶의 '만약If'이란 질문

　내게는 오랜 세월 지니고 살아온 몇 개의 질문들이 있다. '왜Why'라는 질문과 '만약If'이란 가정이었다. 왜라는 질문은 아마도 힘겨운 내 삶에 대한 항변이었을 것이고, 만약이란 질문은 지난 세월의 갈림길에서 더러는 내가 선택했고 더러는 운명에 이끌려 온 날들에 대한 사후 평가적 해석일 수 있다. 여기에는 주관성이 짙게 작용하고 있음을 미리 고백하고자 한다. '왜Why Me?'에 대한 항변은 나뿐만 아니라 많은 사람들이 자신이 처한 힘겨운 상황에서 제기할 수 있는 운명에 대한 질문일 수 있을 것이다. 그러나 '만약If'에 대한 추론은 세월이 지난 후 개인 나름의 가치관에 기초해 의미 부여를 하게 되는 후회 섞인 아쉬움일 수도 있고, 자신에 대한 주관적 위안일 수도 있을 것이다.

　● '60년대 중반, 농고를 나와 대학엘 진학한다는 것이 결코 쉽지 않

은 시절이었다. 그나마 제대로 공부를 못하고 고등학교를 졸업해야 했던 내게는 더욱 그러했다. 실력은 없고 대학은 가고 싶은데 어찌해야 할지 막막하기만 했던 기간이었다. 물론 등록금도 없었지만 그것은 나중에 걱정할 일이었다. 그러던 어느 날 내게 엉뚱한 생각이 떠올랐다. '정원이 미달되는 학과를 찾아낸다면 나도 대학엘 갈 수 있지 않을까?' 쪽 팔리도록 초라한 그 생각이 훗날 내 삶의 운명을 이처럼 바꿔 놓은 '신神의 한 수'가 되리라곤 누구도 생각지 못했을 것이다. 그때 만약 나 자신이 실력 없음을 한탄만 하고 등록금을 걱정해 대학 진학을 스스로 포기했더라면, 그 후 나의 인생행로는 어떻게 변했을까. 그 시절 나의 엉뚱한 발상은 그리 대단한 것도 아니었다. 나뿐만 아니라 우둔한 학생 누구라도 떠올릴 수 있는 진흙 밭의 돌멩이 같은 생각이었다. 단지 그 같은 도전을 실행에 옮기는 사람들이 흔치 않을 뿐이다. 그때를 돌이켜 보는 지금 '운명은 개인의 자발적 선택'이란 생각이 든다. 남들이 선호하는 대학, 경쟁이 치열한 학과에 대한 무모한 도전을 내려놓고, 실현가능한 답을 찾았던 그 시절 나의 초라한 결정은 훗날 내 삶에 전화위복의 씨앗이 되어 준 것이다.

● 내가 만약 교문 앞에서 전년도에 출제되었던 시험지 장사를 하지 않았더라면, 그리고 내게 한恨이 서릴 만큼의 모멸감을 안겨 준 그 수위 아저씨가 없었더라면 과연 내가 대학교수의 꿈을 꾸게 되었을까? 음력설을 앞둔 그 추위 속에서 장사할 때의 그 사건이 내게 긍정적 자극제가 된 것은 참으로 감사한 일이었다. 나로 하여금 이를 악물고 대학교수의 꿈을 지켜낸 계기가 되었기 때문이다. 만약 그때 수위가 내

게 다가와 다정한 목소리로 "학생 열심히 공부해서 훗날 대학교수가 되라"는 격려나 칭찬을 해 주었더라면 아마도 나는 그냥 듣고 흘려버렸을 것이다. 돌이켜 보면, 그 시절 내게 대학교수의 꿈을 심어 준 사람은 나를 가르치던 교수도, 내가 다니던 대학의 총장도 아닌, 교문 앞 바로 그 수위였다는 생각을 하게 된다. 그리고 도저히 대학교수가 될 실력이 못 되었던 내게 하나님은 필요한 순간 내가 알지 못하는 방법으로 도움의 손길을 내밀어 주고 계셨음도 훗날 깨닫게 된 감사의 조건이다.

● 내가 만약 대학을 졸업하면서 남들처럼 ROTC 장교임관이 되었더라면 내 인생 행로는 또 어찌 되었을까. 이 궁금증은 오랫동안 지녀 온 나에 대한 끈질긴 질문이었고 내 삶의 주관자 되시는 하나님께 대한 물음이었다. "하나님 대학시절 함께 훈련받은 132명의 동기생들 가운데 왜 하필 나만 탈락이 되었을까요?" 참으로 가혹한 삶의 뒤틀림이었다. 장교훈련을 끝낸 사람의 그간의 훈련과정, 훈련기간을 모두 무시해 버리고 논산훈련소부터 다시 시작해 34개월의 사병근무를 시키는 대한민국 ROTC 8기생의 새로운 규정. 그 첫 희생자가 왜 내가 되어야 했을까. 꼭 그래야만 했을까? 억울한 분노를 잠재울 수 없을 만큼 수많은 질문들이 오래도록 꼬리에 꼬리를 물었다. 이 또한 지나갔고, 이해할 수 없었던 내 삶의 퍼즐 한 조각을 돌이켜 본다. 그때 만약 내가 질병에 걸리지 않고, 남들처럼 장교로 임관이 되었더라면 어찌되었을까. 아마도 나는 2년 3개월의 복무기간을 마치고 6월에 전역을 하였을 것이다.

만약 그리 되었다면 나는 대학원 진학을 할 수 있었을까. 가능성이 매우 낮아 보이는 추론이다. 왜냐하면 ROTC 복무자들의 전역은 해마다 6월에 이뤄지고 서울대학원의 시험은 해마다 12월이었으니 6개월의 공백기를 직장 취업을 미룬 채 대학원 준비를 할 수는 없었을 것이다. 그 시절 내게는 그럴 만한 경제적 여유가 없었다. 사병생활의 아픔은 있었지만 그래도 그 기간 나는 군종병 발령을 받아 군인교회에 근무하며 대학원 준비를 충실히 할 수 있는 기회를 얻었다. ROTC 임관 탈락으로 인한 육군병장의 제대 시절은 내게 절묘한 타이밍, 운명적인 타이밍을 안겨 주었다. 공교롭게도 나의 제대 날짜 94년 11월 24일은 대학원에서 입학원서를 교부하고 접수하던 기간이었다. 그해 서울대학원 입학원서 값이 5천 원이었음도 얼마나 감사한 일이었는가. 군에서 제대하던 날 내 예비군복 주머니 속엔 육군병장 제대비 5천 원이 전부였다. 젊은 날 나의 생활은 이처럼 더함도 덜함도 없이 꼭 그만큼의 금전만 허용되던 날들이었다. 세월이 지나고 나니 그것마저도 묘미가 깃든 순간들이었다는 생각이 든다.

● 내가 만약 경제적 어려움으로 미국 유학을 포기했더라면 어찌 되었을까. 그리고 나의 딸과 아들은 이 극심한 취업난을 어떻게 극복하고 있을까. 미국행 항공권 한 장 사지 못하고 발을 동동 구르던 내가 어찌 몇 년간의 미국 대학등록금과 생활비를 마련할 수가 있었겠는가. 그 무모한 도전, 미국 유학을 실행에 옮긴 것은 어린 시절 안홍리 38번지에서 터득한 도전의 극치였다. 그러나 그 무모한 도전의 대가는 참으로 혹독했다. 길가에 주차해 놓은 차량이 시카고 추위에 얼어붙어

시동조차 걸리지 않던 그 겨울, 시카고의 강추위보다 더 차갑게 다가온 것은 바닥을 드러낸 우리 가족의 은행잔고였다. 밤새 잠자리를 뒤척이다 새벽녘에 교회를 다녀왔다. 집에 돌아와 보니 교회에서 기도하며 흘린 눈물과 콧물이 목도리에 고드름으로 맺혀 있었다. 다음 날 저녁 무렵 일본제 '삿포로 이치방' 라면 두 상자를 갖고 우리 아파트를 찾아온 사람이 있었다. 시카고 호변성결교회 강춘회 권사님이었다. 아마도 그가 새벽기도회에 나와 울먹이던 나를 보고 가족 딸린 유학생의 힘든 상황을 직감했던 모양이었다. 온 가족 모두가 살얼음을 밟듯 6년 반의 유학생활이 이어졌지만 포기하지 않고 버텨 낸 결과는 우리 가족 구성원들의 잔이 넘칠 만큼 풍성했다.

● 내가 만약 대학교수 정년 이후 고등학교 교장에 취임하는 기회를 얻지 못했더라면 어찌 되었을까. 가장 확실한 것은 '내 마음의 빚'을 갚기 위한 월드비전의 후원금 목표액은 달성할 수 없었을 거란 것이다. 뿐만 아니라 교육학자로서 지녀온 나만의 교육철학을 일선 학교현장에 구현할 기회를 얻지 못한 채 공허한 교직생활을 마감했을 것이다. 송도고등학교 교장 5년 반의 기간은 하나님께서 내게 베풀어 준 크나큰 인생 보너스였다. 평소 신문 광고를 눈여겨보지 않던 내게 그날 아침 교장초빙 광고를 보게 된 것부터가 그랬다. 광고내용이 마치 나를 특별채용하기 위해 의도적으로 만들어 놓은 틀 같았다. 62세가 정년인 초중고등학교 교장의 임기를 맞추려면 58세 이전이어야 함에도 불구하고, 이 학교가 교장초빙을 65세까지로 확대하였기 때문에 나의 지원이 가능했다. 일반적으로 교장 취임 2개월 정도를 앞두고 초빙공고가

나오는데 10개월이나 남겨 놓은 시점에 일찍 공고가 나고 심사 날짜가
잡힌 것 또한 이례적인 일이었다. 만약 공고가 다음 해 4월을 지나 발
표되었더라면 나는 65세를 넘어 지원 기회조차 얻지 못했을 뻔했다.
더구나 공모교장의 취임 날짜가 나의 교수 정년 날짜인 8월31일 다음
날인 9월1일이었다는 사실은 나의 상황 하나하나를 세심하게 고려한
광고였다. 교수 생활을 끝내는 내게는 건대부고 교장시절 획득한 교장
자격증까지도 준비돼 있었다. 그날 아침 신문 광고를 보면서 내게 떠
오른 생각이 있었다. 하나님께서 내게 시켜야 할 일이 아직 남아 있다
는 생각이었다. 기회는 준비된 자의 것이라 했던가. 그로 인해 나는 교
육학자로서 평소 내가 꿈꾸던 학교 모습을 구현할 기회를 얻었고 72세
의 나이에 정년을 맞이하게 되었다. 경제적 어려움으로 40세의 뒤늦은
교수 출발을 한 내게 하나님께서 훗날 5년 6개월의 교직생활을 연장시
켜 주신 것 아니겠는가.

이제껏 살아오며 난해難解하게만 느껴졌던 내 생애 72개의 퍼즐
PUZZLE 그림. 우둔한 나는 내 삶의 퍼즐을 맞춰 오며 몇 개의 퍼즐은
전체 그림 어느 곳에 자리할 것이며 왜 필요한 조각인지 의구심이 들
었다. 결국 퍼즐 맞춤의 완성은 시간이었다. 지나고 난 후에야 보이고
깨닫게 되는 것, 삶의 과정에서 우리는 많은 것들을 선택하기도 했지
만 우리의 의지와는 무관하게 그 무엇인가에 이끌려 살아오기도 한다.
이 책을 시작할 때 '그치지 않는 비는 없다'고 했지만 이 글을 마무리하
는 지금 비를 그치게 하는 것은 우리네 인간이 하는 일이 아님을 깨닫
게 된다. 감히 '그치지 않는 비는 없다'고 이야기함은 나의 자만自慢 섞
인 표현이란 생각마저 든다. 지금도 지구상 수많은 사람들이 출생에서

죽음에 이르기까지 무지개는 구경도 못한 채, 한평생 비만 맞다가 생을 마감하고 있음을 보기 때문이다. '왜 그럴까?'에 대한 설명은 나의 영역이 아닌 하나님의 영역이란 생각을 하게 된다.

　시인 도종환은 '흔들리지 않고 피는 꽃이 어디 있으랴'라고 했다. 돌이켜 보면 내가 버텨 온 나날들은 바람에 흔들리는 수준을 넘어 폭우에 가지가 부러지고 뿌리마저 흔들리는 것 같은 그런 날들이었다. 내 삶의 모습은 마치 엔진 성능이 약한 자동차가 무거운 짐을 가득 싣고 안간힘을 쓰며 가파른 언덕을 오르는 것 같았다. 그리고 나의 생활 주변은 언제나 낡은 디젤 차량이 뿜어내는 시커먼 매연으로 뒤덮여 있는 것 같기도 했다. 안흥리 38번지의 유년시절과 박사과정을 끝내기까지 대부분의 날들은 일용할 양식과 피곤한 육체를 눕힐 수 있는 잠자리가 공부보다 우선되던 기간이기도 했다. 그 시절 나의 감사는 오로지 그 힘겨운 시간들이 머물러 있지 않고 지나가고 있다는 사실이었다. 끝이 보이지 않고 언제까지나 끝날 것 같지 않았던 그 인고忍苦의 세월을 통해 그래도 내가 얻은 소중한 것들이 있었다. 호기심, 엉뚱한 생각, 그리고 도전. 이 세 가지 성삼成三이 나 성삼聖三의 오늘을 이끌어 온 내면의 원동력이 되어 준 것이다. 안홍리 38번지에서의 유년시절은 훗날 다가올 내 삶의 혹독한 시련을 극복하기 위한 유격훈련과 공수훈련 같은 것이었단 생각이 든다. 참으로 힘든 인생행로였지만, 지나고 보니 멋진 삶의 순간들도 많았다는 생각도 든다.

이제 나의 이야기를 마무리하는 지금, 내가 미국 유학을 끝내고 우리 가족 모두가 한국으로 나온 지 30여 년이 넘은 시점이다. 나는 지금도 딸아이가 고등학교 졸업식 날 내게 하던 말을 기억하고 있다. "아빠, 내가 유치원 과정부터 오늘 고등학교를 졸업하기까지 학교를 몇 군데나 옮겨 다닌 줄 알아?" 무려 13번의 학교들을 옮겨 다닌 후 딸아이는 고등학교를 졸업할 수 있었다. 그랬다. 경제적 이유로 이 집에서 저 집으로 그리고 이 동네에서 저 동네로 옮겨 다녀야 했던 미국 유학 이후의 삶 또한 녹록치 않았다. 우리 집 주민등록 초본에 적혀 있는 거주 이전 기록은 정확히 18번, 부동산 투기꾼의 기록이 아니라 가난에 쫓겨 다닌 기록이다. 그때나 이제나 감사한 것은 괴롭고 불편한 시간이 정체하지 않고 흘러갔다는 사실이다.

나와 우리 가족에 오랜 빗줄기가 지나간 지금, 나의 내면에 감사함이 넘쳐남은 단순히 내가 바라던 대학교수의 꿈을 이뤘기 때문만은 아니다. 이전의 가난을 통해 내 삶의 준거準據와 과거를 반영反影해 주는 소중한 거울을 얻었기 때문이다. 이들 준거와 거울은 앞으로 남은 나의 생활에 감사의 척도가 되어 줄 것이다. 나는 지금도 쌀밥이 식탁에 오

에필로그

르면 어린 시절 그 보육원의 명절과 크리스마스의 추억을 떠올린다. 보리밥 대신 따끈한 쌀밥의 내음을 맡을 수 있고, 새우젓 대신 멸치 볶음을 먹을 수 있는 지금의 풍성한 축복이 너무도 감격스럽고 감사한 것이다. 국내에서나 해외여행을 할 때, 그 어느 상황에서도 식사기도만큼은 내가 빼놓을 수 없는 이유인 것이다.

'생각하건데 현재의 고난은 장차
우리에게 나타날 영광과 비교할 수 없도다.'

내가 졸업앨범을 사지 못하고 고등학교를 졸업하던 날, 강순경 교장 선생님께서는 졸업앨범 첫 장에 〈로마서 8장18절〉의 내용을 친히 적어 선물로 주셨다.

그치지 않는 비는 없다

중국 여행길에

'행복에너지'의 해피 대한민국 프로젝트!
〈모교 책 보내기 운동〉

대한민국의 뿌리, 대한민국의 미래 **청소년·청년**들에게 **책**을 보내주세요.

많은 학교의 도서관이 가난해지고 있습니다. 그만큼 많은 학생들의 마음 또한 가난해지고 있습니다. 학교 도서관에는 색이 바래고 찢어진 책들이 나뒹굽니다. 더럽고 먼지만 앉은 책을 과연 누가 읽고 싶어 할까요?
게임과 스마트폰에 중독된 초·중고생들. 입시의 문턱 앞에서 문제집에만 매달리는 고등학생들. 험난한 취업 준비에 책 읽을 시간조차 없는 대학생들. 아무런 꿈도 없이 정해진 길을 따라서만 가는 젊은이들이 과연 대한민국을 이끌 수 있을까요?

한 권의 책은 한 사람의 인생을 바꾸는 힘을 가지고 있습니다. 한 사람의 인생이 바뀌면 한 나라의 국운이 바뀝니다. **저희 행복에너지에서는 베스트셀러와 각종 기관에서 우수도서로 선정된 도서를 중심으로 〈모교 책 보내기 운동〉을 펼치고 있습니다.** 대한민국의 미래, 젊은이들에게 좋은 책을 보내주십시오. 독자 여러분의 자랑스러운 모교에 보내진 한 권의 책은 더 크게 성장할 대한민국의 발판이 될 것입니다.

도서출판 행복에너지를 성원해주시는 독자 여러분의 많은 관심과 참여 부탁드리겠습니다.

도서출판 **행복에너지** 임직원 일동

행복한 나들이

권선복 외 120인 지음 | 값 30,000원

『행복한 나들이』에는 가면이 없다. 더러는 겨우 세수만 하고 나온 듯 삶의 민낯을 보여주는 시들도 있다. 근엄한 줄 알았던 모습 뒤에 그저 따뜻한 할아버지의 모습도 있고, 차갑고 치밀한 경영인의 양복 뒤에 숨겨 둔 털털하고 따뜻한 '키다리 아저씨'의 모습도 있다. 전문적인 시인이 따라올 수 없을 정도의 시적 정취가 있는 이들의 삶. 이들의 함성이 가져올 시 문화의 반향을 기대해 본다.

두드려라! 꿈이 열릴것이다

권익철 지음 | 값 15,000원

이 책 『열화일기 – 뜨거운 꽃의 일기』는 격동의 1980년대 초, 갓 성인이 되어 여대생으로서 세상에 발을 내딛은 저자의 꿈과 포부, 고뇌, 그리고 짧지만 뜨거웠던 첫사랑의 이야기가 담긴 책이다. 누구나 한 번은 누리지만 두 번은 누리지 못하는 청춘, 그렇기에 이 책은 뜨거운 청춘을 경험해본 독자들에게는 다시금 영혼을 울리는 경험을. 지금 청춘을 누리고 있는 독자들에게는 청춘의 의미에 대해 되돌아보게 하는 기회를 선사할 것이다.

나는 리더인가

홍석환 지음 | 값 15,000원

『나는 리더인가』는 〈리더스 다이제스트Leader's Digest〉와 같은 책이다. 전체 80항목으로 구성되어 있으나 길지도 짧지도 않은 분량으로 리더가 갖춰야 할 필수 항목들을 요약적으로 짚어내고 있다.
군더더기 없는 핵심만을 지적하고 강조한 점에서 리더가 되고 싶은, 혹은 리더의 길을 걸어오며 한 번쯤 자신을 되돌아보고 싶은 분들이 본인의 체크리스트로 삼기에 더없이 좋은 책이다.

아내가 생머리를 잘랐습니다

유동효 지음 | 값 15,000원

시집 『아내가 생머리를 잘랐습니다』는 시련을 통해 가족이 성숙해 가는 과정을 담고 있다. 암에 걸린 간호사 아내와 남편, 아이들로 이루어진 가족이 함께 시련을 극복해가는 모습이 오롯이 녹아 있는 것이다.
미약한 일개 인간의 힘으로 넘어설 수 없는 암이라는 시련을 넘어서는 가족의 힘은 동시에 노력과 자기 단련의 시간이 있어야 가정이라는 사랑의 공동체를 유지할 수 있다는 진리를 역설한다.

하루 5분, 나를 바꾸는 긍정훈련

행복에너지

'긍정훈련' 당신의 삶을
행복으로 인도할
최고의, 최후의 '멘토'

'행복에너지
권선복 대표이사'가 전하는
행복과 긍정의 에너지,
그 삶의 이야기!

인터파크
자기계발 분야 주간
베스트 1위

권선복 지음 | 15,000원

권선복

도서출판 행복에너지 대표
영상고등학교 운영위원장
대통령직속 지역발전위원회
문화복지 전문위원
새마을문고 서울시 강서구 회장
전) 팔팔컴퓨터 전산학원장
전) 강서구의회(도시건설위원장)
아주대학교 공공정책대학원 졸업
충남 논산 출생

책 『하루 5분, 나를 바꾸는 긍정훈련 - 행복에너지』는 '긍정훈련' 과정을 통해 삶을 업
그레이드하고 행복을 찾아 나설 것을 독자에게 독려한다.
긍정훈련 과정은 [예행연습] [워밍업] [실전] [강화] [숨고르기] [마무리] 등 총
6단계로 나뉘어 각 단계별 사례를 바탕으로 독자 스스로가 느끼고 배운 것을 직접
실천할 수 있게 하는 데 그 목적을 두고 있다.
그동안 우리가 숱하게 '긍정하는 방법'에 대해 배워왔으면서도 정작 삶에 적용시키
지 못했던 것은, 머리로만 이해하고 실천으로는 옮기지 않았기 때문이다. 이제
삶을 행복하고 아름답게 가꿀 긍정과의 여정, 그 시작을 책과 함께해 보자.